UNITALL

Edwin E. Moeller

Adolf Hitler – Mein Frieden

UNITALL

Unitall Verlag GmbH
Salenstein, Schweiz
www.unitall.ch

Vertrieb:
HJB Verlag & Shop KG
Schützenstr. 24
78315 Radolfzell
Deutschland

Bestellungen und Abonnements:
Tel.: 0 77 32 – 94 55 30
Fax: 0 77 32 – 94 55 315
www.hjb-shop.de
hjb@bernt.de

Titelbild: Nick (Russia)
Printed in EU

ADOLF HITLER – dieser Name zwingt die Erinnerung herauf an so Furchtbares, an so unsagbar Grauenvolles, daß es aus begreiflicher innerer Abwehr heraus die meisten nicht wahrhaben möchten.

So unvorstellbar sind die Ausmaße des mit dem Namen Adolf Hitler unlösbar verbundenen Geschehens, daß es nahezu unbegreiflich und fast unübersehbar ist.

Aber nicht darin allein wurzelt das offenkundige Bestreben, vom Gewesenen nichts mehr zu hören. Auch Angst vor der Wahrheit liegt darin. Aber nur wer diese Angst zu überwinden vermag, kann wieder mutig leben!

Das aber tut Deutschland not!

Die Persiflage, die Satire hat die Eigenschaft, zusammenzufassen, übersichtlich machen zu können. So ernst auch alles ist, was mit dieser Erscheinung von düsterer Dämonie – Adolf Hitler – zusammenhängt, auch ihr gegenüber hat die Persiflage, die Satire ihr Recht. Weil sie komprimieren und das Wesentliche scharf beleuchten kann, weil sie selbst im Grauenvollen noch das Lächerliche zu zeigen vermag, weil sie wirkungsvoller enthüllt, als die reine Tatsachenschilderung.

Nur die Persiflage, nur die Satire können zu jenem Lachen führen, das befreit. Selbst wenn es, wie im Fall Adolf Hitler nicht anders möglich, nur ein bitteres Lachen sein kann.

Aber auch das bittere Lachen entspringt der befreienden Erkenntnis. Sie, und nur sie allein, ist der Zweck dieses Buches.

Der Verfasser

Am 7. April 1952 passierte der amerikanische Walfischfänger CATCHER in gehörigem Abstand die Südküste von Grönland. Es war ein sehr kalter, aber ein klarer und sonniger Tag. Die See war nicht übermäßig bewegt, das Schiff machte in den langen, von weißem Schaum gekrönten grünlichen Wellen flotte Fahrt. Das Fangergebnis war ungewöhnlich gut gewesen, die Stimmung an Bord war entsprechend gehoben. Die Mannschaft, soweit sie dienstfrei war, genoß den Sonnenschein und war eben damit beschäftigt, mit kräftigen Stimmen den unsterblichen Schlager des zweiten Weltkrieges zu singen: ›Lili Marlen‹.

Bald wieder irgendwo im Heimathafen mit irgendeiner Lili Marlen unter der Laterne zu stehen, war den Seeleuten eine erfreuliche Vorstellung, der sie mit Behagen nachhingen.

Kapitän Cox auf der Brücke überließ seine Mannschaft ungestört ihrer lauten Fröhlichkeit. Auch bei ihm erweckte der Song angenehme Gedanken. Sie wurden plötzlich unterbrochen durch den Ausruf eines Maats am Bug: »Flaschenpost Backbord voraus!«

Der Ruf alarmierte das ganze Schiff. Um eine Flaschenpost ist stets etwas Geheimnisvolles, etwas den Seemann stark Berührendes, denn irgendwie ist mit der Flaschenpost, mit dieser Nachrichtenanvertrauung an die Wogen, stets das Schicksal eines Schiffbrüchigen verknüpft.

Kapitän Cox gab seine Befehle, der Walfänger verlangsamte seine Fahrt, nahm Kurs auf die in den Wellen tanzende, ziemlich große, dunkelgrüne Flasche und setzte ein Boot aus.

Gut 20 Minuten später überreichte der Bootssteuerer dem Kapitän die aus den Wassern geborgene Botschaft.

Kapitän Cox, eine gewisse Spannung verspürend, übergab das Kommando dem Ersten Offizier und zog sich mit der Flaschenpost in seine Kajüte zurück.

Vor seinem Schreibtisch sitzend, betrachtete er die Flasche mit großer Aufmerksamkeit. Sie war versiegelt und stellte sich dar als eine ausgediente Sektflasche, wie die nähere Inspektion ergab, aus jener immerhin weltbekannten Firma stammend, deren Erzeugnisse mit dem Zusatz »Trocken« seinerzeit von dem späteren Reichsaußenminister des Dritten Reiches, Joachim von Ribbentrop, eifrig und erfolgreich vertrieben wurden.

Kapitän Cox war immerhin politisch beschlagen genug, daß ihm bei der Betrachtung der Flasche solche Gedanken kamen. Aber vielleicht war auch um die von dicken Salzkristallen bedeckte Flasche herum so etwas wie eine bräunliche Aura, von der Ausstrahlungen auf den Seemann ausgingen.

Der Kapitän nahm sein Universaltaschenmesser heraus, entfernte nicht ohne Mühe den verhärteten und verkrusteten Flaschenverschluß und machte sich daran, den Korken herauszuziehen. Es kostete einige Anstrengungen, bis der Korken sich dem Flaschenhals entreißen ließ. Ein kleiner Knall, dann war der Korken entfernt. Im gleichen Moment quoll aus dem Flaschenhals ein bräunlicher und ziemlich übel riechender Nebel, der die Kapitänskajüte durchzog. Ärgerlich stieß Kapitän Cox das Bullauge auf und wartete, bis der braune Dunst sich aus der Flasche und der Kabine verzogen hatte.

Er hielt die Flasche gegen die Lampe, erkannte durch Kruste und Glas undeutlich, daß in der ausrangierten Sektflasche ein Zettel war und machte sich daran, ihn aus seinem Gefängnis zu befreien. Das Blatt, das der Kapitän nun vor sich liegen hatte, war gerollt und sorgfältig verklebt. Das Papier war stark und von ausgezeichneter Qualität, weiß und tadellos erhalten. Kapitän Cox löste sorgsam den Verschluß und entrollte den Bogen.

Selten war er überraschter gewesen, als in diesem Augenblick. Denn das nun ausgebreitete, von seinen starken Händen geglättete Blatt zeigte links oben in der Ecke unter den gedruckten Worten »Kanzlei des Führers« das nationalsozialistische Hoheitsabzeichen, den stilisierten Adler, der sich allerdings im Laufe der Jahre als ein Pleitegeier entpuppt hatte.

Das Blatt enthielt eine mit Tintenstift geschriebene Mitteilung, die der Kapitän mit fiebernder Spannung überflog. Sie war datiert vom 22. Januar 1952 und war mit einer exakten Standortangabe, mit Längen- und Breitengrad versehen. Die Mitteilung selbst lautete wie folgt:

Wir, die Unterzeichneten, sind als Bordfunker in der Begleitmaschine zur Maschine des Führers am 29. April 1945 von Berlin abgeflogen. Kurz vor Grönland, während eines Sturmes und heftiger Gegenwinde, erlitt die Maschine des Führers Motorendefekt und ging auf Befehl des Führers hoch oben im nördlichen Grönland nieder. Der Befehl des Führers nötigte auch unsere Maschine unweit der des Führers zur Landung. Seit diesem Tage lebten wir mit dem Führer auf Grönland. Vor 14 Tagen schifften wir uns, des Aufenthaltes überdrüssig, in einem Schlauchboot ein, in der Hoffnung, die Schiffahrtsroute zu gewinnen und von einem Schiff aufgenommen zu werden. Durch Sturm aber wurden wir nördlich verschlagen und sind im Sinken. Diese Botschaft gibt Nachricht über unseren Verbleib und das Überleben des Führers.

Bordfunker:
Emil Gläubig
Alois Tupfinger

Kapitän Cox las die Botschaft ein zweites und ein drittes Mal, sie kam ihm so unglaublich vor, daß er meinte, seinen Sinnen nicht trauen zu dürfen. Er betrachtete den Pleitegeier, er befühlte das Papier, er drehte die Ribbentropsche Sektflasche gedankenvoll hin und her. So seltsam die Geschichte war, man mußte sie glauben. Natürlich konnte alles ein fauler Witz sein, aber immerhin, da war das Papier aus der Reichskanzlei, das konnte beinahe als ein Beweis für die Ernsthaftigkeit der Botschaft angesehen werden.

Der Kapitän schenkte sich einen starken Whisky ein, die Sache war einen kräftigen Schluck wert. Er überlegte. Wenn Hitler wirklich noch existierte, dann würde es ein Clou sein, ihn in seinem nordgrönländischen Versteck aufzustöbern und nach New York zu bringen! Das wäre eine Ladung, die mehr wert wäre als 20 Walfische, das hieße einen Hai einbringen, wie ihn noch keiner gefangen hatte! Und das bedeutete überdies nicht nur Ruhm, das brachte auch Money!

Er seufzte.

Selbst wenn diese beiden abgesoffenen Bordfunker die genaue Position ihres Führcrs angegeben hätten, würde es doch ein zu gewagtes Unternehmen sein, mit der Mannschaft eines Walfischfängers in den riesigen Gebieten Nordgrönlands eine Suche zu wagen. Und für den unwahrscheinlichen Fall, daß sie von Erfolg gekrönt wäre, hieß es Kopf und Kragen riskieren, sich dieses bestimmt nicht ungefährlichen Adolf Hitlers und seiner Begleiter zu versichern. Wer weiß, mit wieviel Mannschaft er da irgendwo hauste. Freiwillig würde er sich bestimmt nicht aus seinem Schlupfwinkel entfernen lassen. Das war eine Aufgabe für stärkere Kräfte, als sie ihm, Kapitän Cox, zur Verfügung standen.

Eine halbe Stunde grübelte er vor sich hin, dann hatte er seinen Entschluß gefasst. Wenn das, was hier schwarz auf weiß vor ihm lag, keine Mystifikation, sondern Wahrheit war, so handelte es sich ganz zweifellos um eine Sensation. Kapitän Cox aber war nicht nur Seemann, er war selbständiger Walfischfänger und demnach auch Kaufmann, und überdies war er Amerikaner, also von Natur aus mit jenem geschäftlichen Instinkt ausgestattet, der nie versagt, wenn aus einer Sache Kapital zu schlagen ist.

Geheimhaltung war selbstverständlich unbedingt nötig. Der Kapitän rollte das Blatt sorgfältig wieder zusammen, schob es in die Flasche zurück, und stellte sie mitsamt Korken und den Brocken der Versiegelung in seinen Schrank, den er bedächtig verschloß.

Wieder auf der Brücke angelangt, warf er einige Worte hin, daß die Flaschenpost nichts als einen dummen Witz enthalten habe. Diese Bemerkung, wußte er, würde sich herumsprechen und so das Interesse der Mannschaft an der Botschaft erlöschen lassen.

*

Knapp 3 Wochen später finden wir Kapitän Cox im Vorzimmer des Managing Editors des großen amerikanischen Weltblattes ›Globe‹. Der ›Globe‹-Pressekonzern ist zu bekannt, als daß wir ihn vorzustellen brauchten. Eine Riesenanzahl von Zeitungen, illustrierten Blättern und Wochenschriften sind unter dem Begriff ›Globe‹ in der tatkräftigen Hand von Mr. Horace Pennymaker vereint. Mr. Button, Managing Editor des ›Globe‹, hielt in seinen fleischigen Händen einen Zettel, auf dem als Besucher ein Kapitän Clarence Cox gemeldet war. Zweck des Besuches: Sensationelle Sache!

Button starrte auf die zwei Worte, sein rundliches Gesicht legte sich in skeptische Falten. Ein Kapitän und eine sensationelle Sache, was konnte das schon sein? Immerhin, man mußte hören, was dieser Cox für sensationell hielt.

Button drückte auf einen Knopf und sagte in eine Sprechmuschel zu der Sekretärin im Vorzimmer:

»Rein mit ihm, Nancy, rein mit dem alten Seebären!«

Eine Minute später trat Kapitän Cox mit dem leicht wiegenden Gang der Seeleute ein und ließ sich auf den angebotenen Stuhl nieder.

»Also, was ist Ihre Sensation, Captain?« sagte Button. »Haben Sie die Seeschlange aufgefischt, oder ist Ihnen eine fliegende Untertasse auf Deck gefallen?«

Kapitän Cox schmunzelte und platzierte einen Kaugummi in die linke Backentasche.

»Falsch geraten, Mr. Button«, sagte er schmunzelnd. »Habt ihr beim ›Globe‹ so wenig Phantasie? Aber zerbrechen Sie sich nicht den Kopf, Sie kämen doch nie darauf. Sensation ersten Ranges! Was zahlen Sie?«

»Mann«, sagte Button ärgerlich, »glauben Sie, wir kaufen die Katze im Sack? Raus mit Ihrer Sensation, wenn's eine ist, dann werde ich Ihnen sagen, was sie uns wert ist. Der ›Globe‹ ist nicht kleinlich, aber erst müssen Sie reden!«

Der Kapitän zupfte sich nachdenklich an der Nase. Er sah ein, daß der Journalist recht hatte. So räusperte er sich und sagte: »Halten Sie mich nicht für einen Narren und halten Sie sich fest: Ich weiß, daß Adolf Hitler noch lebt! Ich weiß, wo ungefähr er steckt! Was ist das wert?«

Button starrte ihn sekundenlang wortlos an. Dann holte er tief Atem und sagte: »Kein Witz, Captain? Wenn's das wäre, säßen Sie in zwei Minuten draußen! Mit so etwas spaßt man nicht! Wiederholen Sie!«

Kapitän Cox nickte. Er war jetzt sehr ernst.

»Wie ich gesagt habe: Hitler lebt, ich weiß ungefähr, wo er steckt. Und das ist der Beweis!«

Er nahm aus einer Umhüllung die Sektflasche, stellte sie vor Mr. Button hin, platzierte den Korken und die Reste der Versiegelung neben die Flasche und drückte dem Pressemann den Bogen aus der Reichskanzlei in die Hand.

»Flaschenpost, südlich Grönland aufgefischt«, sagte er lakonisch. »Sehen Sie selber.«

Der Journalist achtete kaum auf seine Worte, er hatte schon den Bogen entfaltet und las mit angespanntester Aufmerksamkeit. Er blickte auf, sah Kapitän Cox an, schüttelte den Kopf und las abermals. Er studierte den Bogen, befühlte ihn, hielt ihn gegen das Licht und schüttelte erneut den Kopf.

»Das ist die tollste Sache, die mir jemals vorgekommen ist«, murmelte er. Wieder sah er Kapitän Cox an.

»Mann Gottes«, sagte er, »wirklich kein Witz? Das Ding da ist tatsächlich in der Flasche gewesen?«

Der Kapitän begnügte sich mit einem Nicken, die Überraschung des anderen, sein Unglauben oder zum mindesten sein Zweifel, wunderten ihn nicht. Ihm war es nicht anders ergangen.

Der Journalist hatte die Flasche ergriffen und sie betrachtet, er besah sich die Reste der Versiegelung. Kein Zweifel, die Flasche hatte lange im Wasser gelegen, der Siegellack war keineswegs etwa jungen Datums.

»Sie glauben wirklich«, fragte er zweifelnd, »Sie meinen tatsächlich, daß die Sache echt ist?«

Der Kapitän zuckte mit den Achseln.

»Kann natürlich ein blöder Witz sein«, sagte er nachdenklich, »aber wer verfällt schon auf solche Witze? Und dann ausgerechnet oben bei Grönland! Und dann das Papier, das sieht doch verdammt echt aus!«

»Sieht lächerlich echt aus«, nickte Button; erregt sprang er auf. »Wir werden der Sache nachgehen, Captain Cox! Aber zunächst eines: Wer außer Ihnen weiß noch um die Sache?«

»Niemand. Man weiß zwar, daß ich eine Flaschenpost an Bord genommen habe, aber was darin war, habe ich, nachdem ich das da las, niemandem gesagt. Habe bloß dem Ersten erzählt, daß ein dummer Witz in der Flasche gewesen sei, nichts von irgendwelcher Bedeutung. Als wir ankamen, hatten sie alle die Flasche schon vergessen.«

»Ausgezeichnet! Wir gehen der Geschichte nach, Captain, darauf können Sie sich verlassen! Sie dürfen mitkommen, wenn Sie wollen. Und finden wir Adolf, dann wird sich die Sache für Sie lohnen! Inzwischen halten Sie den Mund.«

»Ganz klarer Fall!« sagte Cox.

Mr. Button, wieder auf das Papier starrend, kratzte sich den Kopf. »Das ist nicht bloß eine journalistische Sensation, Captain, das ist eine eklig hochpolitische Affäre, da muß ich mit Pennymaker selbst sprechen! Der Alte mag entscheiden, ob wir Washington benachrichtigen müssen oder nicht. Schluß, Captain! Geben Sie Nancy, das ist die Blonde draußen, Ihre Adresse, Sie hören von mir. So long!«

Er wollte Flasche und Papier an sich nehmen und damit verschwinden.

»Hallo, nicht so schnell, Mr. Button!« Der Kapitän hielt ihn am Arm fest. »Sie nehmen mir meine Beweisstücke. Sie müssen mir doch mindestens eine Quittung geben!«

»Verdammnis über Ihre Quittung!« schrie der Zeitungsmann. »So wenig Vertrauen zum ›Globe‹? Aber, los, kommen Sie, Sie sollen Ihre Quittung haben!«

Damit raffte er Flasche und Papier zusammen, ergriff den Kapitän am Arm und zog ihn schleunigst mit sich aus dem Zimmer.

Von nun an kamen die Ereignisse mit Tempo ins rollen.

*

Zwei Tage später flogen zehn amerikanische Superfestungen in Richtung Grönland, ausgestattet mit den modernsten Beobachtungsinstrumenten, vollgepfropft mit wohlarmierten Truppen mit arktischer Winterausrüstung und mit leichten, schneegängigen Panzerfahrzeugen, kommandiert von Colonel Eagle, begleitet von drei Männern des amerikanischen Geheimdienstes, Mr. Al Fighter, Mr. Donald Peace und Mr. Dick Fuss. Anwesend waren ferner als Vertreter des ›Globe‹ Mr. Frank Curiously, für die Radio Section des Konzerns Mr. Nat Lighter und schließlich für Pennymakers Filminteressen der ausgezeichnete Kameramann Dan Yoker.

Das Geschwader der großen und schnellen Maschinen sah sich keiner leichten Aufgabe gegenüber. Um sie mit einiger Aussicht auf guten Erfolg zu lösen, war man davon ausgegangen, daß Kapitän Cox die Flaschenpost an der südöstlichen Küste von Grönland an Bord genommen hatte, also in der Dänemarkstraße, die sich zwischen Grönland und Island hinzieht. Nach genauen Studien der Meeresströmungen war man zu dem Resultat gekommen, daß die Flaschenpost erheblich nördlicher dem Meer übergeben worden sein mußte. Die Meinung der Sachverständigen ging darüber auseinander, ob dies etwa auf der Höhe der Traill-Inseln oder noch nördlicher, etwa bei der Shannon-Insel, der Fall gewesen sein mochte. Man nahm an, daß das Fugzeug Hitlers, über dessen Bestimmungsort man nichts wußte, die Island-Route gewählt hatte, um sich so nach Möglichkeit der Beobachtung durch alliierte Luftstreitkräfte zu entziehen. Eine Theorie ging davon aus, daß sich auf Island noch lange nach 1945 eine deutsche Truppenabteilung hoch in den nördlichen Gefilden behauptet hatte, und daß es in der Absicht des Führers gelegen habe, sich mit dieser Abteilung, über deren Standort er genau unterrichtet gewesen sein mochte, zu verbinden. Man vermutete, daß dort oben – etwa in der Nähe der Hovgards-Insel – sich eine kleine deutsche U-Boot-Basis befunden habe, ja daß eventuell dort ein besonders leistungsfähiges U-Boot vorsorglich zu dem Zweck stationiert gewesen sei, den Führer mit seinen ihn auf der Flucht begleitenden Gefolgen zu einem sicheren Zufluchtsort zu bringen. Möglicherweise sei dieser in Südamerika zu vermuten.

So weit die Theorien. Aus den Aufzeichnungen der Bordfunker Gläubig und Tupfinger ging immerhin hervor, daß beide Maschinen Kurs auf Grönland genommen hatten. Man konnte ferner aus dem Bericht schließen, daß eine Vereinigung mit der deutschen Truppenabteilung in Grönland nicht gelungen war. Was aber hieß nördliches Grönland? Die im grönländischen Eis Gelandeten würden keine Möglichkeit gehabt haben, ihre Maschine wieder flott zu machen, denn es war anzunehmen, daß auch das zweite Flugzeug bei der Landung Schaden genommen hatte. Die zur Notlandung Gezwungenen würden also zweifellos genötigt gewesen sein, in der Nähe ihrer Maschinen zu verbleiben, die ja das einzige waren, was sie mit der Zivilisation verband, in denen sich überdies alles befand, was sie für ihres Leibes Nahrung und Notdurft benötigten.

Die Maschinen des Suchkommandos, wenn man es so nennen will, landeten zunächst auf dem Flugplatz Etah. Von dieser Operationsbasis aus begann am nächsten Tage die Nachforschung. Das in Frage kommende Gebiet, vornehmlich King Fredericks-Land und Peary-Land, hatte man auf der Karte in zehn Kreise eingeteilt, von denen je einer jeder der 10 Maschinen zur Nachsuche zugeteilt worden war.

Zwei Tage lang verhinderten über dem Gebiet lastende dichte Nebel jede zuverlässige Beobachtung. Nachdem auch der nächste Tag noch diesig gewesen war, brachte endlich die zweite Wochenhälfte klaren Sonnenschein.

Alle Maschinen standen untereinander in ständiger Funkverbindung, ununterbrochen saßen die Beobachter an den Instrumenten, fast pausenlos arbeiteten die Filmkameras, während die entwickelten Streifen sorgsam untersucht wurden, ob irgend etwas auf ihnen zu erkennen sei, was auf eine menschliche Niederlassung deuten könnte.

Es war der hervorragende Spezialist Dan Yoker, der endlich am sechsten Tage der Suche aufgeregt in die Führerkabine der großen XU 22 zu dem Chefpiloten der Maschine, Major Hawk, stürzte und ihm einen entwickelten Film erregt unter die Nase hielt.

»Sehen Sie hier, Hawk!« sagte er lebhaft. »Meiner Mutter Sohn will einen Besen fressen, wenn das hier nicht Konturen von zwei vereisten Flugmaschinen sind! Und das da…« er tippte mit dem Zeigefinger auf eine Stelle des Filmstreifens, »das da sieht aus, als wenn es sich um Iglus, also um Schneehütten, handele. Sie sehen allerdings nicht aus wie Eskimo-Iglus, sie haben weit erheblichere Größe und, ich möchte sagen: ein geradezu klassisches Aussehen. Schade, daß ich das nicht schräger aufgenommen habe, aber gukken Sie genau hin, das könnten geradezu griechische Säulen sein. Sie kennen es ja, A. H. hatte immer den klassischen Spleen!«

Der Flieger hatte, während der Wortschwall des Kameramannes über ihn dahinging, den Filmstreifen aufmerksam betrachtet. Er hielt ihn gegen das von der Kanzel hereinströmende Licht, jede Einzelheit der Aufnahme genau prüfend.

»Okay«, sagte er kurz, »Sie könnten recht haben.«

Er erhob sich, übergab das Steuer seinem Vertreter und erteilte dem Funker Befehl, die anderen Maschinen über die Entdeckung zu informieren und sie herbeizurufen.

*

Der Führer, von Kopf bis Fuß in ein schwarzes Gewand aus Seehundsfell eingehüllt, das bei anderer Verarbeitung einen kostbaren Sealpelz ergeben hätte, hatte sich beim ersten Dröhnen der

Motoren in den Lüften sofort in den Bunker begeben. Dieser Bunker befand sich sechs Meter unter einem mit viel Kunst erbauten Schneehaus, dessen Portal wie die alte Reichskanzlei von eisschimmernden Säulen flankiert war.

Der Führer saß an einem aus Flugzeugteilen gezimmerten umfangreichen Schreibtisch, der mit Kartenskizzen und Skripturen bedeckt war. Auf dem schwarzen Sealanzug, den er trug, befand sich auf der Herzseite ein weißes Abzeichen, das die Form und Größe eines Hühnereies hatte. Etwas tiefer darunter trug der Führer nach altem Brauch das EK I.

Eben kam, ebenfalls in schwarzen Seal gehüllt und das Eierabzeichen auf dem Herzen, der Stellvertreter des Führers, Martin Bormann, in größter Eile hereingestürzt.

»Ei, mein Führer!«

Adolf erhob die Hand, die vielgeübte Rechte, und erwiderte mit dem neuen Parteigruß, indem er eine eiförmige Bewegung vollzog.

»Was gibt's?« sagte er barsch.

Martin Bormann ließ sich auf einem Sessel nieder, den ein sehr schönes Eisbärfell schmückte, und gab einen stöhnenden Laut von sich.

»Adolf«, sagte des Führers einziger Duzfreund beschwörend, »das war eine amerikanische Maschine! Und das schlimmste ist, ich glaube, sie hat uns entdeckt! Was soll geschehen?«

»Nichts! Du weißt, die Parole heißt nicht mehr ›Mein Kampf‹, wir sind von Kopf bis Fuß auf Frieden eingestellt.«

Martin Bormann schnaufte.

»Du hast gut reden, aber mich haben sie in Nürnberg zum Tode verurteilt!«

»Du hast das sechs Jahre überlebt«, sagte der Führer gelassen, »schließlich kann keiner ewig leben! Und wenn du eingehst in den ewigen Frieden, dann wirst du sterben entsprechend der neuen Weltanschauung unserer Internationalsozialistischen Partei. Außerdem wirst du oben mehr Gesellschaft vorfinden, als uns hier unten noch verblieben ist.«

Bormann warf ihm einen wütenden Blick zu.

»Bilde dir nur nicht ein, daß sie dich ungeschoren lassen!«

»Deine Bemerkung ist eine abwegige«, entgegnete der Führer gelassen. »Erstens bin ich nicht zum Tode verurteilt worden. Zweitens hat man mich als tot erklärt und drittens werden sie sich hüten, mich wieder für lebendig erklären zu lassen! Viertens aber hat mich die Vorsehung für die große Aufgabe bewahrt, der Welt nach meinem Kampf meinen Frieden zu vermitteln. Es ist mein strikter Befehl, daß ihnen, wenn sie landen, keinerlei Widerstand geleistet wird! Geh' jetzt und gib Parteigenosse Dr. Köpfle den Befehl, den Sitzungssaal vorzubereiten. Ich habe jetzt meine Begrüßungsansprache vorzubereiten.«

Er schob sich die Schmachtlocke aus der Stirn und griff entschlossen nach einer großen Wildgansfeder.

Der Führer sah recht gut aus. Nachdem er durch die eilige Flucht aus Berlin der fortgesetzten Behandlung seines Leibarztes Dr. Morell entkommen war, hatte er sich sichtlich erholt. Die Abgeschiedenheit der Jahre auf Grönland hatte dazu beigetragen, seine Nerven wieder zu stärken, während sein zwangsweise von der vegetarischen Kost gänzlich abgekommener Körper sich bei Schneehuhn, Walspeck, Bärentatzen und -schinken ausgezeichnet gekräftigt hatte.

Der Führer tauchte die Feder ein und schrieb:

»Als ich vor nunmehr 33 Jahren als kleiner Gefreiter des ersten Weltkrieges…«

*

Maschine nach Maschine landete. Die Vertreter des ›Globe‹-Konzerns sowie des amerikanischen Geheimdienstes, die Piloten und das andere fliegerische Personal, zuletzt die Truppen, versammelten sich und blickten gespannt auf das sich ihren Augen darbietende eigenartige Bild. Da waren etwa ein Dutzend Eskimo-Iglus, vor denen Eskimofrauen in der Sonne saßen, damit beschäftigt, Felle zu bearbeiten und Netze zu flicken. Mehrere Eskimos waren am Werke, von den Schlitten, mit denen sie offenbar eben zurückgekommen waren, die lebhaft kläffenden Hunde abzuschirren. Ein paar Dutzend Kinder spielten mit fröhlichem Geschrei in der Sonne. Erstaunlich schien es dem Blick von Mr. Curiously, daß eine ganze Anzahl der Kleinen blonde Schöpfe aufwiesen.

»Blonde Eskimobabys, das habe ich noch nicht gesehen«, sagte er zu Mr. Yoker, der ihm jedoch keine Antwort gab, weil seine Filmkamera bereits lebhaft schnurrte.

Etwas hinter den Eskimo-Iglus befanden sich mehrere erheblich größere, die sich an das anschlossen, was Mr. Yoker schon im Flugzeug ganz richtig als ein größeres Gebäude mit einer Säulenhalle ausgemacht hatte und das eine kuriose Ähnlichkeit mit einem der bekannten Bauten des Führers aufwies. In den Fries des Gebäudes war allerdings kein Hakenkreuz, sondern ein sorgfältig geformtes, bläulich-eisig schimmerndes Ei eingelassen.

Das ganze Bild war etwas seltsam, aber unbestreitbar friedlich.

Colonel Eagle überlegte, was zu geschehen habe. Zweifellos, das große Gebäude dort mußte, wenn die ganze Sache kein Spuk war, Adolf Hitler mit seinem Gefolge beherbergen. Merkwürdigerweise zeigte sich niemand. Sollte man einen kräftigen Schuß auf diese Eiskanzlei abfeuern oder war es angebrachter, mit einer Handvoll entschlossener Soldaten einzudringen? Es sah nicht so aus, als ob große militärische Gewaltanwendung nötig sein würde.

Der Colonel wurde seiner Sorgen enthoben. Die Treppe des Eispalastes herunter kam eine in Seal gehüllte Gestalt, die in der linken Hand ein weißes Tuch trug, mit dem sie heftig wedelte. Zögernd bewegte sich die Gestalt auf die kleine Invasionsarmee zu. Der Colonel trat einige Schritte vor, um so kenntlich zu machen, daß er der Befehlsführende sei.

Der Mann in Seal begriff, sein Gang beschleunigte sich.

Nun stand er vor Colonel Eagle, dessen Gesicht straff und ernst war. Immerhin konnte der Offizier den Ausdruck offener Neugier in seinen Augen nicht verbergen.

Der Mann in Seal erhob die Rechte zu einer merkwürdigen kreisförmigen Bewegung und sagte laut und knapp: »Ei!«

Der Colonel guckte ihn verdutzt an, doch kam ihm der Laut irgendwie englisch vor, er grinste etwas und sagte nicht unfreundlich: »Aye, aye, Sir! Befindet sich der ehemalige Führer und Reichskanzler Adolf Hitler hier?«

Der andere nickte.

»Mein Name ist Dr. Edwin Köpfle«, sagte er in recht gutem Englisch. »Der Führer hat mich beauftragt, Sie zu empfangen und in den Sitzungssaal zu geleiten. Wollen Sie mir, bitte, folgen.«

»Einen Moment«, erwiderte der Colonel, zu den Beauftragten der Regierung und den Vertretern des ›Globe‹-Konzerns zurückgehend, die der kurzen Unterredung mit Spannung gefolgt waren.

»Er ist tatsächlich hier«, sagte der Offizier. »Dieser Mann da wird uns zu ihm führen. Was halten Sie von der Sache? Ich denke, es wird gut sein, wir nehmen ein gutes Dutzend Mann mit durchschlagenden Waffen mit, wer kann wissen, was sich Adolf Hitler für Teufeleien ausgedacht hat?«

Die anderen stimmten zu, der Colonel gab seine Befehle und wandte sich wieder dem mit dem Eiabzeichen zu.

»Wir sind bereit«, sagte er, »allerdings werden wir Bewaffnete mibringen.«

»Wie Sie wünschen«, kam die Antwort, »es ist allerdings nicht nötig, wir haben unser Pulver seit langem verschossen und außerdem sind wir durchaus für den Frieden.«

Der Colonel tippte ihm mit ausgestrecktem Zeigefinger auf die Herzseite.

»Was ist das?« fragte er neugierig.

»Das ist das neue Parteiabzeichen.«

»Hier existiert also die Partei noch?« fragte der Colonel. Es lag starker Unwille in seiner Stimme.

Dr. Köpfle nickte.

»Allerdings existiert die Partei noch«, entgegnete er etwas pikiert. »Der Führer hat sie jedoch einer Revision unterzogen. Wir haben den Kampf liquidiert, wir sind in die zweite Phase der Bewegung eingetreten, es ist die des Friedens. Der Führer ist entschlossen, alles neu zu machen, wir haben daher die Fessel des Nationalen abgestreift und dementsprechend den Parteinamen in Internationalsozialistische Partei umgetauft. Wir beginnen diesmal auf internationaler Ebene ganz von vorn, also ab ovo, d.h. also vom Ei an. Dementsprechend wurde aus dem alten ›Heil‹ der Kern herausgenommen, womit wir zum ›Ei‹ gelangten! Das Genie des Führers hat damit sozusagen ein neues Ei des Columbus gefunden.«

Der Colonel starrte ihn verblüfft an. Er hatte mit steigender Verwunderung zugehört und wußte jetzt beim besten Willen nicht, was er sagen sollte. Mit dem Hakenkreuz wäre er ohne weiteres fertiggeworden, aber was sollte man mit dem internationalsozialistischen Ei anfangen? Er räusperte sich, wollte etwas sagen, fand aber keine Worte und blickte sich hilfeflehend nach seinen Begleitern um.

Mr. Yoker lachte aus vollem Halse, Mr. Curiously aber sah die Gelegenheit zu einem Interview:

»Verstehe ich recht«, sagte er, »so haben Sie auch das Parteiprogramm gewechselt? Können Sie mir darüber etwas sagen?«

»Das Parteiprogramm heißt kurz und bündig ›Mein Frieden‹!« entgegnete Dr. Köpfle. »Im übrigen aber bin ich nicht befugt, dem Führer vorzugreifen, der im Sitzungssaal den Herren die von ihm für erforderlich gehaltenen Aufschlüsse geben wird.«

»Also gut, gehen wir«, sagte der Colonel kurz, den anderen mit einem Wink bedeutend, ihm zu folgen.

Dr. Köpfle, ganz Chef des Protokolls, verneigte sich gemessen und ging, nach einer verbindlichen Handbewegung, voraus. Mit Gesichtern, die Überraschung, Spannung, Erwartung, Verwunderung, Neugier, Ärger und Belustigung zugleich waren, folgte die amerikanische Delegation. Als man das Säulenportal durchschritten hatte und den Eingang in die inneren Räume betrat, vollführten zwei links und rechts postierte Eskimos in der schlichten schwarzen Sealuniform mit bemerkenswerter Strammheit den Eigruß. Dr. Köpfle erwiderte den Gruß, einen Blick auf Colonel Eagle werfend, der Beifall erheischte.

»Haben wir ganz gut hingekriegt. Stramme Haltung in den schlappen Kerlen. Meinen Sie nicht?« fragte er.

Der Colonel warf ihm einen ablehnenden Blick zu und verzichtete auf eine Antwort.

Der Sitzungssaal, dessen Stirnwand von dem großen Ei geschmückt wurde, war durchzogen von einer längeren Tafel, an der links und rechts fellbedeckte Sessel standen. Die Schmalseite nahm ein erhöhter Sitz ein, um den herum sich fünf Männer versammelt hatten.

»Wollen Sie bitte Platz nehmen«, sagte Dr. Köpfle. »Dies sind des Führers Mitarbeiter, der Führer selbst wird sich in den Sitzungssaal begeben, sobald ich ihm Ihre Ankunft gemeldet habe.«

»Ich will gehenkt sein, wenn das nicht Martin Bormann ist!« rief plötzlich Mr. Al Fighter vom Geheimdienst. »Sie sind es!«

Martin Bormann antwortete nicht, er zog sich hinter den Stuhl des Führers zurück und warf einen scheuen Blick auf den Sprecher.

»Seien Sie ruhig, Fighter«, bemerkte Colonel Eagle. »Wenn der Mann da wirklich Bormann ist, kann er uns nicht mehr entgehen.«

Dr. Köpfle war indessen verschwunden. Erwartungsvolle Stille senkte sich auf den Raum.

Die Minuten verstrichen, der Führer ließ auf sich warten. Colonel Eagles Gesicht wurde dunkelrot vor Zorn, er hatte nicht übel Lust, seine Soldaten das Haus durchsuchen und Adolf Hitler gewaltsam holen zu lassen. Schon wandte er den Kopf, um den Befehl zu erteilen, da erschien Dr. Köpfle wieder und verkündete: »Der Führer!«

Und nun trat ›Er‹ herein, der lange Totgeglaubte. Zwar diesmal nicht im schlichten Braunhemd, dafür aber im schmucklosen, schwarzen Seal, mit Ei und EK I. Er sah straff und gebräunt aus, die Stirnlocke glänzte von gutem Walfischöl. Einen Augenblick blieb er stehen, vollführte den Eigruß und schritt nun zu seinem Sessel, den seine Gefolgen ihm beflissen zurechtrückten. Der Führer indessen ließ sich nicht nieder, sondern blieb steil aufgereckt an der Schmalseite des Tisches stehen, einen Augenblick die Augen aufwärts richtend, offenbar die Vorsehung anvisierend. Die Linke legte gleichzeitig ein dickleibiges Manuskript auf den Tisch. Einen Moment verharrte er so, gleichsam der Erde enthoben, dann ließ er den Blick über die Versammelten schweifen.

Niemand hatte ihn unterbrochen. Die Amerikaner waren zu sehr damit beschäftigt, den Mann zu betrachten, der eine Welt in Trümmer geschlagen hatte und nun mit einer Unbefangenheit vor sie hintrat, als gelte es, einen diplomatischen Empfang abzuhalten.

Jetzt aber wurde es Colonel Eagle zu dumm, er richtete sich auf, um in kurzen Worten Adolf Hitler davon Kenntnis zu geben, daß er und seine Gefolgsleute verhaftet seien.

Ehe er jedoch dazu kam, den Mund aufzutun, konstatierte er, daß ihm Adolf Hitler wohlwollend zunickte und gleichzeitig sprach:

»Sie, Herr Colonel Eagle, haben«, so begann der Führer, »durch Ihr Sicherheben von Ihrem Sitz im Gegensatz zu Ihren Begleitern bewiesen, daß Sie einem ehemaligen Staatsoberhaupt die gebührende Ehre zu erweisen wissen. Nehmen Sie meinen Dank dafür, zugleich im Namen der Internationalsozialistischen Partei!«

Der Colonel war einen Moment vollkommen perplex, die unerwartete Belobigung durch den Führer hatte ihm das Konzept verdorben. Er war krebsrot vor Zorn, räusperte sich heftig und sagte mit aller Entschiedenheit:

»Adolf Hitler, im Namen der Vereinigten Staaten erkläre ich Sie und Ihre Komplizen für verhaftet!«

Adolf Hitler stemmte beide Fäuste auf die Tischplatte und warf Colonel Eagle einen wütenden Blick zu.

»Ich bin enttäuscht«, sagte er, »daß ein Vertreter Ihrer Nation, die ich immer außerordentlich geschätzt habe, mir in so feindseliger Weise begegnet. Ich erinnere daran, daß ich in meinem Werk ›Mein Kampf‹ in der ungekürzten Ausgabe von 1941 ausdrücklich darauf hingewiesen habe, daß die Bevölkerung Nordamerikas zum weitaus größten Teil aus germanischen Elementen besteht und daß der rassisch rein und unvermischt gebliebene Germane des amerikanischen Kontinents zum Herren desselben aufgestiegen ist. Indessen hat allzu lange die amerikanische Nation den gleichen Fehler wie die ihr blutsverwandte deutsche begangen, indem sie dem jüdischen Glaubenssatz folgte, daß die Rasse reingehalten werden müsse! Das konnte zu nichts anderem führen, als zu einer Verewigung des mehr oder weniger rassisch bedingten Nationalitätenstreites, eines Nationalismus, der immer wieder neue Konflikte hervorrufen mußte, die ihrerseits daran hinderten, die Welt zum Frieden gelangen zu lassen. Der jüdische Trick, mit der These von der Reinhaltung der Rasse die Befriedung der Völker zu verhindern, muß ein für allemal überwunden und durch die neue große Erkenntnis der Internationalsozialistischen Partei abgelöst werden, daß die Rassen und Nationen zu entflechten sind. Die Menschheit muß durch das, was Sie eine große Reeducation nennen würden, durch Überzeugung mittels der Propaganda und, falls erforderlich, durch Anwendung heilsamen Zwanges dazu gebracht werden, sich absolut und voll und ganz zu vermischen. Vor allem aber muß das internationale Judentum, dieses Ferment der Dekomposition, das durch sein stures Festhalten an der Reinhaltung der Rasse eines der stärksten Hindernisse für die harmonische Rassenvermischung darstellt, mit allen Mitteln zu einer Zwangsvermischung gebracht werden! Nicht umsonst...«

»Bei allem was komisch ist, was reden Sie da?« rief der Radiomann Nat Lighter. »Sie stellen ja...«

»Ich habe das Wort!« unterbrach ihn der Führer mit grollender Stimme. »Sie können in der Diskussion Ihre Einwände vorbringen! Aber ich kann Ihnen schon jetzt versichern, alle Einwände, die irgendwie nötig sind, mache ich schon selber! Und ich werde sie widerlegen! Niemand ist befugter als ich, der ich den Kampf bis ins Letzte mit einer einmaligen Konsequenz durchexerziert habe, aus den Ergebnissen dieses gigantischen Kampfes die einzigen richtigen Konsequenzen für die Durchsetzung des wahren Friedens zu ziehen! Die Kraft der von mir entwickelten Idee, die in diesen Jahren bis ins Letzte auszuarbeiten ich die Gelegenheit und die nötige Muße gehabt habe, wird sich über alle Widerstände hinaus siegreich Bahn brechen. Denn überlassen Sie sich keinem Zweifel darüber, daß ein Hirn wie das meine, das alle Härten und Feinheiten des Kampfes bis ins Letzte erschöpft hat, durchaus in der Lage gewesen ist, über alle Härten der derzeitigen friedlosen Zeit hinweg jene Organisation des Friedens bis in die letzten feinsten Verästelungen hinein theoretisch zu entwickeln, deren Umsetzung in die Praxis zu jenem genialen und unsterblichen Werk führen muß und führen wird, das ich mit der einfachen, aber inhaltsschweren Bezeichnung ›Mein Frieden‹ umreiße! Sie, meine Volksgenossen…äh, meine Herren Abgesandten der großen amerikanischen Nation, die ja seit einigen Jahren den Prozeß der Rassenmischung mit anerkennenswerter Konsequenz bis zu der Vermischung mit dem Neger getrieben hat, werden die ersten sein, die mir zugeben müssen, daß nur und ausschließlich auf diese Weise der große Prozeß der inneren Befriedigung der Welt gewonnen werden kann! In Ihnen sehe ich meine besten Verbündeten und ich hege nicht den geringsten Zweifel, daß Sie mir, wenn Sie sich erst mit den Einzelheiten meines umfassenden Programms hinreichend vertraut gemacht haben, die getreueste Gefolgschaft leisten werden. Ich aber…«

Der Führer, der seine Darlegungen mit immer heftiger werdenden Gesten unterstrich und dessen Stimme immer dröhnender und kehllautiger geworden war, wischte sich mit der Rechten mit einer heftigen Bewegung die heruntergefallene Locke aus der schweißtriefenden Stirn.

»Ich glaube, er ist wahnsinnig geworden«, flüsterte Colonel Eagle dem zu seiner Rechten sitzenden Agenten des Geheimdienstes, Mr. Dick Fuss, zu.

»Ich kann mir nicht helfen«, flüsterte Fuss zurück, »es liegt doch eine gewisse Logik in dem, was er sagt.«

»Immer hat in seinem Wahnsinn Methode gelegen«, gab der Colonel zurück. »Lassen wir ihn ruhig reden, wir erkennen so am besten, wessen Geistes Kind er heute ist.«

»...gehe nun zu den Einzelheiten meines Programms über«, schwoll die Stimme des Führers wieder an ihr Ohr. »Wie ich schon gesagt habe, sind die Nationen als solche überlebt, ihr Ineinanderfließen herbeizuführen ist also das dringendste Gebot der Stunde! Die Gesetzgebung in allen Staaten, die Anspruch darauf erheben, als zivilisatorische und kulturschöpfende zu gelten, muß also einerseits die Mischehe gesetzlich festlegen, die Ehe aber von Partnern gleicher Rasse verbieten. Wer sich gegen diese Bestimmungen auflehnt, respektive sich gegen sie versündigt, wird wegen Vermischungsschande aus der internationalen Volksgemeinschaft so lange ausgestoßen und einer nutzbringenden Beschäftigung zugeführt, bis er a) entweder seinen Widerstand aufgibt und sich zur Eingehung einer Mischehe entschließt oder bis b) die Zeugungsunfähigkeit eingetreten ist. Offenbart der Widerstand des Betreffenden eine grundsätzlich antiinternationalsozialistische Gesinnung, wird auch vor dem Mittel der von Staats wegen anzuordnenden Sterilisierung nicht zurückzuschrecken sein, um der Gefahr der etwaigen Entstehung unerwünschten reinrassigen Nachwuchses einen unüberwindlichen Riegel vorzuschieben! Wer aber seiner Mischpflicht im Bewusstsein internationaler Verantwortung getreu nachkommt, wird nach bewährtem Vorbild vom dritten Mischling ab durch Steuervergünstigungen in seiner sozialen Lage gehoben werden. Gleichfalls werden wir der Mischmutter das Mimuk, das Mischmutterkreuz, verleihen. Um auf diesem biologischen Sektor die erforderlichen Erfolge möglichst rasch und umfassend erzielen zu können, werden wir nicht umhin können, etwa nach dem Vorbild des von Ihnen betriebenen Austauschprogrammes, einen internationalen Frauenaustausch durchzuführen. Zur Verdeutlichung dieses meines Programmpunktes gebe ich Ihnen als kurzes Beispiel, daß also etwa eine Norwegerin in den afrikanischen Urwald umgesiedelt werden muß, während andererseits irgendein Olaf Gunnarson die Ehe mit einer Nubierin zu vollziehen hat. Wir werden dabei, um von unseren Grundsätzen auch nicht um Haaresbreite abzuweichen, auch vor Eingriffen in die bestehenden Ehen nicht zurückschrekken dürfen, sofern nach amtsärztlicher Untersuchung die Möglichkeit nicht als abwegig bezeichnet werden kann, daß aus solchen Ehen noch Nachwuchs entstehen könnte. Verwandtes Blut verträgt sich, wenn wir also durch eine gigantische Blutsvermischung eine allgemeine Verwandtschaft hergestellt haben, kann das Resultat nur ein einziges sein, das allgemeine Sichvertragen: demnach der Weltfrieden.«

Der Führer schlug mit harter Faust auf die Tischplatte und wischte sich abermals den Schweiß von der Stirn.

Golonel Eagle benutzte die Zwischenpause.

»Mr. Hitler«, sagte er liebenswürdig, aber bestimmt, »ich bin Soldat und stehe unter Befehl! So interessant mir und meinen Freunden Ihre Darlegungen auch sind, ich muß Sie zu meinem Bedauern bitten, für heute zu enden. Sie als Gefreiter des ersten Weltkrieges wissen, was ein Befehl bedeutet. Meine Order lautet dahin, Sie und Ihre Leute, sobald ich Sie aufgefunden hätte, unverzüglich an den mir von meiner Regierung bestimmten Ort zu verbringen. Ich muß Sie also bitten, mir und meinen Begleitern sofort zu folgen. Ich gebe Ihnen zur Ordnung Ihrer hiesigen Angelegenheiten eine Viertelstunde Zeit.«

Der Führer hatte unwillig die Stirn gerunzelt, aber bei dem Appell an seine Gefreitenzeit hatte sich seine Miene wieder erhellt.

»Sie, Herr Colonel Eagle, haben ein glückliches Wort gefunden. Ich respektiere Ihre soldatische Verpflichtung. Ich und meine Gefolgsleute werden Ihnen nach der angegebenen Frist zur Verfügung stehen. Wohin bringen Sie uns?«

»Geheimnis, Mr. Hitler, aber es wird kein unerfreulicher Aufenthaltsort sein. Was meine Regierung über Sie und Ihre Begleiter bestimmen wird, entzieht sich meiner Kenntnis.«

Adolf Hitler sah ihn schweigend an, sein Gesicht, das sich nun entspannt hatte, verzog sich zu einem kleinen verschmitzten Lächeln.

»Sie haben nicht zufällig«, sagte er mit einer gewissen Schüchternheit, die seltsam von der fanatischen Bestimmtheit seiner vorherigen Rede abstach, »Sie haben nicht zufällig ein paar Mohrrüben zur Hand? Wir sind seit längerem ohne derartige Dinge, ich habe mich notwendigerweise auf tierische Nahrung umstellen müssen, aber ein paar Mohrrüben…«

Der Colonel lachte.

»Sorry, Mr. Hitler, ich glaube, Mohrrüben haben wir nicht da! Aber ich könnte Ihnen eine Büchse Ananas offerieren, sie sind ausgezeichnet.«

Der Führer nickte erfreut.

»Ananas? Eß ich sehr gern. Wenn Sie vielleicht noch etwas Keks oder derartiges…«

»Bedarf keiner Erwähnung, Sie werden in unseren Maschinen alles vorfinden, was Ihren Wünschen hinsichtlich der Ernährung entspricht.«

Martin Bormann blickte neidisch auf den Führer, er kämpfte mit sich. Aber schließlich war der innere Drang stärker als die Hemmung.

»Ich weiß nicht, ob Sie mich auch aufhängen werden«, sagte er, »aber wenn Sie vorher ein paar Zigaretten…«

Mr. Peace griff in die Tasche und warf ihm eine Packung ›Camel‹ zu, die Bormann mit bemerkenswerter Gewandheit auffing. Er öffnete die Umhüllung und entnahm ihr mit nervös zitternden Fingern eine Zigarette. Jetzt aber entdeckte er, daß er kein Feuer hatte. Nat Lighter erbarmte sich seiner und knipste ein Feuerzeug an. Eilfertig kam Bormann herbeigeschossen und steckte sich die Zigarette an. Er nahm einen tiefen Zug, schnupperte genüßlich und sagte:

»Altes, dreckiges Krämerland, die Vereinigten Staaten, aber die Zigarette ist nicht schlecht!«

Mr. Peace warf ihm einen wütenden Blick zu, er hätte Bormann am liebsten geohrfeigt, aber er hielt sich zurück. Was konnte man von Martin Bormann schon erwarten!

Der dicke Stellvertreter des Führers hatte sich inzwischen zu seinen Kameraden zurückbegeben und ließ sich von diesen nur widerwillig dazu bewegen, ihnen ebenfalls eine ›Camel‹ zu stiften. Aber die Aussicht darauf, bei den Amerikanern in Hinsicht Zigaretten keinen Mangel leiden zu müssen, ließ ihn sein Zögern überwinden.

*

Das Geschwader der zehn gewaltigen Maschinen jagte mit einer Geschwindigkeit von etwas mehr als durchschnittlich 1000 km/h in südöstlicher Richtung dem Hitler und den Seinen noch unbekannten Ziel entgegen.

In der führenden Maschine befanden sich außer Colonel Eagle, Mr. Fighter, Mr. Curiously und Mr. Yoker, einigen Bedeckungsmannschaften sowie dem Flugpersonal noch Adolf Hitler und Bormann. Sie saßen in einer geräumigen, bequem ausgestatteten Abteilung des gewaltigen Flugzeuges. Bormann war schon bei der zweiten Packung ›Camel‹ angelangt, hatte aber eben bemerkt, daß er etwas abstoppen müsse, er sah leicht grünlich aus und war schon zum zweiten Mal infolge des ungewohnten Zigarettengenusses und vielleicht auch wegen des Entwöhntseins vom Fliegen leicht schwankend vom WC zurückgekehrt. Jetzt saß er hinter einem großen Glas Whisky, das ihn sichtlich gesprächig machte. Zu seinem Ärger wurde er aber weit weniger als der Führer ins Gespräch gezogen, der, immer noch in der schwarzen Sealuniform, die Situation zu genießen schien. Seit langem hatte er nicht die Möglichkeit gehabt, einem unbekannten Auditorium seine Ideen zu entwickeln. In der rechten Hand hielt er eine große Mohrrübe, die sich in der Pantry des Flugzeuges vorgefunden hatte und dem Führer als Gastgeschenk überreicht worden war. Geriet er in lebhafte Gestikulationen, so unterstrich er seine Ausführungen sehr nachdrücklich mit der angeknabberten, gelb-rötlichen Rübe, zu der er in den Redepausen mit dem gleichen Eifer zurückkehrte, mit dem Colonel Eagle, Mr. Fighter und Mr. Curiously ihren Kaugummi bearbeiteten. Im großen und ganzen saß man ziemlich einträchtig beieinander, wenn auch die geführte Diskussion sich außerordentlich von allem unterschied, was die Wände des Flugzeugs jemals zu hören bekommen hatten.

Der Führer ließ sich soeben über die propagandistischen Möglichkeiten aus, seine Idee des Friedens in die Praxis umzusetzen.

»Reden Sie mir doch nicht von der Intelligenz und dem kritischen Urteilsvermögen des einzelnen!« sagte er überlegen. »Ich glaube, der Beweis, den wir für die Wirksamkeit einer zielstrebigen Propaganda erbracht haben, war ein vollendeter. Diese kleine Intelligenzbestie Josef Goebbels, die mich doch wahrhaftig zu guter Letzt im Bunker in Berlin umbringen lassen wollte…«

»Was, Dr. Goebbels wollte Sie umbringen lassen?« rief Curiously überrascht. »Das müssen Sie genau erzählen, Mr. Hitler!«

Der Führer machte eine ablehnende Handbewegung.

»Davon bei anderer Gelegenheit, das gehört jetzt nicht zum Thema. Ich habe ihn immer hart anfassen müssen, den kleinen propagandistischen Schrumpfgermanen, aber er verstand sein Fach, man würde ihn jetzt gut gebrauchen können. Nun, ich werde mir einen anderen Chefpropagandisten heranziehen. Dr. Köpfle hat keine schlechten Anlagen, er war früher im ProMi und hat von Goebbels und mir viel gelernt. Aber um auf die Propaganda zurückzukommen: Le Bon in seiner Psychologie der Massen sagt – ich zitiere wörtlich – sehr treffend: ›Menschen von verschiedenartigster Intelligenz haben äußerst ähnliche Triebe, Leidenschaften und Gefühle. In allem, was Gegenstand des Gefühls ist: Religion, Politik, Moral, Sympathien und Antipathien usw. überragen die ausgezeichnetsten Menschen nur selten das Niveau der gewöhnlichen einzelnen. Zwischen einem großen Mathematiker und einem Schuster kann verstandesmäßig ein Abgrund klaffen, aber hinsichtlich des Charakters ist der Unterschied oft nichtig oder sehr gering. Eben diese allgemeinen Charaktereigenschaften, die vom Unbewußten beherrscht werden und in der Mehrzahl der normalen Angehörigen einer Rasse ziemlich gleichmäßig sind, werden in den Rassen vergemeinschaftlicht. In der Gemeinschaftsseele verwischen sich die Verstandesfähigkeiten.‹ Geben Sie mir Masse, die ist immer zu haben, und ich werde sie mit den Mitteln der Propaganda dahin führen, wohin ich sie haben will!«

Mr. Curiously sah Adolf Hitler mit einer gewissen widerwilligen Bewunderung an. Es war also wahr, dieser Adolf Hitler hatte ein erstaunliches Gedächtnis, er war auch jetzt noch in der Lage, wörtlich aus den Schriften der ihm genehmen Geister zu zitieren!

»Wenn Sie, Mr. Hitler«, so sagte er, »so wenig Unterschiede zwischen den Menschen sehen, woher nehmen Sie dann die Überzeugung, daß Sie so unterschiedlich von allen anderen sind?«

Der Führer warf ihm einen strengen Blick zu.

»Männer machen die Geschichte!« sagte er hart und bestimmt. »Aber nur alle hundert Jahre etwa wird den Menschen ein großer Mann geboren, der Geschichte macht, also das Weltgeschehen in neue Bahnen lenkt. Diese großen Männer, zu denen die Vorsehung auch mich gesellt hat, sind der Sinn der Erde. ›Der Übermensch ist der Sinn der Erde‹, so sagt Nietzsche. ›Euer Wille sage: Der Übermensch sei der Sinn der Erde!‹ Aber nur aus allen Konglomeraten Mensch, also aus der Summierung der ganzen Eigenschaften der verschiedenen Rassenseelen, kann der Übermensch entstehen! Darum muß die weltweite Vermischung vollzogen werden, damit sich in der Retorte des großen Mischprozesses der Übermensch gebäre. Wiederum sagt Nietzsche: ›Seht, ich lehre euch den Übermenschen!‹«

Der Führer wies mit einer großen Geste nach den Fenstern der Maschine, unter der er das Meer wußte.

»Der Übermensch«, wiederholte er, »der ist dieses Meer, in ihm kann eure große Verachtung untergehen.«

Er hielt inne und biß ein kräftiges Stück von seiner Mohrrübe ab.

Bormann kicherte, nahm einen großen Schluck Whisky und rülpste. Er griff in die hintere Hosentasche aus Seal und zog ein kleines rotes Buch heraus, dessen Umschlag in Goldprägung die Worte »Mein Kampf« trug. Eilfertig blätterten die dicken Finger Bormanns in den Seiten.

»Reden kann er, was?« sagte Bormann. »Was hat er eben über die Rassenvermischung gesagt? Und was lese ich hier, auf Seite 312 von seinem famosen ›Kampf‹, da hier, Absatz 2. Hören sie genau zu: ›Jede Kreuzung zweier nicht ganz gleich hoher Wesen gibt als Produkt ein Mittelding – Mittelding ist gut! – zwischen der Höhe der beiden Eltern. D. h. also: das Junge wird wohl höher stehen, als die rassisch niedrigere Hälfte des Elternpaares, allein nicht so hoch wie die höhere. Folglich wird es im Kampf gegen diese höhere später unterliegen. Solche Paarung widerspricht aber dem Willen der Natur zur Höherzüchtung des Lebens überhaupt!‹ Das hast du geschrieben, Adolf, wie passt das zu deiner Mixtheorie?«

Colonel Eagle lachte, dieser Bormann schien von Adolf Hitler nicht mehr restlos begeistert zu sein.

Adolf Hitler warf Bormann einen vernichtenden und zugleich verachtungsvollen Blick zu.

»Wenn ich dich jemals zu den denkenden Wesen gerechnet hätte, hätte ich dich nie zum Stellvertreter des Führers gemacht! Oder bildest du dir ein, daß ich den Halbidioten Heß zum Stellvertreter ernannt hätte, der später in geistiger Umnachtung nach London geflogen ist, wenn ich ihn für einen denkenden Kopf gehalten hätte? Du gehörst zu den ewig Gestrigen, Martin Bormann! Du bist nicht in der Lage zu begreifen, weil du zurückgeblieben bist, daß ich inzwischen gewaltige Fortschritte gemacht und aus den Lehren des von mir durchgeführten einmaligen Kampfes die Nutzanwendung gezogen habe. Wenn ich alle Rassen vermischt habe, gibt es doch keine höhere mehr, das muß doch auch in deinen dummen Schädel hineingehen! Und als Mensch, der diese Vermischung der Welt zielbewußt durchführt, als Mensch überhaupt, als Übermensch im besonderen, bin ich ein Stück Natur in ihrer Höchstentwicklung! Wie kann also die Paarung aller Völker, wenn ich, ich, als die übermenschliche Höchstzüchtung der Natur, sie durchführe, dem Willen der Natur zur Höherzüchtung des Lebens widersprechen?! Begib dich nicht auf das Gebiet des Denkens, habt ihr noch immer nicht gelernt, daß der Führer für euch denkt? Du hast nichts zu tun, als zu folgen. Wie heißt das? Stehe auf und sprich!«

Die letzten Worte hatte der Führer in sich steigender Wut hinausgeschrien.

Martin Bormann, das Whiskyglas in der fleischigen Rechten, erhob sich gehorsam, vollführte mit dem Glas eine eiförmige Bewegung, wobei er sich mit etwas Whisky bekleckerte, und sagte mit nicht mehr ganz fester Stimme:

»Führer befiehl, wir tragen die Folgen,...äh, Verzeihung, wir folgen.«

Er ließ sich nieder und nahm einen kräftigen Schluck. Adolf Hitler blickte ihn grimmig, aber schon wieder etwas besänftigter an.

Die Amerikaner waren der Szene mit Verwunderung gefolgt.

Adolf Hitler verschluckte ein Stück Mohrrübe, das er krachend abgebissen hatte, und wandte sich wieder Colonel Eagle zu.

»Nie können sie mit mir mit!« sagte er mit einer Kopfbewegung zu Bormann hinüber. »Wundern Sie sich nun, daß mein Kampf anders auslief, als ich gewollt habe? Aber alle haben sie versagt, dieser Narr Göring, dieser Brillenaffe Himmler, dieser unfähige Keitel und wie sie alle hießen. Mir ist es ergangen wie Napoleon I., der einmal sagte: wo ich nicht selber bin, machen meine Generale nichts als Dummheiten!«

»Es ist richtig«, warf Mr. Peace ein, »daß Sie Göring und Himmler vor Ihrem Tode, also vor Ihrem vermeintlichen Tode, ihrer Ämter enthoben und beide aus der Partei ausgestoßen haben. Wie vereinbart sich aber mit Ihren Worten, daß Sie zum neuen Reichskanzler in Ihrem politischen Testament, Teil 2, Dr. Josef Goebbels einsetzten?«

Der Führer blickte überrascht auf.

»Mein politisches Testament, was ist das? Da ich entschlossen war weiterzuleben, um meine Idee nach gewissen, durch die Erfahrung als notwendig erwiesenen Revisionen dennoch zum Siege zu führen, konnte es mir natürlich nicht einfallen, ein politisches Testament zu hinterlassen!«

Die Amerikaner sahen ihn verblüfft an.

»Einen Moment«, sagte Mr. Fighter, erhob sich und holte sich eine Aktentasche. Er suchte ein paar Augenblicke darin herum und zog dann ein Dokument heraus, das er Adolf Hitler überreichte.

»Wollen Sie sich, bitte, überzeugen, Mr. Hitler, hier ist die Photokopie Ihres politischen Testamentes in zwei Teilen.«

Der Führer hatte rasch die Photokopie ergriffen und las. Minuten vergingen.

Endlich hob Adolf Hitler den Kopf und sagte, immer noch in das Testament blickend und dann zur letzten Seite blätternd:

»Das ist eine Fälschung!«

»Eine Fälschung?« fragten die anderen fast gleichzeitig. Das war eine kleine Sensation für sich.

»Wie erklären Sie sich das, Mr. Hitler?«, fragte Dick Fuss.

Der Führer blickte auf.

»Goebbels«, sagte er lakonisch. »Nie hätte ich ihn zum Reichskanzler gemacht, so hat er sich selber ernannt! Das Ganze ist eine geschickte Fälschung, er kannte meinen Stil gut genug, um ihn kopieren zu können.«

»Und wie erklären Sie sich die Unterschriften?«

Der Führer machte eine ungeduldige Handbewegung.

»Gehört viel dazu, Unterschriften zu fälschen?« fragte er zurück. »Sie, Colonel Eagle, haben mir erklärt, daß Sie mich auf Grund einer Nachricht der beiden Deserteure Emil Gläubig und Alois Tupfinger aufgefunden haben. Sie sagten, es habe in der Botschaft die richtige Angabe gestanden, daß meine und die Begleitmaschine am 29. April 1945 von Berlin aus gestartet seien.

Wir starteten bereits in aller Herrgottsfrühe, es mag gegen 4.30 Uhr gewesen sein. Sie sehen aber, daß auf diesem Blatt hier als Datum der Abfassung des Testamentes der 29. April 1945, 4.00 Uhr, angegeben ist.«

»Das kann 4.00 Uhr morgens bedeuten«, warf Mr. Curiously ein.

»Möglich«, erwiderte der Führer, »aber das beweist nur, daß man die Fälschung unmittelbar nach meinem und Bormanns Aufbruch vornahm, also unverzüglich.«

»Aber warum diese Fälschung«, fragte Mr. Fighter. »Dr. Goebbels hat sich ja dann selbst entleibt, so wäre seine Selbsternennung zum Reichskanzler völlig zwecklos gewesen?«

»Natürlich war sie zwecklos, genau so, wie sie zwecklos gewesen wäre, wenn ich ihn selber ernannte hätte! Aber am 29. April 1945 war Goebbels offenbar noch nicht in der Lage, die Situation mit der gleichen Klarheit zu übersehen, wie ich. Ich zog die Konsequenzen und setzte mich ab, um damit die Idee zu retten und Garant ihrer Durchsetzung bleiben zu können. Goebbels aber mußte erkennen, daß er eine Sinnlosigkeit begangen hatte, infolgedessen brachte er sich um.«

»Aber allgemein heißt es«, sagte Mr. Yoker, »daß Dr. Goebbels in jenen letzten Tagen wesentlich besser orientiert gewesen war, als Sie, Mr. Hitler.«

Der Führer blickte ihn ärgerlich an.

»Unsinn«, sagte er heftig, »nie ist jemand besser unterrichtet gewesen als ich! Sie vergessen, daß Goebbels ungeheuer ehrgeizig war und nach dem 20. Juli 1944 geglaubt hatte, ich würde ihn an Himmlers Stelle setzen und damit zum mächtigsten Manne neben mir machen.«

»Und warum haben Sie das nicht getan?« fragte Colonel Eagle. »Schließlich war es doch damals Dr. Goebbels, der in Berlin die Männer des 20. Juli mattsetzte! Und schließlich war es doch Himmlers Ressort, das versagt, das Stauffenbergs Attentat auf Sie nicht verhindert hatte.«

»Richtig«, stimmte der Führer zu, »aber Himmler war kein Kopf, sondern eine rundbackige Gehorsamsmaschinerie. Ein Goebbels aber auf Himmlers Posten wäre zu gefährlich geworden. Seit ich ihn gewaltsam daran gehindert hatte, sich einer Filmdiva wegen von Magda Goebbels scheiden zu lassen, haßte er mich. Übrigens habe ich Goebbels später in Berlin ja umfassende Vollmachten gegeben, aber damit konnte er keinen Unfug anrichten, denn schließlich war ich ebenfalls in Berlin. Einem Goebbels durfte man, außer in der Propaganda, keine freie Hand lassen! Er war ein Mann mit einem hohlen Blick, er dachte zu viel, die Menschen sind gefährlich.«

»Also sind Sie gar nicht verbrannt worden?« fragte Mr. Yoker, nicht eben geistreich. »Wer also ist da mit Benzin übergossen worden?«

Der Führer lachte kurz und rauh.

»Wäre ich verbrannt worden, säße ich jetzt nicht vor Ihnen! Irgendeinen armen Teufel werden sie da verschmort haben. Sie müssen doch begreifen, daß die ganze Sache eine Goebbelssche Inszenierung gewesen ist, um mich nach meinem Tode, dem von ihm erfundenen Tode, lächerlich zu machen! Die erste Nachricht, daß ich irgendwo mit der Waffe in der Hand gefallen sei, setzte der raffinierte Propagandist vorher in Umlauf, um nachher mit der Mitteilung über meine angebliche Verbrennung mittels einiger hundert Liter Benzin einen um so stärkeren ungünstigen Kontrast zu erzeugen.«

»Das ist interessant«, sagte Mr. Curiously. »Ihre Darstellung deckt sich zum mindesten mit dem, was wir über Dr. Goebbels Charakter wissen. – Und was ist, verzeihen Sie, Mr. Hitler, aus Eva Braun geworden?«

Adolf Hitler blickte ihn verweisend an.

»Über Frauen, die einem nahegestanden haben, spricht man bei uns nicht! Ich nehme an, daß das selbst in Amerika nicht anders ist.«

Der Journalist bekam einen roten Kopf, er ärgerte sich über die Zurechtweisung, aber er versuchte noch einen Einwand.

»Die Dame ist immerhin«, sagte er, »eine Person der Zeitgeschichte und darum...«

»Unsinn«, unterbrach ihn der Führer, »sie hat mit der Geschichte überhaupt nichts zu tun, Geschichte habe nur ich gemacht!«

»Geschichten haben Sie gemacht!« erwiderte Frank Curiously wütend.

Der Führer schüttelte missbilligend den Kopf.

»Wenn Sie das aus der Historie wegbringen, was ich getan habe«, sagte er trocken, »dann will ich Ihnen zugeben, daß ich keine Geschichte, sondern Geschichten gemacht habe. Wenn Sie aber auf meine Fehler anspielen, so halte ich Ihnen entgegen, daß alle großen Männer Fehler gemacht haben. Aber noch lebe ich, und Sie können sich darauf verlassen, daß ich meine Fehler ausradieren werde.«

»Sie haben sich nicht viel geändert«, sagte Colonel Eagle nachdenklich.

Der Führer lächelte geschmeichelt, er zupfte leicht an dem weltbekannten Hitlerbart und sagte in einem seiner seltenen Anfälle von wirklicher Heiterkeit:

»Sie haben recht, ich habe mich nicht viel geändert. Noch ist der Bart nicht ab!«

Martin Bormann verschwand kichernd abermals im WC.

Als er zurückkehrte, blieb er einen Moment hinter Adolf Hitlers Sessel stehen. Wütend fuhr der Führer herum.

»Setz dich! Du weißt, daß ich es nicht vertragen kann, wenn jemand dicht hinter mir steht! Ich will nicht dauernd an Röhm erinnert werden!«

*

Ununterbrochen, in rasender Fahrt, jagten die Maschinen durch die Luft. Sie steuerten jetzt bereits über Baffin Island.

*

In Washington war im Weißen Haus unter Vorsitz des Präsidenten der USA, in Anwesenheit der Minister und ihrer engsten Mitarbeiter, seit einigen Stunden eine erregte geheime Konferenz im Gange. Thema der Sitzung war das unerwartete und unerwünschte Wiederauftauchen Adolf Hitlers. Daß obendrein auch noch Bormann lebte, machte die Sache zwar nicht angenehmer, aber die Existenz des Stellvertreters des Führers fiel bedeutend weniger ins Gewicht. Wenn schon Adolf Hitler noch lebte, dann konnte man Bormann auch noch in Kauf nehmen.

»Es ist unmöglich«, führte der Außenminster soeben aus, »das Wiederauftauchen Adolf Hitlers publik zu machen, es muß unter allen Umständen verschwiegen werden. Mr. Pennymaker vom ›Globe‹-Konzern und seine wenigen eingeweihten Mitarbeiter haben sich dem Gewicht unserer Gründe nicht verschließen können und strengste Diskretion zugesichert. Meine Herren, wir leben nicht mehr im Jahre 1945, sondern wir schreiben 1952. Die Führung eines Prozesses gegen Adolf Hitler und Martin Bormann in Form etwa des Nürnberger Tribunals würde ungeheuere politische Komplikationen heraufbeschwören. Denn niemand in diesem Kreise zweifelt daran, daß die Sowjetunion in einem solchen Gerichtsverfahren wieder Sitz und Stimme verlangen würde. Ich sähe in einem solchen Falle keine Möglichkeit, einen entsprechenden Antrag des Kremls abzulehnen. Überdies kennen wir das Wiederaufleben des Nationalismus und eines Neufaschismus speziell in Deutschland viel zu gut, als daß wir ihm durch einen solchen Prozeß neue Nahrung geben dürften. Daß Kriegsverbrecher bestraft werden mußten, die der Verbrechen gegen die Menschlichkeit schuldig waren, bedarf keiner Erwähnung, zugleich aber wissen wir alle, daß damals gewisse Fehler gemacht worden sind, auf die ich nicht näher einzugehen brauche. Eine Wiederholung eines solchen Prozesses, in welcher Form auch immer, halte ich zum mindesten in diesem Moment, bei dem es um die Schaffung der europäischen Verteidigungsgemeinschaft und der Einbeziehung künftiger deutscher militärischer Kräfte in eine solche geht, für völlig unmöglich. Es gibt in dieser Situation nur eines: Hitler und Bormann sind tot, sie bleiben tot!«

»Und das bedeutet?« kam eine Zwischenfrage. »Sie werden also rasch und stillschweigend gerichtet?«

Der amerikanische Staatssekretär des Äußeren schüttelte den Kopf.

»Dieser Gedanke ist natürlich erwogen worden«, erwiderte er ruhig, »er wurde jedoch aus praktischen Erwägungen verworfen. Welche Mängel auch immer der Nürnberger Prozeß gehabt haben mag, der größte Mangel war zweifellos, daß der Hauptangeklagte oder der, der Hauptangeklagter hätte sein müssen, nicht lebend vor den Schranken des Gerichtes erscheinen konnte. Jeder berief sich auf ihn, aber der Hauptzeuge, wenn ich so sagen darf, fehlte und galt als tot. Im Interesse einer wahren Geschichtsschreibung aber, nicht weniger im Interesse der Erforschung des Phänomens Nationalsozialismus wäre es unglaublich töricht, den Mann zu töten, der wie kein anderer in der Lage ist, uns die nötigen Aufklärungen zu geben. Ein oder zwei Historiker von Rang werden mit der Aufgabe betraut werden, durch genaue Befragung von Hitler die geschichtliche Wahrheit zu ergründen. Schließlich aber hat auch die Psychologie, um nicht zu sagen die Psychiatrie, ein außerordentlich starkes Interesse daran, sich mit einer so – um mich milde auszudrücken – seltsamen Persönlichkeit eingehend zu befassen, wie sie Adolf Hitler darstellt. Kapazitäten auf diesem Gebiet werden hinreichend Gelegenheit erhalten, sich mit dem Menschen oder Unmenschen Adolf Hitler und seinem Geisteszustand zu befassen.«

»Und wo soll das geschehen?«

»Es ist alles ausgezeichnet vorbereitet. Wir werden Hitler, Bormann und die mit ihnen Aufgefundenen auf einem Eiland in der Inselgruppe von Hawaii isolieren, versteht sich unter ausreichender Bewachung. Der ›Globe‹-Konzern, den wir bei dieser Angelegenheit ebenso wenig wie den Entdecker der Flaschenpost, Kapitän Clarence Cox, übergehen können, wird bei dieser Lösung ebenfalls auf seine Kosten kommen. Hitler und Bormann werden auf dem genannten Eiland, der von etwa 400 Köpfen bevölkerten Insel Hitlalone, für den ›Globe‹-Konzern ihre Erinnerungen schreiben, die Veröffentlichung jedoch wird erst nach dem Tode der Betreffenden erfolgen. Um den Psychologen und Psychiatern die Möglichkeit zu gründlichen Studien zu bieten, werden wir auf dieser Insel Hitler, Bormann und ihren Begleitern ein großes Maß an Freiheit gewähren, sie also in ihren ihnen gemäßen Lebensäußerungen nicht beschränken. Wir wollen namentlich in Hitler und Bormann das Gefühl erwecken, als besäßen sie weitgehende Handlungsfreiheit, weil es ungemein interessant und möglicherweise lehrreich sein wird, zu erfahren, was sie gegebenenfalls unternehmen werden.«

Die anschließende kurze Erörterung ergab nach einigem, sich mehr um Nebensächlichkeiten drehenden Hin und Her Zustimmung zu den getroffenen Maßnahmen. Zugleich wurde beschlossen, den bereits zu Stillschweigen verpflichteten Kapitän Cox für sein umsichtiges Verhalten mit einer beträchtlichen Summe aus der Staatskasse zu belohnen und abzufinden.

*

Der Himmel über der Insel Hitlalone schimmerte in den Strahlen der eben durch die leichten Morgenwolken durchbrechenden Sonne bunt wie Perlmutter. Smaragden rollten die langgeschwungenen, von weißem Schaum gekrönten Wogen an den hellen Sandstrand, an dem sich die leicht geneigten Kokospalmen in einem sanften Winde wiegten.

Etwa zwanzig Minuten von der Küste entfernt, auf einer Anhöhe gelegen, die von der Terrasse des Hauses aus einen wundervollen Ausblick auf die See gewährte, lag das Gebäude, in dem man Adolf Hitler untergebracht hatte. Zwei Zimmer des geräumigen Hauses waren Dr. Köpfle eingeräumt, den der Führer als seinen Privatsekretär beansprucht hatte. Einen weiteren Raum bewohnte Ernst Hinterstoissel, ehemals SS-Mann in der Leibstandarte des Führers, ein großer Kerl mit einem Gesichtsausdruck von brutaler Forschheit, mit massigen roten Händen und ein paar Füßen, mit denen er bequem das linke Rheinufer an Frankreich hätte abtreten können. In einem zweiten, weniger großen Gebäude waren untergebracht Martin Bormann, Hans Müller, ebenfalls Leibstandarte und bis auf den Namen genau dasselbe wie Ernst Hinterstoissel, ferner Max Rosenberg, ein Verwandter von Alfred Rosenberg und ehemals im Führungsstab beschäftigt, und schließlich Richard Koch, ein dicklicher Schwarzhaariger, ehemals Gestapo. Die Haushalte beider Gebäude wurden vervollständigt durch einiges chinesisches männliches und weibliches Personal.

Seit nun schon gut acht Tagen hatten sich hier Adolf Hitler und sein Gefolge etabliert. Die Sealuniformen waren verschwunden, der Führer trug, etwas gegen seinen Wunsch, einen weißen Tropenanzug, wie man auch die anderen in der gleichen Weise ausgestattet hatte. Aber des Führers häusliches Faktotum, der Chinese Li Hung, mit der Nadel sehr geschickt, hatte Hitler und Bormann, sowie die anderen bereits mit dem Parteiabzeichen versehen, einem aus braunem Stoff geschnittenem Ei, das jetzt wieder auf der linken Seite der Tropenjacke des Führers und seines Gefolges prangte. Adolf trug lange weiße Beinkleider, da er Shorts zu tragen aus Schicklichkeitsgründen und auch mit Rücksicht auf die Krümmung seiner Beine mit harter Entschiedenheit abgelehnt hatte.

Die hier versammelten bösen Sieben waren auf Hitlalone nicht unter ihrem Namen angesiedelt worden, sondern im Auftrage der amerikanischen Regierung hatte man sie umgetauft. Adolf Hitler lebte unter dem Namen Mr. Hidden, was soviel wie der Verborgene heißt, Martin Bormann, der kaum weniger als der Führer eine schwere Belästigung der Welt gewesen war, trug infolgedessen den neuen Namen Mr. Bore. Dr. Köpfle war auf Dr. Head umgetauft worden, aus Rosenberg war ein Mr. Rosen, aus Hans Müller ein Mr. Miller, aus Richard Koch ein Mr. Cook und aus Ernst Hinterstoissel schließlich ein Mr. Backstroke geworden.

Der Führer hatte diese neue Namensgebung mit gefurchter Stirn und deutlichem Unwillen aufgenommen und erklärt:

»Ich füge mich der Gewalt, aber ich mache darauf aufmerksam, daß ich nichtsdestoweniger bleibe, wer ich bin!«

Momentan saß Adolf Hitler, den das chinesische Dienstpersonal nach dem neuen Parteiabzeichen auf Li Hungs Erfindung hin unter sich nur »das große Ei« nannte, in einer Unterredung mit Mr. Frank Curiously, dem hervorragenden Journalisten und Vertreter des ›Globe‹-Konzerns.

»Keinesfalls gehe ich auf Ihren Vorschlag ein«, sagte der Führer entschieden. »Wenn Sie meine Erinnerungen haben wollen, müssen Sie sich zugleich verpflichten, mein neues Werk ›Mein Frieden‹ herauszubringen und zum selben Zeitpunkt ›Mein Kampf‹ neu aufzulegen, denn beide Werke gehören zusammen, dem Historiker wird das eine so unentbehrlich wie das andere sein. Zu meinem Bedauern habe ich erfahren, daß man seinerzeit mein Werk vernichtet hat und daß es nur noch in einer verhältnismäßig geringen Anzahl von Exemplaren existiert, daß es also bereits einen gewissen Seltenheitswert hat. Aber so selten ein solches Werk auch ist, es geht in Anbetracht seiner Bedeutung einfach nicht an, es zur Rarität zu machen!«

»Und was verlangen Sie, wenn wir Ihre Bedingungen akzeptieren?«

»Bedenken Sie eines«, erwiderte der Führer, »daß Sie für ›Mein Kampf‹ keine Reklame mehr zu machen brauchen, das habe i c h in unüberbietbarer Weise getan. Sie ersparen hier also beträchtliche Summen. Daß meine Erinnerungen und ›Mein Frieden‹ Bestseller ersten Ranges sein werden, beweist allein die Tatsache, daß sich Ihr Konzern um die Herausgabe bemüht. Sagen wir also alles in allem zwanzig Millionen Dollar.«

Mr. Curiously verschlug es den Atem.

»Sie sind nicht unbescheiden, ich glaube kaum, daß Mr. Pennymaker Ihre Forderung bewilligen wird.«

»Nur die Lumpen sind bescheiden«, sagte der Führer, »ich hoffe, Sie rechnen mich nicht zu denen. Mr. Pennymaker wird auf mein Angebot eingehen, einen gleich zugkräftigen Autor bekommt er sobald nicht wieder. Außerdem verlange ich die ganze Summe nicht auf einmal, zunächst genügen mir fünf Millionen Dollar, über die weiteren Termine können wir sprechen.«

»Ich will ihm Ihren Vorschlag übermitteln. Aber sagen Sie mir, Mr. Hitler, Sie haben hier alles was Sie brauchen, warum also die fünf Millionen Dollar?«

»Sie vergessen, daß ich das Geld nicht für mich, sondern zum Wiederaufbau der Partei benötige.«

Der Journalist verzichtete auf eine Erwiderung. Er versicherte nochmals, die Bedingungen übermitteln zu wollen, und verabschiedete sich.

Adolf Hitler nahm von dem neben ihm stehenden Teller ein Stück Zuckerrohr und führte es an den Mund. Dann schlug er auf den Gong. Als ein chinesischer Diener erschien, der entsprechend den ihm erteilten Befehlen den Eigruß vollführte, befahl der Führer Dr. Köpfle respektive Dr. Head zu sich.

»Wie das gloße Ei befiehlt«, sagte der Chinese mit einer Verneigung.

Adolf Hitler richtete sich wütend auf.

»Ei, mein Führer, hast du zu antworten!«

Der Chinese verneigte sich abermals und wiederholte gehorsam: »Ei, mein Fühlel!«

Da es ihm als Chinesen unmöglich war, ein R zu sprechen, ersetzte er es durch ein L. Der Führer sah dem sich Entfernenden mit gerunzelter Stirn nach. Die chinesische Sprecheigentümlichkeit war ihm bereits bekannt, aber er konnte sich mit dem »Fühlel« noch immer nicht befreunden. Er erwog ernsthaft, ob er es bei den Chinesen nicht bei der Anrede »Großes Ei« belassen sollte. Er kam zu keinem Ergebnis und vertagte die Frage.

Dr. Köpfle erschien, grüßte und legte den Tropenhelm auf die Brüstung der Veranda.

»Setzen Sie sich, Pg. Köpfle«, sagte der Führer kurz, aber nicht unfreundlich. »Wir haben uns damit zu beschäftigen, die Basis für unser künftiges Vorgehen zu umreißen. Ich betrachte den Namen Hitlalone als einen Gruß der Vorsehung, außerdem habe ich Feststellungen getroffen, die mir gerade an dieser Stelle die Voraussetzungen für den Kampf für meinen Frieden als ungewöhnlich aussichtsreich erscheinen lassen. Sehen Sie her!«

Er schob eine Karte etwas weiter zu Dr. Köpfle hinüber, der sich bemühte, mit den Augen dem Zeigefinger des Führers beflissen zu folgen.

»Die Lage dieser Insel in der Hawaiigruppe ist eine schlechthin einmalige«, erläuterte der Führer. »Sie liegt in der Mitte des Nordpazifik und damit inmitten der beiden großen Erdteile, die sich heute in einem Ringen gegenüberstehen, das sie aus ihrer veralteten Denkweise heraus für entscheidend halten. Immerhin gebietet die Objektivität die Feststellung, daß die Dollarimperialisten in Washington und die roten Blutsäufer im Kreml nicht in der Lage sind, die dynamische Existenz meiner Person und meiner einmaligen Friedensidee in ihr politisches Kalkül einzubeziehen. Aber dies nur nebenbei. Sie sehen, Hitlalone liegt einerseits zwischen Asien, also der Sowjetunion und dem von ihm gegängelten Rotchina, und andererseits zwischen Nordamerika, allenfalls noch dem von ihm praktisch beherrschten Südamerika. Wir bilden also auf Hitlalone einen zentralen Punkt, oder, wie ich richtiger sagen sollte, eine Zentralmacht! Nirgends besser als von hier aus muß es uns gelingen, sowohl nach dem Osten als auch nach dem Westen die beiden tonangebenden Weltmächte mit unserer Idee zu infiltrieren und zu zersetzen. Ist Ihnen das klar?«

Dr. Köpfle rückte seine Brille zurecht, sein Gesichtsaudruck zeigte offene Bewunderung.

»Sie haben, mein Führer«, sagte er geölt, »mit Ihrem gewohnten Scharfblick und Ihrer nie versagenden Intuition die Gunst der Lage von Hitlalone und die sich hier bietenden politischen Möglichkeiten kristallklar erkannt.«

Der Führer nickte befriedigt.

»Des weiteren«, fuhr er fort, »gibt Hitlalone in seiner ethnographischen Struktur eine hervorragende Bestätigung meiner großen Idee der Notwendigkeit einer restlosen Rassenvermanschung... äh, der Rassenvermischung. Die Hawaiianer sind, was ich ebenfalls als ein hoffnungsvolles Vorzeichen betrachte, arischer Abstammung. Es hat sich aber gerade hier gezeigt, oder hier mit besonderer Deutlichkeit gezeigt, daß die reine Rasse wenig widerstandsfähig und daher als Werkzeug der Weltbeherrschung untauglich ist. Um bei Hitlalone zu bleiben, so zeigt sich hier, wie ich ermittelt habe, daß die Hawaiianer, also die reine Rasse, nur noch den kleinsten Teil der Bevölkerung ausmachen, daß die Sterblichkeit unter ihnen am größten ist. Andererseits nimmt die Zahl der Hawaiianer, die sich mit Angehörigen anderer Rassen vermischt haben, beständig zu, bei einer bemerkenswert niedrigen Sterblichkeitsrate. Wir werden auf Hitlalone – da es, wenn nicht die Keim-, so doch die Brutstätte unserer Bewegung sein wird –, den von mir nachgewiesenen Prozeß im Laufe der nächsten Zeit zielbewußt und energisch beschleunigen. Diese Insel hat eine Bevölkerung von genau vierhundert Köpfen, wobei wir nicht mit eingerechnet sind. Übrigens sollte es Ihnen bereits aufgefallen sein, daß wir abermals die Bewegung, wie in alten braunen Tagen, mit sieben Mann starten! Über die mystische Bedeutung der Sieben werde ich an einem der nächsten Schulungsabende sprechen, Sie werden mich daran erinnern.«

»Ei, mein Führer!«

»Uns stehen zur Verfügung«, sprach der Führer weiter, »16 reinrassige und 44 vermischte Hawaiianer, 28 Chinesen, mit denen etwas anzufangen ist, 148 Japaner, mit denen uns alte Bande verknüpfen, dazu 48 Filippinos und leider auch etwa 100 Europäer, die wir sorgfältig unter die Lupe zu nehmen haben. Außerdem befinden sich auf der Insel noch 16 Angehörige anderer Nationen, darunter zwei Russen, auf die wir unter Umständen starke Hoffnungen werden setzen können. Was mir zunächst erforderlich erscheint, ist die Errichtung einer Gestapo, deren erste Aufgabe es sein wird, Charakter und Gesinnung der genannten Personen zu erforschen. Mit dieser Aufgabe werde ich Bormann betrauen, dessen Abneigung gegen friedliche Ideen fast unüberwindlich zu sein scheint.«

Der Führer verfiel einige Minuten in schweres Nachdenken, wobei er an seinem Zuckerrohr lutschte.

»Selbstverständlich werden wir Bormann zur Unterstützung und Kontrolle Richard Koch beigeben, seine Gestapoerfahrungen sind umfassende.«

Prof. Dr. Donald J. Search

May, 2nd, 1952

HITLALONE

3. Bericht

»Heute hatte ich meine dritte Unterredung mit Mr. Ad Hidden (Hitler, Adolf), die wie folgt verlief:

Ich legte Mr. Hidden die Frage vor, ob er kein Bedauern darüber empfinde, daß er von jenem etwa 1944 gelegenen Zeitpunkt an, zu dem der Verlust des Krieges durch Deutschland ihm klar erkennbar geworden sein müsse, die Kampfhandlungen fortgesetzt und so zwecklos unzählige Menschen geopfert habe.

Mr. Hidden gab die folgende Antwort:

Schon immer habe ich die Idee vertreten, daß nur wenige von der Vorsehung auserlesen sind, zu führen. Von kleinauf habe ich, erst als ein kleiner Rädelsführer in meiner Heimatstadt Braunau, dann als Führer der von mir gegründeten Partei und später als Führer und Reichskanzler des Großdeutschen Reiches zu jenen Auserlesenen gehört. Das Leben eines solchen Auserlesenen führen, heißt gefährlich leben, und zweitens über den landläufigen Begriffen, also jenseits von Gut und Böse, zu stehen. Was für den gewöhnlichen Menschen gilt, gilt für den zur Führung Auserlesenen nicht. Er darf in allen Beschlüssen, die erforderlichenfalls zu fassen sind und umfassende sein müssen, durch keine der Bedenken und Hemmungen gehindert werden, denen Beachtung zu schenken für den durchschnittlichen Menschen unvermeidbar ist. Diese Anschauung wurde mir schon sehr früh aus innerer Gewissheit heraus zum granitenen Fundament meines Handelns.

F r a g e: Sie meinen also, daß der überlegenen Persönlichkeit, als die Sie sich sehen, alles erlaubt ist?

A n t w o r t H.'s: Wer die Menschen zu neuen Ufern führen will, dem muß alles erlaubt sein! Die Legitimation dazu bezog ich aus einer mir von der Vorsehung auferlegten Sendung, zum anderen aber auf Grund der Tatsache, daß ich von der Mehrheit des deutschen Volkes zum Führer mit praktisch unumschränkter Gewalt gewählt wurde.

F r a g e: Als Sie nun aber etwa Mitte 1944, wenn nicht schon früher, erkennen mußten, daß Ihre Politik nicht zum Erfolg, sondern nur zur Niederlage führen konnte, warum zwangen Sie dann noch Ihr Volk, von dem Sie immer wieder in Ihren Reden und Schriften behauptet haben, es über alles zu lieben, zu einem völlig sinnlos gewordenen Blutvergießen?

A n t w o r t H.'s: Ich huldigte lange Jahre hindurch der Auffassung, daß das deutsche Volk nicht nur eines der intelligentesten, sondern auch eines der kampfhärtesten Völker der Erde sei. Meiner ursprünglichen Auffassung nach war im deutschen Volk, wie in einigen anderen nordischen Völkern, das Ariertum am reinsten verkörpert. Es konnte kein Zufall sein, daß mich die Vorsehung gerade in dieses Volk hineingestellt und mich zu seinem Führer erhoben hatte. Ich war also berechtigt zu der Annahme, daß mir die Vorsehung in diesem Volke das für die Durchführung meiner Mission geeignetste Werkzeug in die Hand gegeben hatte.

F r a g e: Was betrachteten Sie als Ihre Mission?

Antwort H.'s: Die Vereinigung Europas unter deutscher Vorherrschaft; die Schaffung dieses geeinten Europas unter meiner Führung hätte jeden weiteren Krieg in Europa verhindert. Das war die erste Etappe des Weges, den ich mir vorgezeichnet sah.

Frage: Und die zweite Etappe?

Antwort H.'s: Die zweite Etappe wäre nach der Niederwerfung des europäischen Rußlands und seiner Einverleibung in den europäischen Einheitsstaat die Niederwerfung Asiens und seine Angliederung an Europa gewesen. Ich habe also dasselbe erstrebt, was in umgekehrter Richtung der Kreml heute versucht, nämlich Asien unter seine Botmäßigkeit zu zwingen. Dann, sich wieder westwärts wendend, wird die kommunistische Sowjetunion ohne jeden Zweifel versuchen, sich Europa zu unterwerfen. Mein Vorstoß gegen Rußland diente einzig und allein dem Zweck, die Gefahr zu bannen.

Frage: Aber warum gingen Sie dann seinerzeit ein Bündnis mit Rußland ein?

Antwort H.'s: In der Politik sind alle Mittel erlaubt! Verträge sind nur ein Mittel zum Zweck. Verträge sind nur ein Fetzen Papier! Haben sie ihren Zweck erfüllt, kann man sie zerreißen.

Frage: Und was wäre die dritte Etappe gewesen?

Antwort H.'s: Mit der zusammengefassten Macht Europas und Asiens den amerikanischen Erdteil zu besiegen und ihn zum Anschluß an die Eurasische, d. h. Europäisch-Asiatische Union zu zwingen. Damit wären die drei maßgeblichen Erdteile zusammengefasst gewesen, womit sich Konflikte unter ihnen für alle Zukunft erledigten. Afrika und Australien zählen nicht, der Weltfrieden wäre mit dem Mittel des Kampfes nach verhältnismäßig kurzer Zeit durchgesetzt gewesen.

Frage: Unter Ihrer Führung oder unter einer Regierung mit Vertretern der einzelnen Nationen?

Antwort H.'s: Das gigantische Werk wäre vollendet worden unter meiner Führung, unter meiner Verantwortlichkeit. Bereits in ›Mein Kampf‹ habe ich nachgewiesen, daß der Parlamentarismus keine wahre Verantwortlichkeit kennt. Die Welt wäre regiert worden nach den Prinzipien, die ich im Führerstaat entwikkelt habe und die ich nach wie vor für die einzigen gesunden halte. Freilich würde es ein Weltparlament gegeben haben, etwa gleich dem Reichstag, die Entscheidung aber würde der Partei und in letzter Instanz stets dem Führer vorbehalten gewesen sein.

F r a g e: Der einzelne würde also nicht zu bestimmen haben, die individuelle Freiheit eingeengt sein?

A n t w o r t H.'s: In den entscheidenden Fragen der Politik selbstverständlich! Glauben Sie, das Wunder einer Termitenburg wäre möglich, wenn jede einzelne Termite nach ihrem Willen handeln könnte? (Der Führer lachte bei dieser Antwort mit offenkundigem Hohn und kalter Verachtung.)

F r a g e: Meinen Sie nicht, daß in den Termiten eine Massenseele wirksam ist, die aus einer instinktiven Erkenntnis heraus freiwillig tut, was zum Wohle der Gesamtheit erforderlich ist?

A n t w o r t H.'s: Diese Massenseele hat in der Königin im Bienenstock, im Ameisenhaufen, in der Termitenburg ihre Kulmination. Das ist das höchstentwickelte Wesen, die Überbiene, die Übertermite. Im künftigen Menschheitsbau wird sich diese Massenseele ausdrücken im Übermenschen, in dem von der Vorsehung bestimmten Führer!

F r a g e: Gehen wir wieder zu meiner ersten Frage zurück, Mr. Hitler. Warum führten Sie einen nutzlos gewordenen Krieg fort, statt durch Ihren Rücktritt Ihrem Volk den Frieden zu ermöglichen?

A n t w o r t H.'s: Der Verlauf des Krieges bewies, daß sowohl meine Mitarbeiter in der Staatsverwaltung als auch in der Generalität, daß auch das Volk in seiner Gesamtheit die Erwartungen durchaus enttäuschten, die ich in sie gesetzt hatte. Wollte ich meinen großen Plan der Befriedung der Welt nicht aufgeben, mußte seine erste Etappe bis zum Ende durchexerziert werden! Die große Idee ist unendlich viel mehr wert, als eine beliebige Anzahl von Menschen, die, den Ameisen gleich, jeden Tag von neuem aus den

Eiern kriechen! Dieses Volk, das sich zur Erfüllung der großen Mission unter meiner Führung als untauglich erwiesen hatte, war nicht das Werkzeug, das ich in ihm gesehen hatte, es war also nicht schade darum, daß es zersplitterte. Viel wichtiger ist der nunmehr vorliegende Nachweis, daß nicht durch eine relativ reinrassige Nation der Kampf um den Frieden gewonnen werden kann, sondern das es dazu eines weit wirksameren Instrumentes bedarf, das nur im Schmelzofen der Rassenvermischung geglüht und gehärtet werden kann! So war also im Interesse der großen Mission die Dezimierung des deutschen Volkes geradezu erforderlich, mit der von mir vorausgesehenen Folge der rassischen Vermischung des Volkes, infolge der nach der Niederlage unvermeidlichen Besetzung Deutschlands durch fremde Truppen! Als erfreuliches Resultat dieser meiner Voraussicht, sehen sie heute die Vermischung zahlreicher weiblicher Angehöriger des deutschen Volkes mit asiatischen Russen, Mongolen, Tungusen, Turkmenen usw., mit Negern aus den einzelnen Teilen Afrikas und Amerikas, mit Negern aus den verschiedensten französischen Kolonien, mit Amerikanern differentester rassischer Wurzel aus dem großen amerikanischen Schmelztiegel. Sie erkennen also, daß ich die bereits anfangs der vierziger Jahre von mir intuitiv vorausgesehene Entwicklung, die ich mit meinem großen Werk ›Mein Frieden‹ krönen werde, mit stahlharter Entschlossenheit verfolgt und nachdrücklich gefördert habe, indem ich das deutsche Volk, dieses für mich unbrauchbar gewordene Werkzeug, bis zur Weißglut einsetzte, bis zum Prozeß des Zerschmelzens also.

Nach diesen Darlegungen von Mr. H. brach ich die Unterredung ab. Sie offenbart in klarster Weise das politische Denken dieses unbegreiflichen und sogleich entsetzlichen Mannes. Er zeigte bei keiner seiner Äußerungen das geringste Zögern und er verriet weder in Tonfall noch Miene das leiseste Bedauern, sondern er sprach mit der absoluten Bestimmtheit und Unbeirrbarkeit eines Mannes, der seiner Sache vollkommen sicher ist.

Mein Eindruck, daß A. H. eine Persönlichkeit ist, der das Gefühl für andere Menschen, für ihre Rechte und Empfindungen vollkommen abgeht, hat sich nach dieser Unterredung mit ihm zur Gewissheit verstärkt.

Ich werde in Kürze weiter berichten.

Gez.: Donald J. Search

Mr. Curiously hatte Colonel Eagle von der auf zwanzig Millionen Dollar lautenden Forderung A. H.'s in Kenntnis gesetzt. Nach Rückfrage in Washington war entschieden worden, die Forderung pro forma zu bewilligen und A. H. gewisse Beträge ziehen zu lassen. Es würde sich herausstellen, was er mit dem Gelde anfing. Wollte man sich klar darüber werden, mit welchen Zukunftsplänen sich dieses absonderliche Gehirn beschäftigte, so mußte man ihm auch die Möglichkeit geben, sich zu rühren. Der ›Globe‹-Konzern war nun einmal entschlossen, des Führers Erinnerungen herauszugeben. Und da A. H. nicht mehr der Jüngste war, würde man mit der Herausgabe der politischen und psychologisch gleich interessanten Memoiren kaum allzu lange zu warten haben. Sie würden ein Geschäft werden, in das man immerhin fünf Millionen Dollar investieren konnte. Da aber alles rechtlich zuzugehen hatte, mußte man schon mit dem Privatmann Adolf Hitler respektive Mr. Ad Hidden einen Vertrag schließen.

Colonel Eagle und der Pressemann erschienen gemeinsam bei A. H., nicht unbeeindruckt dadurch, daß ihnen das chinesische Hauspersonal des Führers einen strammen Ei-Gruß entbot. Die beiden Amerikaner sahen sich an und grinsten.

»Er kann es nicht lassen«, sagte der Colonel.

»Das Ei ist wenigstens harmloser als das ›Heil‹«, meinte der Journalist.

»Wir wollen es hoffen. Aber solange A. H. lebt, ist mir nicht ganz wohl. Wer weiß, was aus diesem Ei noch ausgebrütet wird!«

Der Führer empfing sie an seinem Schreibtisch, neben dem

Bände der Weltzeitungen aufgestapelt waren, die man ihm verschafft hatte, da er, wie er betont hatte, genötigt sei, sich in das politische Geschehen seit 1945 zu vertiefen. Max Rosenberg, ehemals Führungsstab, saß hinter einer Schreibmaschine, als Sekretär des Führers eifrig niederschreibend, was dieser an Auszügen für seine Arbeit brauchte. Auch er grüßte die Eintretenden mit einem kräftigen »Ei!« und ließ sich nach einem strammen Hackenklappen wieder nieder.

Der Führer nahm seine Brille ab und legte sie auf seine Typoskripte, er liebte es noch immer nicht, Verhandlungen mit Außenstehenden mit einer Brille auf der Nase zu führen.

Die Mitteilung von Mr. Curiously, daß ihm die Forderung von zunächst fünf Millionen Dollar bewilligt worden sei, nahm er mit Befriedigung auf. Er notierte sorgfältig die Bank, auf die er künftig seine Schecks ausstellen konnte, und erbat sich die baldige Überreichung des Vertrages. Mr. Curiously konnte ihm das für die nächsten Tage in Aussicht stellen.

»Sie sehen«, sagte der Führer mit einer auf die Papiere hinweisenden Handbewegung, in die er auch Rosenberg mit einbezog, »daß ich in der Arbeit bin. Ich werde mir allerdings in Kürze mehrere Schreibkräfte erbitten müssen, da ich Rosenberg und Köpfle bald für die Ausarbeitungen benötige. Geben Sie mir ein paar intelligente japanische Sekretärinnen.«

»Warum Japanerinnen?« fragte Colonel Eagle.

»Meinetwegen auch Chinesinnen oder Hawaianerinnen«, sagte der Führer etwas ärgerlich. »Auf alle Fälle aber verbitte ich mir Europäerinnen.«

»Warum?« erkundigte sich der Pressemann.

Der Führer sah ihn verschmitzt an. »Sie wissen«, entgegnete er, »zwischen Sekretärinnen und ihren Chefs spinnt sich häufig etwas an. Dagegen habe ich nichts, wenn aber solche Intimitäten zu Folgen führen, so haben sie sich auf der von mir befohlenen neuen politischen Linie zu bewegen. Ich will Mischlinge! Wenn Rosenberg und Köpfle noch in der Lage sein sollten, biologische Resultate zu zeitigen, so haben solche farbig zu sein.«

Rosenberg erhob sich hinter seiner Maschine, fuhr zackig in die Höhe und sagte: »Ei, mein Führer!«

Der Führer warf ihm einen kurzen Blick zu und murmelte mit nicht viel Überzeugung in der Stimme: »Wir werden sehen.«

»Von uns aus werden keine Einwendungen erhoben«, lächelte Eagle. »Selbst wenn Sie, Mr. Hidden, persönlich etwas zur Durchsetzung Ihrer neuen biologischen Überzeugung tun wollen, werden wir Ihnen nichts in den Weg legen.«

»Ich bitte darum!« sagte der Führer kurz. »Ich halte derartiges zur Erprobung meiner Kräfte für erforderlich, die Zusammenhänge zwischen Psyche und Eros sind Ihnen bekannt, allerdings pflegte ich im allgemeinen meinen Eros im politischen Werk zu sublimieren. Ich werde demnächst unter den Hawaianerinnen Umschau halten und das Geeignete in meinen Hausstand einbauen. Ich hoffe, sie erwarten von mir keine förmliche Eheschließung, die ich mir im Interesse meines Rufes und meiner Autorität als Führer nicht gestatten kann noch will.«

»Ganz nach Belieben«, äußerte der Colonel.

Der Führer führte eine Scheibe Kokosnuß zum Munde und biß ein kräftiges Stück ab.

»Ich sehe«, sagte Mr. Curiously, »Sie sind wieder zum Vegetarismus übergegangen, nachdem Sie auf Grönland so lange zu tierischer Nahrung gezwungen waren.«

»Gewohnheit macht viel«, erwiderte der Führer. »Ich verschmähe Fleisch nicht mehr, es sind mir auf Grönland einige neue Erkenntnisse gekommen. Zweifellos, der Fleischgenuß hat Verwandtschaft mit dem Kannibalismus, aber ich gebe zu bedenken, daß unter gewissen Gesichtspunkten der Kannibalismus seine Berechtigung haben kann, wenn nämlich Mangel an anderer Nahrung besteht. Insbesondere aber scheint mir die Auffassung keine abwegige zu sein, daß mit dem Verzehren des toten Gegners ein gewisser Übergang der geistigen und körperlichen Kräfte und sonstiger Eigenschaften des getöteten Feindes auf die eigene Person stattfindet. Es entsteht daraus nicht nur eine Kräftigung der eigenen Physe und Psyche, sondern möglicherweise auch ein gewisses instinktives Verstehen der Person und Beweggründe des feindlichen Volkes. Ich gebe gern zu, daß es mir etwa ein Vergnügen sein würde, eine Trinkschale zu benutzen, die aus dem Schädel Josef Stalins gearbeitet wäre.«

Ohne sich in eine Erörterung dieser Frage einzulassen, erhoben sich die beiden Amerikaner, um sich zu verabschieden.

Mr. Curiously ging eine ganze Weile in tiefem Schweigen neben dem Colonel her.

»Was grübeln Sie, Curiously?«

Der Journalist seufzte.

»Was ist das für ein Jammer«, sagte er, »daß ich nichts über A. H. veröffentlichen kann! Stellen Sie sich vor, wie das wirken würde, die Schlagzeile: Adolf Hitler möchte aus Stalins Hirnschale trinken! Und keine Zeile darf man darüber schreiben!«

*

Der Führer hatte indessen Dr. Köpfle kommen lassen.

»Wir entwerfen jetzt«, äußerte er, »die Richtlinien für den inneren Aufbau der Bewegung. Wir halten uns dabei getreulich an das in ›Mein Kampf‹ entworfene Schema. Schreiben Sie also:

a) Konzentration der gesamten Arbeit zunächst auf einen einzigen Ort: Hitlalone.
   Heranbildung einer Gemeinde von unbedingt verläßlichen Anhängern und Ausbildung einer geheimen Schule für die Verbreitung der Idee. Gewinnung der notwendigen Autorität für später durch möglichst große sichtbare Erfolge an diesem einen Ort. – Übrigens, Pg. Köpfle, Sie werden sich ein Weib nehmen müssen, ich verlange das von Ihnen unter Berufung auf unseren Hauptgrundsatz der Rassenvermischung. Eine Europäerin ist ausgeschlossen, sonst können Sie nehmen, was Sie wollen.«

»Ei, mein Führer, wie Sie befehlen.«

Der Führer diktierte weiter.

»b) Bildung von Ortsgruppen erst dann, wenn die Autorität der Zentralleitung in Hitlalone als unbedingt anerkannt gelten darf. – Versteht sich, daß es also in diesem Falle der Tarnung des Aufbaues bedarf, wir haben hier die Amerikaner, denen natürlich unsere organisatorischen Maßnahmen verborgen bleiben müssen. Die Abschirmung ist durch Pg. Bormann durchzuführen, mittels der von ihm zu errichtenden Gestapo. Sind Bormann und Koch an der Arbeit?«

»Sie haben Fühler ausgestreckt, mein Führer, es kommt darauf an, wann die erforderlichen Mittel zur Verfügung stehen.«

»Sie sind nunmehr vorhanden. Aber sagen Sie den beiden, daß sie sparsam zu arbeiten haben, es gibt andere Mittel als Geld, Anhänger zu gewinnen! Ich hoffe, daß sie noch nicht vergessen haben, wie ausgezeichnet sich mit der Erzeugung von Angst und Furcht arbeiten läßt. Ich will, daß die neue Gestapo, die ein Kader für das spätere Führungskorps sein soll, im wesentlichen ehrenamtlich arbeitet. Wir müssen den Betreffenden klar machen, daß es um die Durchsetzung einer neuen Weltanschauung geht, sie müssen begreifen, daß diese Weltanschauung eine unfehlbare ist. Parteien mögen sich auf Programme berufen, eine Weltanschauung hat stets ihre Unfehlbarkeit zu proklamieren. Alle Einwände sind als Objektivitätsfimmel abzutun. Die Anschauung ist langsam unter Gewinnung immer neuer verläßlicher Gewährsmänner durchzusetzen. Die Gegner werden rücksichtslos bekämpft, der Boykott rassereiner Geschäfte ist dabei einzusetzen. Ich erwarte weitere wirksame Vorschläge. Jedem der Mitglieder müssen Fanatismus und Unduldsamkeit eingedrillt werden. Wer für den Krieg ist oder sich zu Mächten bekennt, die den Krieg noch als Mittel der Politik betrachten, muß als Gegner des Friedens gebrandmarkt werden. Hier haben wir die vorzügliche Möglichkeit, alle Religionen in unsere Propaganda einzubeziehen. Wir werden die durch und durch verlumpte Gesinnung der Welt kennzeichnen und ihr gegenübersetzen das Friedensdogma der Religionen. Alle sind Brüder, so hat die Parole zu lauten. Indem ich mich nunmehr für die allgemeine Brüderlichkeit durch das Mittel der allgemeinen Vermischung einsetze, kämpfe ich für das Werk des Herrn oder Buddhas oder Mohammeds und wie sie alle heißen mögen. Skizzieren Sie diese Richtlinien und sorgen Sie, daß Bormann und Koch eifrig nach ihnen arbeiten. Ich erwarte, daß mir in der nächsten Zeit die ersten Vertrauensleute zugeführt werden. Haben wir uns hier durchgesetzt, werden wir die nächste Ortsgruppe der Bewegung in dem wesentlich größere Möglichkeiten bietenden Hawaii aufziehen, und von dort aus unsere Fäden nach Ost und West spinnen. Die Gewinnung der Seele der Völker kann nur gelingen, wenn wir neben der Führung des politischen Kampfes für das eigene Ziel die Gegner dieser Ziele mattsetzen.«

»Wie wird es geschehen, mein Führer?«

»Wir werden gleichzeitig von unten nach oben und von oben nach unten arbeiten, indem wir 1) in der Masse unsere Idee des Friedens durch Vermischung verbreiten, indem wir 2) alle diejenigen außer Gefecht setzen werden, die a) gegen die Rassenvermischung und b) für die kriegerische Gewalt sind. Die Idee des Friedens, die dem satten Besitztrieb und dem feigen Verlangen nach Sicherheit entspricht, muß und wird zweifellos weit rascher Wurzel fassen, als die auf dem starken persönlichen und risikovollen Einsatz beruhende Idee des Kampfes.«

»Und wie werden wir an die unter b) bezeichneten Personen herankommen, mein Führer?«

Der Führer knabberte nachdenklich an seiner Kokosnuß.

»Ich sehe zwei erfolgversprechende Möglichkeiten«, sagte er nachdenklich. »Wir werden uns des Existentialismus mit seiner Lebensangst bedienen, es dürfte geschickten Agenten keineswegs schwer fallen, in diese von der sogenannten Intelligenz bevorzugten existentialistischen Zirkel einzudringen. Wir werden versuchen, den Existentialismus zu erweitern und umzuformen zu einer gnostischen, d. h. nach Erkenntnis und friedvoller Auflösung strebenden Sekte, die im Gegensatz zu den Religionen den

Leib nicht durch Versagen und Kasteiungen, sondern auf wesentlich amüsantere und wirksame Weise durch Ausschweifungen tötet. Wir werden uns in diesem Zusammenhange mit großem Nutzen vorhandener und eventuell neu zu begründender, mit allen Schikanen ausgestatteter Bordelle zu bedienen haben. Auf diese Weise werden wir auch die Prostitution einspannen und so für unsere eigentlichen Zwecke mehr oder weniger ungefährlich machen können. Sorgen Sie dafür, daß wir in dieser Hinsicht bereits hier beginnen. Bormann soll ermitteln, ob ein Freudenhaus besteht, das wir in unsere Bewegung einbeziehen können. Später wäre für die politischen Gegner an die Verschickung in gewisse Zwangsbordelle zu denken, in denen sie auf die angenehmste Weise zugrundegerichtet werden.«

Der Führer schwieg und beschäftigte sich zur Abwechselung mit einer Scheibe Ananas.

»Noch etwas, mein Führer?« fragte Rosenberg.

»Genug für jetzt. Nachher kommt wieder dieser amerikanische sogenannte Historiker, dem ich einige Belehrungen geben muß.«

*

Prof. Phil. Grub

12. Juni 1952

HITLALONE

8. Bericht

Heute legte ich Adolf Hitler die folgende Frage zur Beantwortung vor:

»Warum haben Sie seinerzeit alle Invasionsvorbereitungen gegen England in einem großen und erfolgversprechenden Umfang getroffen, dann aber die Aktion gegen England abgebrochen und sich gegen Rußland gewandt?«

Antwort A. H.'s:

»Um diese Frage zu beantworten, muß ich verhältnismäßig weit ausholen. Immer habe ich Frankreich geliebt, aber stets bin ich mir darüber im klaren gewesen – ich verweise dazu auf die Abhandlung in ›Mein Kampf‹ über Bündnismöglichkeiten für Deutschland – daß, ganz gleich wer in Frankreich regieren wird, Frankreich der unerbittliche Todfeind des deutschen Volkes ist und bleibt. Das Schlußziel der außenpolitischen Tätigkeit einer französischen Regierung wird immer der Versuch einer Besitzergreifung der Rheingrenze sein und einer Sicherung dieses Stromes für Frankreich durch ein aufgelöstes und zertrümmertes Deutschland. Indem Frankreich starken Wert darauf legte, uns durch ein Polen an unserer Ostgrenze einzuengen, und da England sich für dieses Polen einsetzte, mußte ich gegen England Stellung nehmen, dem ich an sich freundschaftliche Gefühle entgegenbrachte, wenn ich mir auch klar darüber war, daß England keine Weltmacht Deutschland wünschte.«

Frage: »Wie können Sie von einer Freundschaft für Frankreich sprechen, da Sie sich stets gegen Frankreich gewandt haben?«

Antwort A. H.'s: »Man kann für die Kultur einer Nation und damit für dieselbe Freundschaft empfinden, das hat mit den politischen Gefühlen nichts zu tun.«

Frage: »Wie vereinbaren Sie Ihre angeblich freundschaftlichen Gefühle für England mit den Bombardierungen usw.?«

Antwort A. H.'s: »Schon Bismarck mußte feststellen, daß sich die Engländer von uns nicht lieben lassen wollen. Da sie darauf bestanden, Polen zu schützen, mußte ich England bekämpfen. Hätte man uns Polen überlassen, hätten wir daraus ein Bollwerk gegen die Sowjetunion gemacht.«

Frage: »Sie gehen also über das Recht Polens, eine selbständige Nation zu sein, auch heute noch hinweg?«

Antwort A. H.'s: »Ich gehe über alles hinweg, was sich meinen wohlüberlegten Plänen widersetzt! Hätte England uns gestützt, hätte die Sowjetunion England hinter Deutschland gewußt, dann wäre es, notfalls mit amerikanischer Hilfe, keine Schwierigkeit gewesen, die Sowjetunion politisch zu entmachten. Das muß jetzt nachgeholt werden, ist aber nun erheblich schwieriger geworden.«

Frage: »Sie meinen also, es sei englisches oder amerikanisches Ziel gewesen, die Sowjetunion zu vernichten? Können Sie sich nicht vorstellen, daß es genügt hätte, ein Gleichgewicht der Kräfte aufrecht zu erhalten?«

Antwort A. H.'s: »Die Idee des sowjetischen Kommunismus ist ihrer Natur nach eine expansive, sie zielt also auf die Weltbeherrschung ab. Ein Krieg wäre also ohnehin unvermeidlich gewesen.«

Frage: »Warum haben Sie also, wenn Sie England für Deutschland als so wichtig betrachteten, Italien als Verbündeten gewählt? Sie mußten wissen, daß sie dadurch zwangsläufig mit England und voraussichtlich auch mit den Vereinigten Staaten in Konflikt gerieten.«

Antwort A. H.'s: »Ich sagte schon, England stellte sich vor Polen und überdies wünschte es keine Weltmacht Deutschland. Dabei hätte ich den Engländern ihre Seemacht und ihr Imperium gelassen, Deutschland aber hätte als die große Landmacht den europäischen Kontinent geeinigt und beherrscht.«

Frage: »Das heißt also, Sie hätten England mitbeherrschen wollen, da doch, wie Sie Prof. Search gegenüber sagten, Ihre zweite Etappe die Eroberung Asiens gewesen wäre?«

Antwort A. H.'s: »Selbstverständlich hätte sich England in die europäische Koalition unter deutscher Führung einfügen müssen.«

Frage: »Und da England das nicht wollte, bereiteten Sie die Invasion vor?«

Antwort A. H.'s: »Sehr richtig.«

F r a g e: »Warum bliesen Sie sie ab?«

A n t w o r t A. H.'s: »Es ist leider nicht zu leugnen, daß es dank der Unzulänglichkeit Görings nicht gelang, die Luftüberlegenheit über England zu erkämpfen und daß damit das Unternehmen einer Invasion unsicher geworden war. Da aber der Westen im übrigen niedergeworfen war, wandte ich mich zunächst nach Rußland, um nach dem dort erfochtenen Siege mit verstärkten Kräften und erweiterter Rohstoffbasis erneut gegen England vorzugehen.«

F r a g e: »Und als Sie erkennen mußten, daß Sie die Kräfte der Sowjetunion unterschätzt hatten?«

A n t w o r t A. H.'s (sehr ärgerlich gegeben): »Ich habe diese Kräfte durchaus nicht unterschätzt, sondern die Generale haben versagt.«

F r a g e: »Aber Sie übernahmen doch dann selbst den Oberbefehl in Rußland, worauf führen Sie es zurück, daß Sie dennoch geschlagen wurden?«

A n t w o r t A. H.'s: »Ich konnte nicht jede Armee selber führen, die Befehlsausführenden versagten. Nur darauf war die Niederlage zurückzuführen.«

Ich beendete die Befragung, aus der sich offenbar die Auffassung Hitlers ergibt, er hätte nach einer etwaigen russischen Niederlage ungestört England in die Knie zwingen können. Mit einem Eingreifen der Vereinigten Staaten scheint Adolf Hitler also wirklich ernsthaft nie gerechnet zu haben. Hierüber werde ich ihn in der nächsten Unterredung befragen.

gez. Phil. Grub

Die Befragungen des Führers nahmen in gewissen Abständen ihren Fortgang, wobei sich erwies, daß er nach wie vor auf dem Standpunkt stand, seine Handlungen seien durchaus wohlüberlegt und zweckvoll gewesen. Allerdings pflegte er schließlich im Anschluß an solche Unterredungen stets seine neue Idee zu entwickeln. Sie lief auf die Feststellung hinaus, daß der Kampf als

Mittel zur Schaffung des Friedens versagt habe, daß nur die allgemeine Rassenvermischung zu dem gewünschten Resultat, Frieden, führen könne.

Äußerlich führte A. H. ein durchaus ruhiges Leben, d. h. er beschäftigte sich mit der Niederschrift teils seiner Erinnerungen, teils seines neuen Werkes ›Mein Frieden‹, verwehrte vorerst jedoch entschieden jede Einsichtnahme in seine Manuskripte.

Der Tagesablauf im jetzigen Leben des Führers gestaltete sich so, daß er bis in den Morgen hinein schlief, dann nach einem aus Geflügel und Früchten zusammengesetzten Frühstück sich auf die Veranda des Hauses begab und seiner japanischen Sekretärin Nobu Suzuki diktierte. Zwischendurch berief er Dr. Köpfle und Max Rosenberg zu sich, denen er gewisse Auszüge seiner Niederschriften zur weiteren Bearbeitung überwies. Auch diese Mitarbeiter waren mit japanischen Sekretärinnen ausgerüstet.

Nach dem ziemlich spät eingenommenen Dinner pflegte der Führer in Begleitung eines seiner engsten Mitarbeiter gewöhnlich einen Spaziergang entlang dem Palmenhain am Strand zu unternehmen. Gelegentlich ließ er sich nieder, um eine Skizze von Meer und Palmen anzufertigen. Er war von diesen seinen Arbeiten sehr eingenommen und pflegte sie freigiebig zu verschenken.

»Hätte ich mich nicht entschlossen, Politiker zu werden«, sagte er bei solcher Gelegenheit zu Mr. Fuss vom Geheimdienst, »so wäre ich ohne Frage durchaus in der Lage gewesen, mir als Zeichner und Maler einen Namen zu machen.«

»Was halten Sie von Gauguin, dem großen Maler?« fragte Mr. Fuss.

»Nicht übel«, entgegnete Hitler, »wenn auch schon stark dekadent. Ich habe in Deutschland gezeigt, was wahre Kunst ist. Sie erinnern sich an die bekannte Ausstellung im Hause der Deutschen Kunst? Man muß bei der Natur bleiben, alles andere ist bloß Verwässerung.«

»Und was halten Sie, um nur ein einziges Beispiel zu nennen, von den strengen Stilisierungen der altägyptischen Kunst?«

»Alles Verfall!« sagte der Führer entschieden. »Was ist aus dem alten Ägypten geworden? Es existiert nicht mehr. Vom neuen Ägypten brauchen wir gar nicht zu reden.«

*

In diese Zeit fiel die Affäre mit Ernst Hinterstoissel alias Ernest Backstroke. Der alte Leibgardist des Führers hatte es fertigbekommen, ein Verhältnis mit einer auf Hitlalone lebenden Angestellten eines Exporteurs anzuknüpfen. Martin Bormann berichtete dem Führer.

Bormann, noch etwas dicker geworden, roch stark nach Reiswein. A. H. bemerkte es mit Unwillen, aber er ging darüber hinweg. Bormann den Alkohol abzugewöhnen, war eine Aufgabe, der sich auch der Führer nicht gewachsen fühlte. Das schlimmste Problem war in dieser Hinsicht Ley gewesen, und was man Ley zugebilligt hatte, konnte man Bormann schließlich nicht untersagen.

»Hör zu, du großes Ei«, sagte Bormann und lümmelte sich mit beiden Armen auf den Tisch, »der Hinterstoissel hat da was angebändelt, mit einer Blonden. Früher hättest du ihm dafür wahrscheinlich ein Verdienstkreuz verliehen, aber jetzt hast du dir wieder eine andere Idee in den Kopf gesetzt. Wie ich ermittelt habe, ist diese Blonde eine Flämin. Nun haben wir ja immer die Flamen für uns haben wollen, aber im Falle Hinterstoissel widerspricht das der famosen Mischtheorie. Ich muß also dich, oh großes Ei, um Eingreifen ersuchen.«

Adolf runzelte jedesmal, wenn ihn Bormann als großes Ei titulierte, unwillig die Stirn. Aber er verzichtete darauf, sich diese Anrede zu verbitten. Bormann war zu respektlos, als daß der Versuch eines Verbots der despektierlichen Anrede einen Sinn gehabt hätte.

»Dein Eifer ist lobenswert«, sagte der Führer. »Schicke Hinterstoissel zu mir.«

»Ei, mein Führer«, bestätigte Bormann mit etwas schwerer Zunge. »Befehl wird ausgeführt.«

Er entfernte sich.

Eine Viertelstunde später trat Hinterstoissel ein, knallte die Hakken zusammen, vollführte mit der rechten Pranke den Eigruß und brüllte: »Ei, mein Führer!«

Der Führer maß ihn mit einem finsteren Blick.

»Sie, Parteigenosse Hinterstoissel, haben es gewagt, ein Verhältnis mit einer Flämin anzufangen! Sie wissen, daß Sie im Begriff sind, sich der Vermischungsschande schuldig zu machen! Wie weit ist das Verhältnis bereits gediehen?«

Hinterstoissel glotzte den Führer begriffsstutzig an. Es war ihm anzusehen, daß es in seinem dumpfen Gehirn schwer arbeitete. Der Leibstandarterich hob die Hand und sagte automatisch: »Ei, mein Führer!«

Hitler lief rot an.

»Du sollst mir sagen«, schrie er grob, »ob du mit der Flämin bereits im Bett gelegen hast?«

Hinterstoissel, nur darauf gedrillt, Befehle auszuführen, des eigenen Denkens aber gründlich entwöhnt, fing an zu begreifen.

»Nein, mein Führer«, sagte er, »so weit ist es noch nicht, die Puppe ziert sich noch!«

»Dein Glück«, sagte der Führer wieder ruhiger. »Wenn du nicht sofort dieses Verhältnis abbrichst, werde ich dich sterilisieren lassen! Du besorgst dir unverzüglich eine Farbige und meldest dich in drei Tagen bei mir! Und dann sorgst du für Nachkommenschaft, du hast den Vermischungsprozeß unbedingt zu fördern, verstanden?«

Hinterstoissel knallte die Hacken zusammen. Das war ein klarer Befehl, damit konnte man leben.

»Ei, mein Führer!«

»Wegtreten!«

Hinterstoissel flog herum und marschierte zackig ab.

Der Führer nahm sich ein Stück Zuckerrohr und verließ die Veranda, um sich in sein Wohnzimmer zu begeben. Durch das weit offenstehende Fenster drang eine erfrischende Brise von der See herein. Auf einer Matte saß Mao, des Führers offizielle Geliebte. Sie war eine reinrassige Hawaiianerin und schien soeben einem Gemälde von Gauguin entstiegen zu sein. Mao war gekleidet in einen bunten Sarong, der die Schultern frei ließ, um die sich ein weißer Blütenkranz schmiegte. Über den Ohren, in dem dichten und glänzenden schwarzen Haar, trug sie rote Hibiskusblüten.

Da sie wohl einiges Englisch verstand, der Führer von dieser Sprache aber so gut wie nichts beherrschte, war die Verständigung zwischen beiden schwierig. Um der Wahrheit die Ehre zu geben, muß festgestellt werden, daß es auch noch zu keiner näheren Verständigung gekommen war. Der Führer begnügte sich bisher damit, sie wie ein ihm zusagendes Gemälde zu betrachten. Er konnte sie halbe Stunden lang bei ihrem Tun beobachten, aber darüber hinaus wagte er nichts, seine merkwürdige Schüchternheit Frauen gegenüber war ihm auch in diesem Falle ein Hemmnis. Im Grunde war er verdrossen darüber, denn er hatte das Empfinden, hier vor einer Bewährungsprobe zu stehen, der sich auszusetzen ihm irgendwie bedenklich war. Nicht auszudenken, wenn er etwa selber in der praktischen Durchsetzung der Vermischungsidee versagte! Mit solchen Gedanken beschäftigt, blickte er grüblerisch auf die entzückende Sanftbraune, die, seinen Blick bemerkend, die dunklen, in einem milchigen Weiß schimmernden Augen aufschlug und A. H. freundlich zulächelte. Sie mochte das große Ei ganz gern, sie bekam in seinem Hause, was sie wünschte, aber bisher wurde von ihr nicht viel verlangt. Das war einerseits angenehm, jedoch für ihre Jugend nicht ganz zufriedenstellend. Aber das große Ei war offenbar etwas unbeholfen in der Annäherung, mit der Zeit würde er schon liebenswürdiger werden.

Gelassen wandte sich Mao wieder ihrer Arbeit zu. Der Führer lehnte sich zurück, den Zuckerrohrstengel im Munde, und faltete die Hände über dem ziemlich rundlich gewordenen Bauch. Die

Situation war nicht ohne weiteres einfach, aber doch im großen und ganzen behaglich. Mao war sanften Gemüts und außerdem stellte sie auch keine intellektuellen Ansprüche. Nichts war schwieriger, als eine Frau mit Geist, mit denen hatte man nur Scherereien. Und was das andere betraf, brauchte man ja nichts zu überstürzen, es würde sich alles aus der Gewöhnung ergeben. Natürlich mußte man der Gefolgschaft ein gutes Beispiel geben, doch war es offenbar besser, sich noch etwas mehr zu akklimatisieren.

Der Führer ließ den Kopf weiter nach rückwärts sinken. Mao erhob sich geschmeidig und schob ihm ein Kissen unter das Hinterhaupt.

»Das große Ei möge friedlich schlafen«, sagte sie mit dunkler und melodischer Stimme.

Der Führer, der kein Wort verstand, zwinkerte ihr freundlich mit den Augen zu und empfand die volle Süße seines Zuckerrohrs.

Einige Minuten später verkündeten rasselnde Schnarchtöne, daß das große Ei, der Führer der Internationalsozialistischen Partei, in Schlummer gesunken war.

*

Einige Monate waren vergangen, ohne daß sich um A. H. herum irgendetwas entwickelt hätte, was Ursache für ein Eingreifen Colonel Eagles gewesen wäre. Der Führer schrieb und beschäftigte seine Leute, oder er stand den Psychologen, Historikern und dem Psychiater, Dr. Madcan, Rede und Antwort.

Dr. Madcan hatte A. H. in einem außerordentlich gelehrten Gutachten als leptosomen-schizothymen Typus von ›asthenischem‹ Habitus gekennzeichnet, mit stark schizoidem, ja fast schizophrenem Einschlag. Es sei bei A. H. unzweifelhaft eine häufig totale Abspaltung der geistigen Innenwelt von der Umwelt, der Vorstellungen von der Wahrnehmung zu diagnostizieren. Die maßlose Selbstüberschätzung, der Größenwahnsinn A. H.'s sei zugleich neurotisch prononciert. »Der Autismus der meisten Schizoiden und Schizothymen, der auch bei A. H. zu konstatieren ist«, so hieß es wörtlich in dem Gutachten, »ist Indolenz mit einem Stich von Ängstlichkeit und Feindseligkeit, er ist zugleich Kälte und gelegentliches absolutes Streben nach Ruhe, gleichzeitig aber auch Geltungsbedürfnis und Verlangen nach Gesellschaft, allerdings ohne tieferen seelischen Rapport mit der Umgebung. Besonders ausgeprägt ist neben berechnendem, schroffem und kaltem Egoismus bei A. H. jene Form des Autismus, die nach theoretischer Menschheitsbeglückung, nach Weltverbesserung und Mustererziehung tendiert, verbunden mit einer absoluten Selbstüberzeugtheit und autokratischen Unduldsamkeit.« In diesem Stil ging es weiter, doch soll hier auf die ausführliche Wiedergabe eines psychiatrischen Gutachtens verzichtet werden, das in der Verwickeltheit seiner Stilisierung und mit seiner Häufung von fachwissenschaftlichen Ausdrücken dem Laien, zu dem wir uns und unsere Leser rechnen, ohnehin im wesentlichen schwer oder kaum verständlich sein wird. Dennoch möchten wir nicht versäumen, einen prachtvollen Satz zu zitieren, der recht anschaulich ist und u. E. A. H. deutlich kennzeichnet: »Viele schizoide Menschen sind wie kahle, römische Häuser, die ihre Läden vor der grellen Sonne geschlossen haben. Wir können der Fassade nicht ansehen, was dahinter ist... Das In-sich-Hineinleben ist das, was Bleuler ›Autismus‹ nennt. Man kann nicht wissen, was sie fühlen... ob es eine Banalität, eine Schrulle, eine Gemeinheit oder was sonst ist.«

Wie gesagt, es ereignete sich auf Hitlalone nichts, was im Zusammenhange mit A. H. Colonel Eagle andere Beschäftigung als die hätte geben können, seinen Truppen die Wachtbefehle zu erteilen. Dem Offizier wurde sein Posten begreiflicherweise langweilig, er ersuchte um Ablösung, die ihm bewilligt wurde. An seine Stelle rückte ein Colonel Lauerke, der starke philologische Neigungen hatte und der seiner ausgezeichneten Kenntnis der deutschen Sprache wegen für den Posten geeignet erschien. A. H. hatte seine seltsamen Ideen, das war richtig, aber er lebte in ihnen ganz offensichtlich wie irgendein harmloser Irrer in einer Anstalt für Geistesgestörte. Trotzdem konnte man ihn nicht geradezu geisteskrank nennen, er war durchaus in der Lage, über das, was er seine frühere Weltanschauung und seine Politik nannte, die gewünschten Aufschlüsse zu geben, er war befähigt, seine Erinnerungen niederzuschreiben. Und wenn auch ganz klar war, daß er in diesen Aufzeichnungen alles nur von seinem Standpunkte aus schildern würde, würden sie dennoch einen außerordentlich wertvollen Beitrag zur Geschichtsforschung liefern. Im übrigen aber konnte man mit der getroffenen Regelung zufrieden sein. Nichts war über das Wiederauftauchen von Hitler und Bormann in die Öffentlichkeit gedrungen, alle politischen Komplikationen also, die sich sonst ergeben hätten, waren vermieden worden. Hitlalone war kein Elba, ein Entweichen des Führers und seiner Leute war nicht zu befürchten, er würde auf der Insel voraussichtlich seine Arbeit vollenden, da er in guter gesundheitlicher Verfassung war, und eines Tages würde er sang- und klanglos sterben. Dann würde, ›das große Ei‹ in aller Stille begraben werden. Kam aber mit den Jahren in Deutschland vielleicht ein gefährlicher Hitler-Mythos auf, so konnte man ihm dann mit den Dokumenten über A. H.'s letzte Lebensjahre auf Hitlalone und mit der Vorlage seiner schriftlichen Hinterlassenschaft wirkungsvoll begegnen. Wahrhaftig, es war alles in der besten Weise geregelt.

Dr. Köpfle feierte Hochzeit, da der Führer bei seinen Mitarbeitern streng darauf sah, daß sie ein geordnetes Leben führten.

Fräulein Pfirsichblüte, des Pg. Köpfle chinesische Braut, war an diesem Morgen dem Führer vorgestellt worden, der sich zur Feier des Tages in frisches weißes Leinen gehüllt hatte. Unter dem braunen Ei prangte das EK I. Der Führer empfing das Brautpaar mit dem Tropenhelm auf dem Haupte.

»Ei, mein Führer!« grüßte Dr. Köpfle, und die zierliche Braut sagte mit heller Stimme, was ihr eingelernt worden war: »Heil, mein Fühlel!«

Der Führer zuckte ein wenig zusammen, bezwang sich aber und faßte die Braut liebenswürdig unter das Kinn.

»Sie, mein liebes Kind, werden, so hoffe ich, mit der den Frauen Ihrer Nation eigenen wunderbaren Fruchtbarkeit meinem geschätzten Dr. Köpfle einen blühenden Kranz von Kindern bescheren, oder, um von ihrem Namen auszugehen, ein Kinderkörbchen voller Pfirsiche.«

Die Braut, die nichts verstand, aber den freundlichen Tonfall bemerkte, verneigte sich höflich. Zu A. H.'s Erleichterung unterließ sie es, abermals »Heil, mein Fühlel« zu sagen.

Dr. Köpfle hingegen vollführte aufgerichtet und strahlend den Ei-Gruß.

»Ei, mein Führer! Haben Sie dank für Ihre liebenswürdigen Worte!«

A. H. lächelte freundlich.

»Sie, mein lieber Pg. Dr. Köpfle, haben sich in diesen Monaten so verdient gemacht, daß ich zu Ihren Ehren in die Parteiübungen einen neuen Brauch einzuführen beschlossen habe. Unser gewandter Leibkoch Li Hung, der ein außerordentlich geschickter Zuckerbäcker ist, wird künftig an jedem Sonntag ›Köpfle‹ backen. Diese ›Köpfle‹, die nach Ihnen benannt sind, werden obligatorisches Sonntagsfrühstück eines jeden Pg. werden. Es ist mein ausdrücklicher Wille, daß diese ›Köpfle‹ jeweils den Kopf eines unserer Gegner von Bedeutung darstellen werden. Ich führe auf diese Weise einen symbolischen Kannibalismus in die Partei ein, mit der Bedeutung der Vernichtung und Eigengewinnung der Kräfte des Gegners. Damit ist der ›Köpfle-Sonntag‹ Verpflichtung geworden. Da wir heute einen Sonntag haben, habe ich die Ehre, Ihnen hiermit...« – der Führer nahm vom Tisch ein flaches Gebäck und überreichte es erst Dr. Köpfle, dann ein zweites seiner Braut – »...den Kopf General de Kohls, eines wütenden Militaristen und Nationalisten, zu überreichen. Sie werden ihn mit Ihrer künftigen Gattin noch heute verspeisen, d. h. vernichten. Möge es allen unseren Feinden so ergehen!«

»Ei, mein Führer!«

Nach der Trauung ließ sich der Führer mit dem Brautpaar von

Mr. Dan Yoker filmen. Die ganze Gefolgschaft A. H.'s war angetreten, der in der Mitte des Brautpaares stand und sich dazu herabgelassen hatte, einen Kranz von weißen Blüten umzulegen. Der Führer strahlte bei dieser Gelegenheit ganz väterliches Wohlwollen aus und zeigte sich auch bei dem anschließenden Hochzeitsmahl, dem Colonel Lauerke, Frank Curiously, Mr. Dick Fuss, sämtliches Gefolge des Führers sowie Fu Yen, der Vater der Braut, und seine Freunde beiwohnten, von der liebenswürdigsten Seite.

Nachdem man die Nachspeisen hinter sich gebracht und Dr. Köpfles Schwiegervater Fu Yen durch kräftiges Rülpsen mit chinesischer Höflichkeit seiner Befriedigung über die Speisenfolge Ausdruck gegeben hatte, erhob sich der Führer zu einer Ansprache:

»Liebe Volks…äh, liebe Fest-Versammelte. Es ist mir eine besondere Genugtuung, dieser unter dem Parteiabzeichen, dem fruchtbaren Ei, vollzogenen Hochzeit beiwohnen zu dürfen. Wenn auch die Ehe zwischen einem Arier und einer Asiatin chinesischer Nation keine absolute Seltenheit darstellt, so ist doch noch nie eine solche Ehe mit straffer Ausrichtung auf die internationalsozialistische Idee der friedbringenden Vermischung der Rassen vollzogen worden. Daß dies heute erstmalig der Fall gewesen ist, erfüllt mich mit freudigem Stolz. Die chinesische Rasse, die seit langem nicht mehr rein, sondern aus zahlreichen Bestandteilen der mongolischen Rasse zusammengesetzt ist, bildet meiner unerschütterlichen Überzeugung nach den hervorragendsten Nährboden, von dem aus eine friedliche Brücke nach Europa geschlagen werden kann. Eine Brücke, die nach meinem felsenfesten Dafürhalten sich ausdehnen wird bis über den Ozean, wo bereits dank der bahnbrechenden rassischen Vorurteilslosigkeit unserer hier anwesenden amerikanischen Freunde die Fundamente gelegt worden sind, auf denen wir diese Brücke immer fester ausbauen können. Mag auch die Idee der bewußten politischen Verschmelzung und Verschweißung der Welt durch die Mischung der Rassen Ihnen, meine Herren Angehörigen der Vereinigten Staaten, noch etwas fremdartig vorkommen, so werden Sie sich doch nach verhältnismäßig kurzer Zeit darüber klar werden müssen, ob Sie sich irgendwelchen einzelnen Nationen verbinden wollen, oder ob Sie es nicht vorziehen müssen, sich auf die durch mich repräsentierte Internationalsozialistische Partei zu stützen und meine Idee mit Ihren Mitteln nachdrücklich zu fördern. In dieser Hoffnung lassen Sie mich mein Glas mit Zuckerrohrsaft erheben und auf das Wohl des Brautpaares und auf die siegreiche Durchdringung der Idee der internationalsozialistischen Rassenvermischung leeren.«

Der Führer trank, setzte sich und schien keinen Anstoß daran zu nehmen, daß nur aus den Kreisen der Parteigenossen lebhafter Beifall laut wurde.

»Total verrückt«, sagte Dan Yoker zu Frank Curiously.

»Kann ich gar nicht finden«, entgegnete Frank Curiously. »Das mit der Rassenvermischung hat doch Hand und Fuß! Man kann doch gar nichts dagegen haben, daß sie alle durcheinander heiraten. Sieh dich doch um, wo gibt es denn überhaupt noch reine Rassen? Wenn sich alle vermischen, wenn dann obendrein noch die Grenzen fallen, warum, zum Teufel, sollen sie sich da nicht vertragen?«

»Aber das kann man doch nicht zwangsweise durchsetzen«, sagte Dan Yoker.

»Zwangsweise natürlich nicht, aber irgendwie läuft das doch von alleine. Und wenn er das propagiert, dabei ist doch keine Gefahr. Über die Idee könnte man doch jahrelang Artikel schreiben.«

»Fehlt nur noch, daß du dich von ihm als Propagandist, als eine Art Dr. Goebbels, für Rassenvermischung engagieren lässt.«

»Oh, cheese«, sagte Frank Curiously. »Aber genauer betrachtet, ist der Gedanke gar nicht so übel. Mensch, Dan, Pennymaker hat ihm schon 5 Millionen Dollar bewilligt! Wenn ich A. H. klar mache, was für ein Journalist ich bin –, ich glaube, er wäre bereit, mir mehr als Pennymaker zu zahlen.«

Dan Yoker sah ihn an und schüttelte den Kopf. Er dachte nach. Was wäre eigentlich dabei? Gegen eine solche Propaganda für die

Vermischung der Rassen wäre tatsächlich nichts einzuwenden, das hieße doch nichts anderes, als für weitgehende Toleranz einzutreten. Nur A. H. als Auftraggeber war immerhin anrüchig, aber man konnte ihn ja als Mr. Hidden akzeptieren.

Seine Gedanken begannen sich etwas zu verwirren, und er nahm einen kräftigen Schluck Reiswein zu sich.

Das Festmahl hatte im Hause des Führers stattgefunden. Das Brautpaar verabschiedete sich verhältnismäßig früh, auch die Amerikaner zogen sich bald zurück. Sie lehnten die Einladung von Fu Yen, die Feier in seinem Hause fortzusetzen, mit liebenswürdiger Bestimmtheit ab. Sie hatten das Bedürfnis, noch diverse Whiskys zu sich zu nehmen und im vertrauten Kreise die Einzelheiten dieser immerhin ungewöhnlichen Hochzeit zu besprechen. Daß A. H. sich bereit erklärte, der Einladung von Dr. Köpfles Schwiegervater zu folgen, konnte nicht verwundern. So brachen denn der Führer, Bormann, Rosenberg und die anderen Pg.s, ferner der würdige Fu Yen, sein japanischer Freund Kaigo Sutomi, sein indischer Freund Raman Pillai, der Japaner Hammamato, der chinesische Koprahändler Li Yün und der Russe Iwan Olschewski bald danach auf und begaben sich, von sechs der Soldaten Colonels Lauerkes begleitet, zu Fu Yens Haus.

Die Truppenabteilung wurde in den unteren Räumen des Hauses einquartiert und reichlich bewirtet. Fu Yen, nicht ohne Erfahrung in solchen Dingen, hatte reichlich Whisky und Drinks bereitgestellt und für die Unterhaltung der braven GI's durch einige geschulte Geishas Sorge getragen.

In der ersten Etage aber hatte Fu Yen für seine Gäste gedeckt. Selbstverständlich mußte noch einmal ausgiebig gegessen werden, wobei der Führer seine Vorliebe für ein ausgezeichnetes Seetanggericht entdeckte und nicht ohne Appetit sich auch mit einem Schwalbennest beschäftigte, nachdem ihm Kaigo Sutomi in sehr gutem Deutsch auseinandergesetzt hatte, worum es sich hierbei eigentlich handelte. Der Japaner hatte sechs Jahre in Deutschland verbracht und begegnete A. H. mit ausgezeichneter Hochachtung.

Die fetten und scharfgewürzten Speisen veranlaßten A. H., der nicht mehr ganz so grundsatztreu wie früher war, sich ein Glas Raki zu genehmigen. Das befeuerte ihn und er schickte sich soeben zu einer neuen Rede an, als Li Yün einen sehr hörbaren Laut von sich gab, der allerdings nicht seinem Munde entschlüpfte, sondern wesentlich südlicher seinen Ausgang nahm. Der Führer stutzte, entsann sich aber zur rechten Zeit, daß er auch hierbei nur einem Ausdruck chinesischer Höflichkeit in Anerkennung der guten Speisen begegnete. Aber der Zwischenfall hatte ihn doch so aus dem Konzept gebracht, daß er seine Redeabsicht für den Moment aufgab und zum offenen Fenster schritt, da ihn Li Yüns kräftige Lebensäußerung etwas zu schaffen machte.

Martin Bormann lachte aus vollem Halse.

»Das erinnert mich an die Sache mit Ribbentropf«, sagte er. »Kennst du die Geschichte eigentlich, Adolf?«

»Erzähle!« sagte der Führer kurz.

»Es war bei einem diplomatischen Essen«, berichtete Bormann. »Da passierte einer Dame, was eben unser Freund Li Yün absichtlich getan hat! Um den peinlichen Zwischenfall galant zu übergehen, erhob sich sofort der französische Botschafter und entschuldigte sich mit Eleganz im Namen Frankreichs. Der Dame passierte kurz darauf dasselbe Malheur abermals. Sofort schoß der englische Botschafter in die Höhe und entschuldigte sich im Namen Großbritanniens. Als das gleiche sich zum dritten Male ereignete, war es der amerikanische Botschafter, der die Entschuldigung seiner Regierung für den fatalen Zwischenfall aussprach. Ribbentropf, verärgert über die Geistesgegenwart seiner Kollegen, hatte jetzt die Ohren gespitzt. Und als zum vierten Male der peinliche Laut ertönte, fuhr Joachim in die Höhe, hob den Arm zum Hitlergruß und brüllte: ›Diesen und die nächsten vierundzwanzig übernimmt die Reichsregierung!‹ Daraufhin, befriedigt, die anderen in so starker Weise übertrumpft zu haben, ließ er sich auf seinen Platz nieder.«

Martin Bormann schüttelte sich vor Lachen.

Hitler sah ihn verständnislos an.

»Warum hätte er die Vierundzwanzig nicht übernehmen sollen? Meine Regierung ist in der Lage gewesen, einen ganz anderen Stunk auf sich zu nehmen! Das glaube ich hinreichend bewiesen zu haben.«

Bormann brach sein Lachen unvermittelt ab. Er starrte Adolf an und schüttelte den Kopf, aber er sagte nichts weiter. Wie konnte er vergessen, daß Hitler keinerlei Organ für wirklichen Humor hatte?

Das Gelage nahm seinen Fortgang. Der Führer, durch Martin Bormanns dämliches Lachen, wie er es innerlich bezeichnete, ziemlich verärgert, goß sich einen neuen Reisschnaps ein und kippte ihn jetzt mit wesentlich erhöhter Zuversicht. Alles, was er plante, schien ihm plötzlich kindereinfach. Er versank in tiefes Brüten, aus dem er erst erwachte, als leise zirpende Saitenklänge laut wurden und sich ein Dutzend anmutiger japanischer Tänzerinnen vor den Gästen produzierte.

Fu Yen setzte sich zu ihm. Er gab Li Yün und Martin Bormann einen Wink, sich ebenfalls zum Führer zu begeben.

»Das große Ei«, sagte Fu Yen, »hat große Pläne, wie mir Dr. Köpfle, der hier Mr. Head heißt, erzählt hat. Große Pläne kosten viel Geld, aber meine Freunde und ich sind gern bereit, dem großen Ei zu helfen, wenn das große Ei gut bezahlt.«

Der Führer holte aus der Innentasche seines Jacketts seinen Vertrag mit dem ›Globe‹-Konzern hervor und reichte ihn schweigend dem Chinesen, der sich in den Inhalt vertiefte, wobei ihm Li Yün über die Schulter sah.

»Das große Ei hat Geld«, sagte der Chinese achtungsvoll. »Was wird es bezahlen, wenn wir tun, was verlangt wird?«

»Über meine Aufträge verlange ich Abrechnungen«, sagte der Führer kurz, »je nach der Höhe des Betrages wird die Bezahlung einer Provision von 5-10 Prozent zugesichert.«

Fu Yen überlegte, das Geschäft konnte lukrativ werden. Er nickte und sagte: »Das große Ei möge seine Aufträge erteilen.«

*

Die Anwesenheit eines Mannes, der sich beständig »Führer« titulieren ließ und dessen Aussehen unzweifelhaft dem des verschwundenen Adolf Hitlers glich, begann auf Hitlalone allmählich aufzufallen. Die Postzensur, die sorgfältig gehandhabt wurde und die bisher keinerlei Anlaß zum Einschreiten gehabt hatte, entdeckte in dieser Woche zum erstenmal drei Briefe nach auswärts, in denen der Ansicht Ausdruck gegeben wurde, der seltsame Mr. Hidden könne möglicherweise wirklich Adolf Hitler sein.

Die drei Briefschreiber, ein gewisser van den Bosch, ein Mr. Alvarez, offenbar spanischer Abstammung, und eine Miß Baker, wurden vorgeladen. Die Zensur eröffnete ihnen, daß derartige sensationelle Schilderungen zu unterbleiben hätten, daß überhaupt die Anwesenheit des Mr. Hidden und seiner Freunde auf der Insel nicht erwähnt werden dürfe. Es handele sich hier um eine Gruppe harmloser Irrer, die sich mit Mr. Hidden in die seltsame Rolle des Führers und einiger seiner Gefolgsmänner hineingelebt hätten. Da sie nicht offenkundig geisteskrank seien und den Behörden für ein interessantes psychologisch-psychiatrisches Experiment dienten, habe man sie hier auf Hitlalone isoliert. Jeder Bericht hierüber sei zu vermeiden, um nicht irgendwelche Unruhe in der Welt entstehen zu lassen. Man müsse über alles, was Mr. Hiddens und der anderen Auftreten und Seltsamkeiten angehe, absolutes Stillschweigen bewahren, wenn man sich nicht der Gefahr ernster Unannehmlichkeiten aussetzen wolle.

Dieses Einschreiten schien Erfolg zu haben, denn in den nächsten Wochen fand die Zensur keinen Grund zu irgendwelchen Beanstandungen.

Colonel Lauerke allerdings hatte seine Sorgen. Da lag die Anweisung vor, daß man Hitler und seinen Leuten in ungefährlichen Grenzen freie Hand lassen solle. Diese Vorschrift hatte zweifellos etwas kautschukartiges. Da war z. B. Mr. Hidden erschienen und hatte verlangt, daß die Statue des Königs Kamehameha entfernt werden müsse, weil sie geeignet erscheine, die Bevölkerung an kriegerische Traditionen zu erinnern. Der Colonel hatte das abgelehnt. Am nächsten Morgen war das Denkmal König Kamehamehas mit brauner Farbe überstrichen worden, mit einem weißen Ei auf die Brustseite gemalt. Der Colonel fluchte und ließ mit großer Mühe den Anstrich wieder entfernen. Am nächsten Tage wurde ihm zur Kenntnis gebracht, daß die zwei Philippinos, die mit der Abwaschung beauftragt gewesen waren, in der Nacht niedergeschlagen und jämmerlich verdroschen worden waren. Die Nachforschungen nach den Tätern blieben ergebnislos, aber das auf des verstorbenen Königs Brust gemalte Ei war dem Colonel Hinweis genug und er begab sich verärgert zu Hitler.

Unwillig passierte er die den Eigruß vollführenden Bediensteten und ließ sich, ohne eine Aufforderung abzuwarten, auf dem nahe dem Schreibtisch des Führers stehenden Stuhl nieder.

»Der Unfug muß aufhören, Mr. Hidden«, sagte der Colonel kurz. »Es liegt klar auf der Hand, daß irgendwelche von Ihren Leuten das Denkmal beschmiert und die beiden Arbeiter mißhandelt haben. Sie können hier schreiben und leben, wie Sie wollen, aber jede Störung der Ruhe und Ordnung muß ich mir verbitten.«

Der Führer sah ihn uninteressiert an.

»Es ist nicht meine Aufgabe, die Ruhe und Ordnung auf Hitlalone aufrecht zu erhalten. Erteilen Sie mir den Auftrag dazu, und ich werde unverzüglich durchgreifen.«

Der Colonel schnaufte unwillig.

»Dazu bin ich allein in der Lage«, sagte er zornig. »Aber sorgen Sie dafür, daß sich Ihre Leute anständig benehmen.«

»Haben Sie irgendwelche Beweise, daß es sich um einen meiner Parteigenossen handelt?«

Der Colonel, der mit dieser Frage gerechnet hatte, schüttelte ärgerlich den Kopf.

»Ich kann Ihnen keinen Namen nennen, aber das Ei und die Tatsache, daß Sie, Mr. Hidden, die Entfernung des Denkmals verlangt haben, ist mir genug Beweis.«

»Ich weise Ihren Vorwurf zurück, wir sind nur von dem einen Gedanken erfüllt, den Frieden zu leben«, sagte der Führer mit Würde. »Wenn sich der Volkszorn gegen ein überlebtes Standbild erhebt, so liegt das außerhalb der Dinge, auf die wir einen Einfluß haben. Man soll der Stimme des Volkes folgen.«

Der Colonel schob ärgerlich seinen Stuhl zurück und stand auf.

»Ich wünsche nicht zu diskutieren, aber ich gebe der dringenden Erwartung Ausdruck, daß derartiges sich nicht wieder ereignet.«

Der Führer wiegte lächelnd das Haupt.

»Wir Internationalsozialisten haben von jeher tiefe Ehrfurcht vor den Traditionen des Volkes, seiner Geschichte und seiner Kultur empfunden, als den unversiegbaren Quellen seiner Erneuerung. Sie, Herr Colonel, können nicht leugnen, daß sich seit den Tagen des Kamehamehas auf Hitlalone verschiedenes geändert hat, daß die reinhawaiianische Bevölkerung inzwischen außerordentlich durch den gesunden Vermischungsprozeß dezimiert worden ist. Es hat sich infolgedessen ein neues Volksempfinden herausgebildet, das sich gegen die Verewigung eines monarchischen Kults auflehnt. Wir Internationalsozialisten sind niemals Bilderstürmer gewesen…«

»Und wie nennen Sie die Bücherverbrennungen durch Ihren Dr. Goebbels?«

»Bücher sind keine Bilder. – Aber um die Bevölkerung von Hitlalone zu beruhigen, die ihrer Sympathie für das Ei des Friedens mutig Ausdruck verliehen hat, schlage ich Ihnen vor, neben dem Denkmal einen Stein errichten zu lassen, der von dem Ei gekrönt ist. Sie würden damit die Weisheit einer Verwaltung dokumentieren, die dem gesunden Volksempfinden Rechnung zu tragen weiß. Ich sehe darin das einzige Mittel, weitere Attentate auf das Denkmal zu verhindern.«

»Unsinn«, sagte der Colonel kurz. »Da gibt es ein besseres Mittel. Ich werde Tag und Nacht Posten vor dem Denkmal aufstellen, bis dieser Unfug aufhört.«

Der Colonel ging. Tag und Nacht wurde das Denkmal Kamehamehas XXXXII. bewacht und ein neuer Farbanstrich unterblieb. Aber am fünften Tage nach dem geschilderten Zwischenfall war auf einem zehn Minuten von dem Denkmal entfernten Platz ein zweites Standbild errichtet, auf breitem Sockel ein eineinhalb Meter hohes Ei.

Der Colonel erwog ernsthaft, es gewaltsam entfernen zu lassen, aber schließlich sah er zur Vermeidung unnötigen Ärgers davon ab. Mochte das Ei stehenbleiben, schließlich konnte es keinen Schaden anrichten. Wichtiger war, daß man Kamehameha zufrieden ließ, was nun wohl der Fall sein würde. Vorsichtshalber ließ er die Posten, die sich gräßlich vor dem Standbild langweilten, noch einige Tage die Wache halten, dann zog er sie zurück. Einige Nächte ereignete sich nichts, an einem sonnigen Morgen aber war das Standbild Kamehamehas XXXXII. spurlos verschwunden.

Der Colonel ordnete eine strenge Untersuchung an, er ließ auch Haussuchung bei Hitler und den anderen vornehmen, ohne daß sich ein Resultat ergab.

»Ich habe Sie vor dem Volksunwillen gewarnt«, sagte Hitler, »aber Sie wollten ja nicht auf mich hören.«

Der Colonel warf ihm einen wütenden Blick zu.

»Stellt sich heraus, Mr. Hidden, daß Sie mit der Sache irgendetwas zu tun haben, so werden Sie das sehr bereuen!«

Noch mehr Dinge ereigneten sich auf Hitlalone, die beunruhigend wirkten.

Da war die unverkennbare Tatsache, daß seit einiger Zeit die Geschäfte der Europäer einen starken Umsatzrückgang aufzuweisen hatten, während gleichzeitig verschiedene von Japanern und Chinesen betriebene Läden sich eines erhöhten Kundenzustromes erfreuten. Fragten die europäischen Kaufleute und Händler ihre bisherigen Kunden, aus welchem Grunde sie die Geschäftsbeziehungen abgebrochen hätten, so bekamen sie entweder eine ausweichende oder gar keine Antwort. Aus irgendwelchen Gründen, die nicht zu klären waren, hatte sich eine Boykottbewegung entwickelt, die unvermindert anhielt. Hitler war in diesen Tagen dennoch in schlechter Stimmung. Er unterhielt sich in grollendem Ton mit Dr. Köpfle.

»Das stärkste Mittel der Menschengewinnung ist die Rede«, sagte der Führer. »Mir ist die Möglichkeit des Wirkens unerträglich dadurch beschnitten, daß ich hier keine Reden halten kann. Ich kann auf meine alten Tage kein Englisch mehr lernen, es müssen Propagandisten herangebildet werden. Außerdem benötigen wir ein Parteiorgan.«

»Ei, mein Führer.«

»Ich dekretiere hiermit«, sagte der Führer mit Bestimmtheit, »daß vom Ersten des nächsten Monats an das neue Parteiorgan erscheint. Veranlassen Sie das Erforderliche.«

»Und welchen Namen soll das Parteiorgan haben, mein Führer?«

»Ich habe auch das bedacht, wir nennen es zur genauen Kennzeichnung unserer Idee den ›Mixpickle‹, Amtliches Organ der Internationalsozialistischen Partei. Wenn wir erst über unsere Grenzen hier hinausgedrungen sind, können wir den Namen in ›International Mixpickle‹ erweitern.«

Fünf Tage später brachte ihm Dr. Köpfle die ersten Entwürfe zum ›Mixpickle‹, der vorerst nur vervielfältigt im Abzugsverfahren hergestellt werden sollte. Adolf Hitler las und warf die Blätter unwillig auf den Tisch.

»Sie haben keine Ahnung von Propaganda«, sagte er wütend. »Sie versuchen zu begründen, statt unwiderlegliche Behauptungen aufzustellen! Die meisten Menschen glauben alles, was sie lesen, danach haben Sie sich zu richten. Der Frieden durch Vermischung, wie wir ihn verkünden, muß als die einzig vernünftige Idee hingestellt werden, ohne jede Begründung, allein mit der Feststellung, daß es so ist und nicht anders sein kann! Fühlen Sie bei Mr. Curiously vor, ob er zur Mitarbeit bereit ist.«

Mr. Curiously erklärte sich geneigt. Er hatte eine längere Unterredung mit Hitler und ließ sich dessen Ideen noch einmal haarscharf auseinandersetzen. Danach brachte er seinen Artikel, der eine ausgezeichnete Arbeit war, aber der Führer verwarf sie restlos.

»Es zeigt sich wieder einmal«, führte er aus, »daß ihr Journalisten von Propaganda keine Ahnung habt! Mit der Gegeneinandersetzung von Für und Wider unter dem Gesichtspunkt der sogenannten Objektivität ist überhaupt nichts zu erreichen. Glauben Sie, fast alle Ausländer würden Mokka-Mola trinken, wenn der Verbraucherschaft langatmig die Vorzüge aller Getränke auseinandergesetzt würden, und man dann, nach einer umständlichen Untersuchung Mokka-Mola empfehlen würde? Lernen Sie von den Propagandisten. Es gibt nur ein Getränk, das gut und nützlich ist, nur ein einziges, und das heißt: Mokka-Mola. Und das wiederholen Sie Tag für Tag, das hämmern Sie den Leuten in die Schädel ein! Was sie Tag für Tag hören, mit voller Unbeirrbarkeit vorgetragen, das glauben sie auch. Und dann trinken sie Mokka-Mola. Wenn Sie am ›Mixpickle‹ mitarbeiten wollen, dann haben Sie nur zu trommeln: Die Idee der internationalen Vermischung ist die einzig richtige! Das und nichts anderes hat in jedem Ihrer Artikel zu stehen.«

Der Führer entließ den Journalisten ziemlich ungnädig, der ihm erklärte, sich die Sache noch einmal überlegen zu wollen. Aber er verzichtete schließlich doch.

Der ›Mixpickle‹ wurde in einer Auflage von zunächst 500 Exemplaren hergestellt und sollte in jeden Haushalt in Hitlalone kostenlos geliefert werden. Colonel Lauerke sandte ein Exemplar nach Washington, wo man es aufmerksam studierte. Da der Inhalt jedoch zu keinerlei Gewalttat aufforderte, wurde das Blatt als Kuriosum zu den Akten genommen. Der Colonel erhielt den Bescheid, das Blatt zuzulassen, nur habe die Bemerkung »Organ der Internationalsozialistischen Partei« zu verschwinden. Der Führer fügte sich zähneknirschend.

Mr. Lefévre, seit 15 Jahren auf Hitlalone ansässig und dort zu Wohlstand gelangt, hatte an diesem Morgen Keigo Sutomi aufgesucht. Die Miene des naturalisierten Franzosen war sorgenvoll.

»Sehen Sie, Mr. Sutomi«, sagte er, seine Worte sorgsam wählend, »wir sind zwar Konkurrenten, aber wir haben uns die ganzen Jahre hindurch einen fairen Wettbewerb gemacht. Ihrem Geschäftsblick kann es nicht entgangen sein, daß mein Unternehmen seit Monaten boykottiert wird, was mir wachsende Verluste verursacht hat. Behörden, das weiß ich aus Erfahrung, vermögen in einem solchen Falle kaum zu helfen, darum komme ich zu Ihnen.«

Der Japaner zeigte ein höfliches Lächeln.

»Warum zu mir?«

»Sehen Sie, Ihr Geschäft hat praktisch alles an sich gezogen, was mir entgangen ist. Nun bekam ich neulich, gleichgültig durch wen, einen Wink, daß eine Unterredung mit Ihnen mir nützlich sein könne. Was, Mr. Sutomi, müßte ich tun, um meine Situation wieder zu verbessern?«

Der Japaner erhob mit einer Bedauern ausdrückenden Geste beide Hände.

»Die Neigung der Käufer ist wandelbar«, sagte er freundlich. »Ich kann Ihnen keine Erklärung, aber ich vermag vielleicht Ihnen einen Rat zu geben. Die Bevölkerung interessiert sich seit einiger Zeit stark für die Lehre, die mit dem großen Ei verbunden ist. Es symbolisiert zugleich den Frieden und die Fruchtbarkeit, wobei es auch für die friedliche Vermischung der Rassen ein freundliches Zeichen sein soll. Nichts ist in unseren Tagen wünschenswerter als der Frieden. Wer aber nun durch sein Fernbleiben von dieser Bewegung demonstriert, daß er gegen den Frieden und ein engstirniger Verfechter der Rassentheorie ist, der zieht sich die Ungunst des Volkes zu. Wenn Sie also, lieber Freund Lefévre, Ihren Standpunkt einer Revision unterziehen könnten, dann, davon bin ich fest überzeugt, würde sich alles wieder zum Freundlichen wenden.«

Der Japaner lächelte verbindlich und legte die Hände zusammen.

Lefévre starrte ihn an.

»Ich beginne zu begreifen. Sie gehören der Bewegung vom großen Ei an?«

Sutomi nickte.

»Ich bin ein Mann des Friedens«, sagte er, »und ich hege keine Rassenvorurteile. Warum sollte ich eine Bewegung nicht unterstützen, der sich die Volksgunst ganz offenkundig zugewandt hat. Sehen Sie, ich bin mit einer Chinesin verheiratet, warum sollten Sie nicht beispielsweise sich mit einer der Töchter meiner Nation verbinden. Ich zweifle nicht daran, daß Ihnen das viele Sympathien erwerben und viele Kunden zurückbringen würde. Der Parteibeitrag ist, soweit ich unterrichtet bin, nicht besonders hoch, dafür bieten sich auf der anderen Seite erhebliche Vorteile.«

Lefévre nickte gedankenvoll.

»So also ist die Geschichte aufgezogen, sehr interessant. Und wer steckt hinter der Sache, doch sicherlich dieser Mr. Hidden mit dem Eiabzeichen?!«

»Möglich«, räumte Sutomi ein, »aber ich würde das zur Vermeidung von Unannehmlichkeiten nicht an die große Glocke hängen. Sehen Sie, da ist Mr. Orlandi gewesen, der unter allen Umständen eine Landsmännin heiraten wollte. Sie wissen, wie dieser Vorsatz Unglück für ihn zur Folge hatte. Seine Geschäfte gingen ständig zurück, wiederholt wurden ihm die Fensterscheiben eingeworfen, kurzum, Mr. Orlandi sah ein, daß man nicht immer nach dem eigenen Kopf handeln kann. Sehen Sie, er hat die kleine entzückende Laualila geheiratet, nichts mehr ist seitdem geschehen, und sein Geschäft blüht wieder.«

»Das mit der Heirat muß unbedingt sein?« fragte Lefévre. »Ich bin jetzt 47 Jahre…«

»Dann wird es die höchste Zeit«, unterbrach ihn Sutomi. »Wir stammen alle aus dem Ei, man soll den Strom des Lebens weitertragen, denn nur in seinen Nachkommen lebt man weiter.«

Lefévre lächelte flüchtig.

»Daran liegt mir nicht sonderlich viel, umso mehr aber am Geschäft. Ich werde Ihren Rat befolgen, vielen Dank.«

Sutomi lächelte befriedigt.

»Unter Geschäftsfreunden muß man sich immer beistehen.«

Noch nie waren so viele Ehen innerhalb weniger Monate geschlossen worden, wie es jetzt in Hitlalone geschah. Die Zeit verging und die Früchte der vielen Heiraten blieben nicht aus. Als Alois Hinterstoissel mit starker Verwunderung auf seinen recht mongolisch aussehenden Sprößling starrte, legte ihm der Führer die Hand auf die Schulter und sagte mit Anerkennung in der Stimme:

»Ich wußte, daß ich mich auf dich verlassen kann. Sobald wir die Organisation zu vergrößern in der Lage sind, werde ich dich in den Rang eines Obereileiters erheben!«

Der Führer beschäftigte sich in dieser Zeit gerade sehr lebhaft damit, die neue Rangordnung innerhalb der Partei zu entwerfen. Sie würde beginnen, so viel stand bereits fest, mit dem gewöhnlichen Ei und über den Eiführer und Obereiführer zum Haupteiführer leiten. Die höheren Ränge jedoch gedachte der Führer noch eindrucksvoller zu benennen, ihm schwebte eine Stufenleiter vor, die vom Kuckucksei zum Goldfasanei und über dieses zum Straußenei zu zimmern war. Die höchste Krönung würde sie dann in ihm, dem großen Ei, finden. Mit diesem Titel hatte er sich bereits stark befreundet, das stark Asiatische seiner Umgebung begann auf ihn abzufärben. Das große Ei – das klang so ähnlich wie der große Khan, das ließ sehr an den Dschingis Kahn und damit in angenehmer Weise an die Eroberung der Welt vom Osten her denken. Die neue Rangordnung in der Partei mußte natürlich sorgsam bedacht werden, aber der Führer zweifelte nicht einen Moment daran, zur rechten Zeit den ganzen Eierstock gehörig aufzubauen.

Die Monate vergingen und die Verbindungen, die Hitlers Mittelsmänner hergestellt hatten, begannen zu funktionieren.

Aus verschiedenen Teilen der Welt berichtete die Presse plötzlich über das Wiederauftauchen neofaschistischer Bewegungen, die sich der Organisationform der Nationalsozialistischen Partei bedienten, wenn sie es auch sorgsam vermieden, den Parteinamen an den der NSDAP anklingen zu lassen. Aber das Aufkommen solcher Parteigebilde konnte an sich noch nicht als beunruhigend betrachtet werden, man konnte sie als gewisse Reaktionserscheinungen werten, die man nicht allzu ernst nehmen brauchte. Wesentlich bedenklicher war, daß, unerklärlich wie, die Gerüchte sich erschreckend mehrten, daß der Führer noch lebe. Und ging man diesen gerüchtweisen Verlautbarungen nach, so mußte man entdecken, daß sie von einer verborgenen Zuflucht des Führers im Pazifik sprachen. Daß Adolf Hitler sich ausgerechnet auf einer Insel jenes Weltmeeres befinde, das als »das Friedliche« benannt worden war, wurde als besonders bemerkenswert von den Verbreitern jener Gerüchte unterstrichen. In diesen Tagen ereignete sich ferner ungewöhnlich häufig, daß bei irgendwelchen Kundgebungen, so z. B. in England, laute Heilrufe auf Adolf Hitler ausgebracht wurden. Setzte man die Täter fest, so zogen sie sich auf die Behauptung zurück, einen Anfall von geistiger Verwirrung gehabt zu haben. In einer vielgelesenen englischen Sonntagszeitung erschien mit der Abbildung von Hitlers Kopf mit weitaufgerissenem Rednermund ein Artikel mit der Überschrift: »Jetzt haben wir es uns zu vergegenwärtigen: Hitler war ein Genie!« Die große Schlagzeile aber war mit einer kleinereren Überschrift versehen, ein großer Historiker habe dieses Urteil über den Mann gefällt, den die Welt zuvor verabscheute und verlachte.

Adolf Hitler, der durch Mittelsmänner in den Besitz des Artikels gekommen war, legte ihn triumphierend Mr. Curiously vor, wobei er bemerkte:

»Im großen und ganzen bin ich einverstanden. Die Schlußfolgerung allerdings, daß ich meine großen Fähigkeiten nur zur Vernichtung genutzt habe, ist einseitig gesehen. Überdies aber weiß der Verfasser nicht, daß ich noch lebe und jetzt alle meine Kräfte dafür einsetze, durch Vorantreiben der Vermischung Leben nicht auszulöschen, sondern neues Leben entstehen zu lassen.«

»Gut, Ihre Existenz oder vielmehr Ihre Weiterexistenz ist dem Verfasser nicht bekannt. Was er aber über Ihr voriges Leben bemerkt, daß Sie Ihre großen Gaben vornehmlich der Vernichtung widmeten, ist doch unbestreitbar! Ich erinnere Sie nur an Ihre Unmenschlichkeit dem Judentum gegenüber. Sie haben mit den gemeinsten und brutalsten Mitteln einen Vernichtungsfeldzug geführt, der Ihren Namen mit unauslöschlicher Schande bedeckt hat. Wie könnten Sie sich jemals rechtfertigen!«

A. H. runzelte unwillig die Stirn.

»Sie verkennen nach wie vor, daß ich als Übermensch jenseits von dem stehe, was Sie gut oder böse nennen. Mir ging es nur um die Durchsetzung einer Idee, um die Erfechtung des Sieges. Wenn dabei Opfer fallen, so mag das bedauerlich sein, ist aber unvermeidlich! Wer vor solchen Notwendigkeiten zurückschreckt, wird nie in der Lage sein, einer neuen Lehre zum Siege zu verhelfen. Auch die Heiden sind früher mehr oder weniger gewaltsam bekehrt worden und es mußten dabei Opfer fallen. Das gleiche war der Fall, als der Islam seinen Siegeszug antrat. Ich könnte Ihnen noch mehr Beispiele nennen, aber die genannten mögen genügen. Nach wie vor betrachte ich das Judentum als ein Ferment der Dekomposition, nur heute aus einem anderen Gesichtswinkel heraus, nämlich unter dem meiner neuen Erkenntnis, daß die harmonische Komposition der Welt nur durch die allgemeine Vermischung herbeigeführt werden kann. Indem das Judentum auf der Reinhaltung des Blutes besteht und die Vermischung mit Andersrassigen grundsätzlich ablehnt, wirkt es dekompositiv.«

»Aber lassen Sie doch die Leute tun, was sie wollen!« erwiderte Mr. Curiously. »Wenn jemand in seiner Rasse heiraten will, nur in der, dann ist das seine Sache! Und wenn ihm das Gegenteil gefällt, wer hat das Recht, es ihm zu verbieten?«

A. H. sah den Journalisten finster an.

»Das ist die liberalistische Denkweise einer zügellosen Epoche, die es immer wieder verhindern wird, daß sich eine harmonische Ordnung herauskristallisiert. Wenn immer wieder reinrassige Elemente neben Mischrassen leben, wenn immer weiter verschiedene Rassen nebeneinander bestehen, wird die Welt nie zur Ruhe kommen. Und da die Menschen zu unvernünftig sind, nach der großen Vernunft zu handeln, müssen die wenigen klaren Köpfe die Menschen zu ihrem Glück zwingen. Ohne Zwang geht es nicht, der beginnt von Kindesbeinen an. Es ist kein Zufall, daß seinerzeit schon im Paradiese – nehmen wir an, es habe eines gegeben – der Apfel verboten war. Als trotzdem der verhängnisvolle Apfelbiß erfolgte, fing die ganze Misere an. Es ist die allerhöchste Zeit, mit starker Hand einzugreifen und die Dinge in die gehörige Ordnung zu bringen. Nun habe ich allerdings erkannt, daß mein damaliges Vorgehen unzweckmäßig war. Das Judentum ist besonders deshalb gefährlich, weil der Jude im Grunde genommen absolut friedlich und ungewöhnlich anpassungsfähig, also in der Lage ist, in das Wesen jeder anderen Rasse einzudringen und innerhalb ihres Verbandes sein Leben zu führen. Hätte die jüdische Rasse vollzählig und geschlossen in irgendeinem Lande nahe unseren Grenzen gesessen, so wäre es eine Kleinigkeit gewesen, sie auszuradieren. Da sie jedoch im wesentlichen zerstreut war, konnte die Methode nicht zu dem erstrebten Enderfolg führen, überdies war sie zu umständlich und stieß auf die Hemmungen, die in der Masse der Durchschnittsmenschen nun einmal liegen. Habe ich jedoch meine Idee der überall von Staats wegen gesetzlich anzuordnenden Rassenvermischung durchgeführt, so wird nach wenigen hundert Jahren das Judentum als solches vollkommen verschwunden sein. Glauben Sie, daß dann noch ein Hahn danach krähen würde?«

Der Journalist hob in halber Verzweiflung die Hände.

»Aber Mr. Hidden, lassen Sie doch die Dinge sich von allein entwickeln! Glauben Sie, es spielt irgendeine Rolle, ob die Vermischung durch Sie zwangsweise nach etwa dreihundert Jahren bewerkstelligt ist oder ob sie sich rein aus der natürlichen Entwicklung heraus erst dreihundert Jahre später vollzogen hat?«

»Das ist der Grundsatz des laissez faire, laissez allez! Wenn es danach geht, wird die Welt aus dem Schlendrian nie herauskommen!«

Der Journalist holte tief Atem, mit diesem A. H. war einfach nichts anzufangen! Welche Idee auch immer er fassen mochte, stets würde er sich mit Fanatismus auf sie stürzen und sie mit Unduldsamkeit zu verwirklichen suchen.

Er machte noch einen Versuch:

»Und Sie empfinden nicht das geringste Bedauern darüber, Millionen unschuldiger Menschen mit den gräßlichsten Methoden umgebracht zu haben?«

A. H. erhob sich brüsk, so andeutend, daß er die Unterredung als beendet ansah.

»Wo gehobelt wird, da fallen Späne! Ich habe meinen Worten nichts hinzuzufügen.«

Hart schob er den Sessel zurück und verließ den Raum.

*

A. H. saß mit Dr. Köpfle bei der Mittagsmahlzeit. Die grönländischen Gewohnheiten waren so stark in ihm geworden, daß es ihn immer wieder nach fleischlicher Nahrung verlangte. Stets empfand er dabei eine Art inneren Zwang, sich zu rechtfertigen.

»Überall in der Natur siegt der Stärkere«, bemerkte A. H., während er von dem gebratenen Truthahn auf dem Tisch eine Keule ablöste. »Da nun also der Mensch das stärkste Wesen ist, wofür er durch seine Beherrschung der Erde den Beweis erbracht hat, das Tier aber das schwächere, ist der Fleischgenuß voll und ganz gerechtfertigt. Ich verbinde allerdings noch höhere Vorstellungen damit, ich stelle mir z. B. vor, als siegreicher Krieger jetzt einen meiner Gegner zu verzehren. In der Südsee ist das lange üblich gewesen, man nannte dieses kannibalische Gericht ›Langschwein‹, man sprach vom ›Kaikai‹. Die Zubereitung ist dabei durchaus nicht unappetitlich gewesen, der Geschlachtete wurde mit Früchten gefüllt und dann in der Erde zwischen heißen Steinen gebacken.«

Dr. Köpfle blickte den Führer etwas unsicher an, das war nicht die Tafelunterhaltung, die dem neuen Propagandaminister A. H.'s behagte. Aber um der Höflichkeit zu gehorchen, sagte er: »Sehr interessant, mein Führer.«

»Man muß sich das vorstellen«, fuhr Adolf Hitler fort, »junger Fidschi-Insulaner, mit Bananen gefüllt, oder gut durchwachsener Perlenhändler auf Bambusspitzen. – Doch das nebenbei.«

Dr. Köpfle lief ein wenig grünlich an, schob seinen Teller zurück und erklärte sich gesättigt. Seine Gesichtsfarbe wurde erst wieder normal, als der Truthahn abgeräumt war und einige Früchte als Nachtisch gereicht wurden.

Beide begaben sich in das Arbeitszimmer, der Führer blätterte in Manuskripten.

»Ich werde den ›Köpfle-Tag‹ bei passender Gelegenheit noch um einen ›Kaikai-Tag‹ bereichern, er soll der körperlichen Ertüchtigung der Jugend dienen. – Was haben Sie zu berichten, Pg. Köpfle?«

Des Führers Vertrauter blickte in seine Notizen.

»Im wesentlichen Erfreuliches, mein Führer. Außer meiner Wenigkeit haben neben Ernst Hinterstoissel auch Max Rosenberg und Hans Müller Mischehen vollzogen. Bedauerlicherweise aber haben Pg. Bormann und Pg. Koch sich der Vermischungspflicht bisher zu entziehen verstanden. Es scheint mir in Anbetracht des Ansehens unserer Bewegung und der Befolgung der Parteilehre erforderlich, hier einzugreifen. Ich möchte das umsomehr empfehlen, als Pg. Richard Koch gewisse Aktivitäten entfaltet, die Sie, mein Führer, zweifellos nicht zu dulden gewillt sind.«

Der Führer hob gespannt den Kopf.

»Sprechen Sie deutlicher, Pg. Köpfle!«

Um Köpfles Lippen huschte ein dünnes Lächeln hämischer Befriedigung. Jetzt endlich war die Gelegenheit gekommen, diesem dicken und frechen Gestapolümmel Richard Koch eins auszuwischen. Die Herren von der Gestapo glaubten schon wieder, sich alles herausnehmen zu können.

Dr. Köpfle legte die Fingerspitzen zusammen und lehnte sich nicht ohne Behagen zurück.

»Sie, mein Führer, erinnern sich jener unerfreulichen Eskapade des Pg. Hinterstoissel, der sich inzwischen ja allerdings Ihrem Befehl und der Parteiraison gefügt hat. Die Liaison, die er damals begonnen hatte, betraf, wie Sie sich noch vergegenwärtigen werden, eine Flämin. Diese Flämin, eine gewisse Antje Boerer, hat es seit einiger Zeit verstanden, die Aufmerksamkeit von Pg. Koch auf sich zu ziehen. Das ist seine Lesart. Ich allerdings wage zu behaupten, daß Pg. Koch es gewesen ist, der die Annäherung vollzogen hat, und zwar nicht etwa aus einer Unüberlegtheit heraus, die ihm als leitenden Beamten der Gestapo keineswegs zuzutrauen und noch weniger zuzubilligen ist. Meiner Überzeugung nach steht sein Handeln im ursächlichen Zusammenhange mit einer Verneinung der neuen Parteigrundsätze. Pg. Koch ist meiner begründeten Meinung nach noch vollkommen veralteten rassischen Vorstellungen verhaftet, sein Verhältnis mit der genannten Boerer stellt demnach eine bewußte glatte Herausforderung dar.«

»Unerhört!« Der Führer schlug kräftig mit der Faust auf den Tisch.

»Ei, mein Führer! Es ist in der Tat unerhört! Dieses Verhalten eines so hochgestellten Parteigenossen ist nicht nur geeignet, die Internationalsozialistische Partei zu diskreditieren, sondern, was noch schlimmer ist, die Autorität des Führers zu gefährden. Außerdem hat Pg. Koch, wie mir zuverlässig berichtet worden ist, sogar herabsetzende Äußerungen über Sie, mein Führer, getan.«

A. H. war bleich vor Zorn.

»Berichten Sie weiter!«

»Auf kameradschaftliche Vorstellungen hin äußerte Pg. Koch, er vermische sich, mit wem er wolle, das gehe den Führer einen braunen Schmutz an! Außerdem solle der Führer erst einmal beweisen, daß er für seine Person das Vermischungsdogma ernst nehme. Ihre Geliebte, mein Führer, Fräulein Mao, lebe in Ihrem Hause nur als eine Verzierung. Offenbar habe der Führer sich

Fräulein Mao noch in keiner Weise genähert, der Dame sei jedenfalls nichts anzumerken. Sei es aber dennoch geschehen, so liege der Beweis klar zutage, daß der Führer ebenso wie bei der arischen Vermehrung auch bei der internationalen Vermischung eine glatte Niete gewesen sei.«

Dr. Köpfle bemerkte, daß A. H. vor Wut nach Luft rang, und beeilte sich darum, hinzuzusetzen:

»Verzeihen Sie, mein Führer, aber ich wiederhole nur Gesagtes, es ist meine Pflicht, die hochverräterischen Bemerkungen von Pg. Koch wortgetreu wiederzugeben.«

A. H. winkte ab. Heftig ergriff er ein Zuckerrohr und biß hinein, daß der Saft herausspritzte. Er nahm das Stückchen Zuckerrohr in die Rechte und quetschte es zusammen.

»So werde ich den Verräter Koch zermalmen!« sagte er zähneknirschend. »Veranlassen Sie Bormann, daß er mir Koch zuführt! Ich schreibe den Befehl sofort aus.«

Er griff zur Feder und warf wütend einige Zeilen auf ein Blatt Papier, das er Köpfle überreichte. Dieser sprang befriedigt auf, vollzog den eiförmigen Parteigruß und entschwand eilig.

Vor Wut fauchend, begab sich der Führer in seinen Wohnraum, warf sich auf das Ruhelager und wickelte sich mit wilden Bewegungen in die feingewebte Decke. Seine Zähne bissen in den weichen Stoff, Schaum trat ihm vor den Mund. Minutenlang überließ er sich so seiner wilden Raserei, bis er sich erschöpft ausstreckte und in Schlummer verfiel.

Mao, die über sein langes Schweigen verwundert gewesen war, fand ihn so vor. Seine Augen waren nur halb geschlossen und schienen erstarrt. Sie rüttelte ihn, aber er gab kein Lebenszeichen von sich. Eilig rannte sie hinaus und kehrte mit einem Glas Raki zurück. Sie goß die scharfe Flüssigkeit dem Führer zwischen die Lippen. Das Mittel wirkte. Mit einem Ruck richtete er sich auf und starrte die Insulanerin mit wildem Blick an. Allmählich erinnerte er sich, wo er sich befand und was vorgefallen war. Da war dieser Verräter Koch, der sich weigerte, in der Vermischungsschlacht mitzukämpfen, und da war Mao, deretwegen dieser Koch Verdächtigungen gegen ihn, den Führer, gehäuft hatte, die seinem Prestige ganz entschieden abträglich waren. Natürlich, der Führer durfte nicht verheiratet sein, das konnte nur dem Nimbus schaden, aber andererseits durfte der Führer auch nicht als impotent gelten, das schadete noch mehr. Hinsichtlich dieser Mao mußte also nun etwas geschehen, es galt, mit einer harten Willensanstrengung das bisherige Zögern zu überwinden. In dieser Nacht also mußte die Vereinigung unbedingt erfolgen. Der Führer sah nach der Uhr. Es war vier Uhr nachmittags. Er atmete auf. Es blieben also noch verschiedene Stunden, in denen er sich seelisch und körperlich auf den bedeutungsvollen Akt vorbereiten konnte.

Der Führer setzte den Gong in Bewegung und befahl Li Hung, ihm zum Abendessen vier weichgekochte Eier zuzubereiten.

Er überlegte. Diese Chinesen waren eine ungewöhnlich fruchtbare Rasse, sie kannten bestimmt gewisse Präparate, die in dieser Stunde erwünscht gewesen wären. Aber A. H. konnte sich nicht entschließen, Li Hung um Rat zu befragen. Es konnte etwas darüber an die Öffentlichkeit dringen, das mußte unter allen Umständen vermieden werden. Und überdies: warum sollte es bei dem Vorhaben, wie das für diese Nacht geplante, nicht durch eine einfache Energieanstrengung gelingen, zu einem Triumph des Willens zu gelangen?

Vorerst aber mußte diese Affäre Koch geregelt werden. Warum war Bormann noch nicht hier?

Der Führer brauchte nicht allzu lange auf seinen Stellvertreter zu warten. Bormann erschien, verzichtete auf jeden Gruß und ließ sich unaufgefordert nieder.

»Wo ist dieser Koch?« fragte der Führer, es war ein gefährliches Grollen in seiner Stimme.

Bormann zuckte die Achseln.

»Er weigert sich rundweg zu kommen. Schließlich kann ich ihn hier, unter den Augen der Amerikaner, nicht mit Gewalt herbeischleppen«, sagte Bormann. »Ich habe ihm gesagt, daß er mit der

Flämin aufhören soll, weil du das nicht dulden würdest, aber er antwortete mir bloß mit dem bekannten Götz-Zitat.«

Der Führer schnaufte vor Zorn.

»Das ist eine Unverschämtheit, die ich mir nicht bieten lassen kann!«

»Was willst du tun?«

»Hast du eine Gestapo aufgebaut oder nicht?« fragte A. H. hart.

Bormann pfiff durch die Zähne.

»Aha«, sagte er, »du willst Koch liquidieren?«

»Nichts anderes«, erwiderte der Führer. »Wer sich meiner Autorität zu widersetzen wagt, wird rücksichtslos ausgemerzt!«

Er begleitete die letzten Worte mit einem wiederholten Aufschlagen der Faust auf die Tischplatte.

»Und wie stellst du dir den Verlauf der Dinge vor? Wir sind hier nicht in Wiessee.«

»Lächerlich!« entgegnete der Führer. »Es wird ein zweites Wiessee werden! Laß deine Leute, d. h. vier der Entschlossensten, sich für diese Nacht fertig machen. Es muß dafür gesorgt werden, daß hinterher nicht eine Leiche hochkommt, ich wünsche die Angelegenheit sauber erledigt zu haben.«

Bormanns Miene zeugte von Unbehagen, aber er äußerte keinen Widerspruch.

»Wird gemacht«, sagte er ruhig. »Aber da ist der Müller, der hängt an Koch, und außerdem ist Rosenberg auch noch im Hause, der hat schwache Nerven.«

»Rosenberg kommt heute abend zu mir«, ordnete der Führer an. »Ich werde dafür sorgen, daß er in dieser Nacht in meinem Hause bleibt. Müller wird ebenfalls umgelegt, ich kann keine Anhänger von Verrätern gebrauchen. Die Organisation wird klappen, das kann ich von dir erwarten!«

»Keine Sorge«, sagte Bormann, »aber ich fürchte sehr, die Geschichte wird unangenehmes Aufsehen erregen.«

Der Führer schüttelte den Kopf.

»Immer Bedenken! Aufsehen bedeutet gar nichts, es dürfen nur keine Beweise erbracht werden und die Sache muß so dargestellt werden, daß wir gerechtfertigt dastehen. Köpfle soll kommen, der versteht sich gut auf Handschriften. Er muß Kochs Abschiedsbrief schreiben. Nun geh, um drei Uhr sehen wir uns wieder.«

Nach Bormanns Fortgang arbeitete der Führer eineinhalb Stunden mit Pg. Köpfle, dann entließ er ihn und streckte sich nach dem Abendessen eine Stunde auf seinem Lager aus, nicht, um sich mit dem Koch und Müller zugedachten Schicksal zu beschäftigen, sondern um sich auf seine Mao gegenüber bestehende biologische Verpflichtung einzustellen.

Das Erscheinen von Rosenberg riß ihn aus seinen Betrachtungen. Der Führer ließ alkoholische Getränke kommen und schenkte Rosenberg ein. Auch er gestattete sich ein Glas Wein, er erinnerte sich, in ›Mein Kampf‹ darüber geschrieben zu haben, daß der Alkohol die Sexualität anrege, man konnte also auf diese Weise das Angenehme mit dem Nützlichen verbinden.

»Aus welchem Grunde haben Sie mich befohlen, mein Führer?« fragte Rosenberg, der nun schon auf Befehl von A. H. das sechste Glas Raki getrunken hatte.

»Um Gesellschaft zu haben, Pg. Rosenberg. Sie werden vielleicht zu bescheinigen haben, daß Sie die ganze Nacht hindurch mit mir diskutiert und getrunken haben. Trinken Sie!«

»Ei, mein Führer«, sagte Rosenberg und kippte den siebenten Raki.

Der Führer goß ihm sofort von neuem das Glas voll.

Rosenberg machte einen schwachen Versuch, zu protestieren, aber der Führer fuhr ihn hart an, woraufhin Rosenberg erkannte, daß er unter Befehl stand. Gehorsam trank er einen Schnaps nach dem anderen, bis er sich schwankend erhob und um Erlaubnis bat, sich einige Minuten zu entfernen. Der Führer nickte schweigend Gewährung.

Li Hung erschien.

»Ei, mein Fühlel«, sagte er unterwürfig. »Mistel Losenbelg ist übel. Soll ich ihn nach Hause blingen lassen?«

»Er hat wieder zu mir zu kommen«, entschied der Führer. »In diesem Zustand muß ich ihn unter den Augen behalten.«

»Wie das gloße Ei befiehlt«, sagte der Chinese und entfernte sich mit einer Verneigung.

Um zehn Uhr war Rosenberg soweit, daß er stocksteif vom Stuhle fiel. Der Führer ließ ihn auf seine Couch legen und betrachtete ihn mit tiefer Befriedigung.

Jetzt war es Zeit, sich Mao zu widmen. Nach kurzem Zögern schenkte sich der Führer ein kräftiges Glas Raki ein und trank es auf einen Ruck, wobei er sich schüttelte. Aber der persönliche Widerwille hatte, so sagte er sich, hinter der Sache zurückzustehen.

A. H. begab sich in sein Schlafgemach und sah mit düsterem Blick auf sein Lager.

Da war eine weitere Schwierigkeit. Um drei Uhr wollte er drüben in Bormanns Haus sein, um mit Koch abzurechnen. Inzwischen mußte die Sache mit Mao erledigt sein, man stand also unter Zeitdruck. Der Gedanke erfüllte ihn mit Unbehagen. Mao schlief wie ein Kind, sie mußte also spätestens um halb zwei wieder in ihrem Zimmer sein, damit sie nicht etwa zu einer Gegenbezeugung zu Rosenbergs Aussage in der Lage war. Sie würde nötigenfalls aussagen können, daß sie bis ein halb zwei Uhr mit dem Führer der Liebe gepflogen habe. A. H. drücke sich tatsächlich in seinen Gedanken in dieser etwas verschrobenen Weise aus. Ab halb zwei Uhr dann, so würde er dann behaupten, habe er mit Rosenberg gezecht. Rosenberg würde das bestätigen, so daß auf ihn, A. H., kein Verdacht fallen konnte. Wenn nur Bormann seine Vorbereitungen mit der nötigen Umsicht traf, aber in der Hinsicht konnte man sich auf Martin Bormann völlig verlassen, diese Dinge waren ihm nicht fremd und er würde auch diesmal nicht versagen.

Der Führer entkleidete sich zögernd, hüllte sich in ein Nachthemd, da er Schlafanzüge verabscheute, begab sich zu Maos Schlafzimmer und weckte sie, indem er sie vorsichtig an den schwarzen Haaren zupfte. Er tat es so behutsam, daß es eine ganze Weile dauerte, bis die hübsche Hellbraune die Augen aufschlug. Sie stieß einen leisen Schrei aus, als sie die weißbehemdete Gestalt vor ihrem Lager stehen sah. Der Führer stieß einen Laut aus, der als ein zärtliches Knurren gedeutet werden konnte. Mao jedenfalls verstand, daß endlich die längst fällige Stunde gekommen war und erhob sich mit der sanften Unterwürfigkeit ihrer Rasse. Die Nacht war heiß und Mao, die unbekleidet geschlafen hatte, nur mit einer verwelkten Blüte hinter dem Ohr, hielt es nicht für erforderlich, sich in den Sarong zu hüllen. Sie folgte A. H., der würdig im Hemd voranschritt und nun, in seinem Zimmer angelangt, sich auf das Bett setzte. Er betrachtete Mao wohlgefällig, sie war wirklich schön, wie eine aus hellem Ton geformte Statue eines Meisters. Der Führer empfand starkes ästhetisches Wohlgefallen, aber er war sich darüber klar, daß das allein in dieser Situation nicht genügte. Mao lächelte ihn mit ihren weißen Zähnen an und harrte der Dinge, die da kommen sollten. Es mußte etwas geschehen, der Führer zog infolgedessen Mao auf seine Knie und begann sie langsam zu streicheln. Das gefiel ihr. Sie schmiegte sich mit der Geschmeidigkeit eines Kätzchens an ihn, ganz Bereitschaft und Erwartung. A. H. perlte feiner Schweiß auf der Stirn. Er spürte in sich hinein, bemerkte aber mit Verdruß, daß die erforderlichen erotischen Regungen sich noch nicht einstellen wollten. Die rassische Vermischung war in der Theorie leichter zu vertreten als in der Praxis durchführbar. Immerhin, auf einen Hieb fiel kein Baum, es gehörte eine gewisse Vertrautheit zur Vollziehung des Aktes, die sich schon noch einstellen würde. Vorerst tat der Führer das, was er noch stets getan hatte, wenn er in Verlegenheit war, er begann zu reden.

»Diese Nacht, Mao«, hub er an, »ist von welthistorischer Bedeutung. Ich, als Führer der Internationalsozialistischen Partei und als der Mann, der die große Idee der Vermischung der Rassen zur Durchsetzung und Sicherung des ewigen Weltfriedens entwickelt hat, schicke mich soeben an, mit dir gemeinsam ein leuchtendes Beispiel zu geben.«

Er unterbrach sich, weil ihm störend der Gedanke kam, daß er sich in Wirklichkeit noch keineswegs anschicke, sondern gewissermaßen noch in den Präliminarien begriffen war. Immerhin, die waren erforderlich, man mußte die Dinge nicht allzu genau nehmen.

»Ich, als ein Arier und eines der höchstentwickeltsten Produkte meiner Rasse, habe mich entschlossen, mit dir, als einer Hawaiianerin, den Akt der Vereinigung zu vollziehen. Auch du bist ursprünglich von einer arischen Wurzel ausgegangen, keineswegs jedoch mehr als reine Arierin anzusprechen, so daß also in deiner und meiner Vereinigung und der Frucht, die sich gegebenenfalls aus dieser ergeben wird, ein bedeutsamer Fortschritt in Hinsicht der internationalen Rassenvermischung mit Sicherheit zu erwarten ist –, mit einiger Sicherheit wenigstens.«

Er unterbrach sich und drückte Mao etwas enger an sich. Sie hatte von seinen Ausführungen weder etwas verstanden noch etwas begriffen, aber sie lächelte freundlich und zutraulich. Das große Ei war etwas seltsam, aber überhaupt waren die Männer nicht ganz leicht zu begreifen und sie wußte von ihren Freundinnen, daß die Liebesfeiern mitunter auf die eigenartigste Weise begannen. Vielleicht mußte man das große Ei etwas ermutigen. Sie legte also den Arm um seinen Hals und drückte ihre weiche Wange an die seine.

A. H. empfand ihre Weichheit mit einem gewissen Vergnügen, das aber durch die Überlegung beeinträchtigt wurde, hinter dieser Zärtlichkeit verberge sich ein natürliches Verlangen, das er bis dato nicht empfand.

Wenn man diskutierend auf dem Bettrand saß, war es wohl begreiflich, daß man keinerlei Fortschritte in Richtung auf das Ziel machte. Der Führer hob Mao von seinen Knien, richtete sich auf und zog mit einem harten Entschluß das Nachthemd aus. Mao bemerkte es beifällig. Sie lächelte. Das große Ei schien nunmehr Ernst machen zu wollen.

Das große Ei fühlte sich unter ihrem Blick geniert, der Nimbus des Führers schien ihm, wie er so nackt vor seinem Bett stand, in unerwünschter Weise beeinträchtigt. Mit mehr Schnelligkeit, als man seiner schwer gewordenen Figur zugetraut hätte, schlüpfte er ins Bett und zog die Decke über die führerlichen Lenden. Mao, ohne eine Aufforderung abzuwarten, folgte seinem Beispiel und kuschelte sich eng an A. H. an. Eine große Wolke schob sich vor die Sterne, deren flimmerndes Licht ins Zimmer gefallen war.

A. H. kämpfte den schwersten Kampf seines Lebens, aber er endete mit einer Niederlage.

Es war erst ein Uhr, als sich Mao mit stark vermindertem Respekt vor dem großen Ei in ihr Zimmer zurückbegab. A. H., am ganzen Körper schwitzend, erhob sich, um sich im Duschraumzu erfrischen. Seine Stimmung war äußerst deprimiert, zugleich aber erfüllte ihn eine wilde Wut. Es war eine glatte Gemeinheit der Vorsehung, ihn in dieser Stunde versagen zu lassen. Unter allen Umständen mußte dafür gesorgt werden, daß über diese Niederlage nichts nach außen drang. Mao, die keineswegs so sanften Gemüts war, wie er vermutet hatte, sondern die erstaunlich lebhaft und zuletzt beinahe heftig unwillig geworden war, würde man zum Schweigen veranlassen können. Das war lediglich die Frage einer gewissen geldlichen Aufwendung. Aber damit durfte es keineswegs sein Bewenden haben, es mußten Resultate dieser Nacht nachgewiesen werden, das verlangte das Prestige des Führers. Dr. Köpfle, der sich mit seiner Japanerin sehr gut zurechtgefunden und kürzlich angedeutet hatte, daß seine Gattin guter Hoffnung sei, würde in die Bresche springen müssen. Ungemein merkwürdig, daß diese intellektuellen Typen wie Goebbels und Köpfle sich einer so unverwüstlichen Fruchtbarkeit erfreuten! Köpfle würde also die Sache mit Mao regeln müssen. Der Führer würde ein Kind von Mao haben, und wehe dem, der sich irgendwelche Zweifel gestattete! Schließlich kam es nur darauf an, daß man etwas vorweisen konnte. Erfolge, darum allein ging es, wie man sie erreichte, war letzten Endes gleichgültig. Und schließlich kam es für die Idee nicht darauf an, daß ein Beischlaf tatsächlich vollzogen war, es mochte, wie in den meisten Kulten überhaupt, die Symbolik vollauf genügen. Diese Überlegungen beruhigten den Führer. Er lenkte seine Gedanken von dem Geschehenen, oder, vielleicht richtiger gesagt, dem Nichtgeschehenen, gewaltsam ab. Langsam kleidete er sich an. Er trat auf die Veranda und spähte nach den amerikanischen Posten, die nachts die beiden Häuser bewachten.

Gewiß, sie würden ihn nicht daran hindern, zu dem von Bormann und den anderen bewohnten Hause hinüberzugehen. Aber sie würden seinen nächtlichen Ausflug bezeugen.

A. H. sah ein, daß er nicht unbemerkt zu Bormann gelangen konnte, der Plan mußte also geändert werden. Dieser Martin Bormann wurde alt, er verstand es nicht einmal mehr, ein paar Soldaten von ihrem Posten zu entfernen!

Der Führer stampfte zornig mit dem Fuß auf. Dann aber beruhigte er sich bei der Überlegung, daß Bormann ein alter Fuchs war. Wenn der die Posten nicht fortgelockt hatte, mußte das in seinen Berechnungen liegen. Offenbar sah Bormann keine Gefahr darin, daß man ihn, A. H., zu dem Hause hinübergehen sehen würde.

Unruhig ging der Führer zu seinem Schreibtisch, um die Zeit bis zur festgesetzten Stunde mit der Abfassung eines Artikels für den ›Mixpickle‹ zu verbringen.

Er schrieb:

»Zu den törichtsten Vorwürfen, die mir gemacht werden, gehört jener, ich hätte durch meine Fortführung des Kampfes Deutschland vernichtet. Diese Behauptung widerspricht jeder Logik. Hätte ich etwa Mitte 1944 kapituliert – oder auch früher –, wäre Deutschland also intakt geblieben, was wäre die notwendige Folge gewesen? Die Antwort ist klar und einfach: Die Alliierten hätten Deutschland vernichtet! Ich aber bin ihnen auch hierin zuvorgekommen! Als Folge ergab sich für die Alliierten, gleichermaßen für die westliche als auch für die östliche Seite, die Notwendigkeit, Deutschland mit ihrer Wirtschaftskraft und ihrer Finanzhilfe wieder aufzubauen. Der Wiederaufbau konnte also unverzüglich mit dem Ende des Krieges einsetzen, während bei einer Kapitulation statt des Aufbaues die Zerstörung erfolgt wäre! Man sollte annehmen, daß diese klaren und einfachen Tatbestände auch für den politisch Minderbemitteltsten einleuchtend sein müssen. Daß also Deutschland die Folgen des Krieges außerordentlich rasch überwand, darf ich als ein Verdienst meiner voraussehenden Politik für mich voll und ganz in Anspruch nehmen. Wenn jene mich aber nun fragen: Hast du die Aufspaltung Deutschlands nicht vorausgehen? – so antworte ich ihnen mit der Gegenfrage: Habt ihr denn die Aufspaltung Deutschlands vorausgesehen? Noch immer, ja mehr denn je, bin ich überzeugt davon, daß ich…«

Der Führer legte befriedigt die Feder aus der Hand. Es war Zeit, sich an die Liquidierung des Verräters zu machen. Dieser Artikel hier mit den unwiderlegbaren Argumentationen würde morgen zu Ende geschrieben werden, die Einleitung war vorzüglich gelungen.

Er überlas noch einmal rasch das Geschriebene, nickte abermals und begab sich in das Nebenzimmer, um den Tropenhelm aufzusetzen. Irgendwie erinnerte diese Kopfbedeckung an einen Stahlhelm, man konnte angesichts der harten Notwendigkeit, vor der man stand, aus Vorstellungen dieser Art nur an Entschlossenheit gewinnen.

Wenige Minuten später verließ A. H. das Haus.

Die Posten wandten die Köpfe zu ihm, aber sie machten keine Anstalten, A. H. zu hindern. Ihre Blicke nur folgten ihm. Ein kleiner heller Pfiff wurde laut, er galt den bei Bormanns Haus stationierten Wachen. Sie sahen A. H. herbeikommen. Als sie beobachteten, daß er das Haus betrat, nickten sie sich beruhigt zu. Es war dafür gesorgt, daß A. H. auch durch keinen Hinterausgang das Haus unbeobachtet verlassen konnte.

Als der Führer das Gebäude betreten hatte, vernahm er einen misstönigen Gesang. Noch konnte er die Worte nicht unterscheiden, aber er erkannte die Lili-Marlen-Melodie.

Aha, dachte er, Bormann hat sie zum Saufen gebracht, er macht mit, um sie in Sicherheit zu wiegen.

Er suchte nach dem Lichtschalter, fand ihn und ließ die Beleuchtung aufflammen.

Sein Blick fiel auf eine Tür, über der WC stand. Unter den Buchstaben hing ein Schild mit der Aufschrift:

»Daß wir hier sch… können, verdanken wir unserem Führer!«

A. H.'s Augen schossen wütende Blitze. Der Geist des Aufruhrs ging in diesem Hause um, das war durch diese freche Inschrift über jeden Zweifel erhaben bewiesen!

Die Füße hart aufsetzend, schritt er langsam die Treppe hinauf, dorthin, woher der lärmende Gesang ertönte.

Vor der Tür, durch deren Spalt das Gesinge deutlich zu vernehmen war, blieb er stehen und lauschte.

Eben hatten die Zechkumpanen einen neuen Vers begonnen.

Mit immer zornroter werdendem Gesicht vernahm A. H. den Text. Aus drei Kehlen erscholl es:

Unter der Laterne
liegt ein großes Ei!
'S wird nicht lange dauern,
dann ist das Ei entzwei!
Alle Leute sind entzückt,
wird hier das große Ei geknickt.
Ei, ei, Lili Marlen!

Mit einem heftigen Ruck riß der Führer die Tür auf und trat in das Zimmer. Der rauhe Gesang brach ab.

Martin Bormann schoß von seinem Stuhl empor und brüllte: »Ei, mein Führer!« Er brüllte es mit Stentorstimme, sein Gesicht trug ein diabolisches Lächeln.

Hans Müller, alias John Miller, ehemals Leibstandarte, taumelte gleichfalls hoch, die Hand vollführte den Eigruß, aber die Zunge brachte ihn nur noch lallend hervor.

Richard Koch, alias Cook, aber blieb trotzig sitzen und starrte den Führer mit einem bissigen Lächeln an.

»Sieh da, das große Ei!« sagte er spöttisch. Er fühlte sich sicher, was konnte ihm hier geschehen? Was A. H. trieb, waren nur Possen, er, Koch, war bereit, sie bis zu einem gewissen Grade mitzumachen, soweit sie ihm etwas einbrachten, aber was die Bettgeschichten anging, duldete er auch von A. H. keine Befehle mehr.

Der Führer zog sich einen Stuhl heran und ließ sich schweigend nieder. Sein Blick ging düster von einem zu dem anderen. Als er Bormann anblickte, vollführte der mit den Augendeckeln einen kleinen Wink. Der Führer verstand, er lehnte sich vor, die Fäuste auf die Tischplatte legend.

»Was geht hier vor?« fragte er hart, die Augen auf Richard Koch richtend. »Was soll dieses freche Lied? Ist es auf mich gemünzt, Pg. Koch?«

Der schwarzhaarige dickliche Gestapomann blickte den Führer tückisch an.

»Wir saufen, was uns schmeckt, wir singen, was uns gefällt«, sagte er widerborstig. »Im übrigen gehorchen wir.«

»Sie werden gehorchen, mein lieber Pg. Koch«, sagte der Führer mit düsterer Ruhe. »Haben Sie den Treueid auf mich geleistet oder nicht?«

Gestapo-Koch machte eine Bewegung des Unbehagens.

Zu seiner eigenen Überraschung hörte er sich ein »Ei, mein Führer!« murmeln.

»Und das Lied?«

Kochs Augen wichen zur Seite, er hielt den Blick des Führers nicht aus.

»Wir saufen Eierkognac«, sagte er, auf die Flasche weisend. »Das Lied, also wegen dem… dem Eierkognac.«

A. H. warf Bormann einen Blick zu.

»Frech und feige«, sagte er grimmig. »Hören wir weiter unseren getreuen Pg. Koch! Sie also gehorchen? Und was ist mit meinem Befehl, die Flämin betreffend?«

Die Worte gaben Koch die Widerstandskraft zurück. Verdammt noch einmal, das ging A. H. den braunen Schmutz etwas an!

»Das ist meine Sache«, sagte er wild, »ich lasse mir nicht vorschreiben, wen ich beschlafe! Auf einmal soll alles anders sein als früher! Ich habe mich in meinem ganzen Leben nach den Rassevorschriften der Partei gerichtet, ich scheiße auf die neue Richtung! War bisher eine Arierin recht, ist sie es heute noch! Hier kann ich machen, was ich will!«

Der Führer hatte Koch während dessen Wutausbruch mit starrem Blick beobachtet, er ließ des Gestapomannes Augen nicht eine Sekunde aus den seinen.

»So, hier können Sie machen, was Sie wollen, Pg. Koch? Und wie steht es mit dem Treueid, wie steht es mit der Parteidisziplin? Antworten Sie!«

Kochs Hände verkrampften sich, sein dicklicher Körper wand sich. Mit Anstrengung hob er die Augen und sagte mit Trotz:

»Ich tue alles, was Sie verlangen, aber was eine Frau angeht, da hat man seine Gefühle, da kann man nicht anders, als...«

»So, da kann man nicht anders?« unterbrach ihn der Führer mit schneidendem Hohn. »Haben Sie das damals auch gesagt, wenn Sie einen Arier gewaltsam von seiner jüdischen Ehefrau trennten? Haben Sie damals respektiert, wenn einer sagte: da kann man nicht anders?«

»Das war eine Jüdin! Und das war damals Befehl!«

A. H. nickte befriedigt. »Sie gehorchen also dem Befehl, Pg. Koch! Und das ist noch heute Ihre Rechtfertigung?«

»Natürlich!«

»Richtig, Pg. Koch. Und warum gehorchten Sie dem Befehl? Weil Sie Pg. waren und den Treueid auf den Führer abgelegt hatten! Ist es so?«

»Ja, verflucht noch einmal!« schrie Koch. »Und weil jeder von uns damals bloß ein Spulwurm war, in ständiger Gefahr, abgeführt zu werden, damit Sie es genau wissen, Führer!«

A. H. war bleich vor Zorn, aber noch beherrschte er sich. Die Falten an der Nasenwurzel hatten sich zu zwei dicken Strängen verdichtet.

»Abgeführt zu werden?« wiederholte er mit unheimlicher Ruhe. »Rebellen in der Partei erlitten ein anderes Schicksal, Pg. Koch. Denken Sie an Röhm und die anderen!«

Koch erbleichte, aber er riß sich zusammen.

»Die Zeiten sind vorüber«, sagte er mit Anstrengung. »Wenn Ihnen der Pg. Koch nicht mehr recht ist, bitte schön, ich weiß genug, um auch einen anderen Job zu finden!«

A. H. kreuzte die Hände über der Brust und lehnte sich zurück, sein Blick ruhte minutenlang auf Richard Koch, der bald die Augen niederschlug und auf die Tischplatte starrte.

A. H. gab Martin Bormann durch ein Hochziehen der Brauen ein Signal, das Bormann in der gleichen Weise erwiderte.

»Und Sie, Pg. Hans Müller«, wandte sich der Führer an den ehemaligen Leibstandarterich, »teilen Sie Pg. Kochs Auffassung?«

Der Vierschrötige, der stumpfen Geistes dem Wortwechsel gelauscht hatte und jetzt vor eine Entscheidung gestellt wurde, die Selbständigkeit erforderte, fiel automatisch um. Mehr als zwanzig Jahre lang war er nur auf Befehl marschiert, nie hatte er eigenes Denken nötig gehabt, er war vollkommen außerstande, eine eigene Entscheidung zu fällen.

A. H. sah es mit Genugtuung. Das war das Resultat seiner Erziehung! Da saß eine braune Ameise, die nur noch das zu tun vermochte, was ihr ins Blut eingeimpft worden war und in das, was sich auch bei dem da Geist nennen mochte!

Das war das Material, mit dem man alles anfangen, alles durchsetzen konnte!

»Ich sehe, Pg. Müller, alter treuer Kämpfer, Sie erwarten den Befehl Ihres Führers!«

Müller erhob sich schwerfällig, aber mit solcher Wucht, daß der Tisch ins Wanken geriet.

»Ei, mein Führer!«

Er vollzog den Eigruß, sein Gesicht war eine Maske brutaler Entschlossenheit. Er fühlte sich wieder ganz als des Führers alter Gefolgsmann, für den es keine größere Wonne gab, als dem Führerbefehl zu folgen und ihn rücksichtslos durchzuführen. Jetzt stand er in strammer Haltung vor A. H., die Brust herausgedrückt, die Hände an der Hosennaht.

A. H. erhob sich und legte ihm die Hand auf die Schulter. »Sie, mein getreuer Pg. Hans Müller«, sagte er, seiner Stimme den Klang gewinnender Herzlichkeit verleihend, »erinnern sich des Tages, als ich in Wiessee unter einer Rowdybande von Rebellen und sexuell Entarteten mit eiserner Faust aufräumte! Sie waren es, der mit sicherem Schuß einen der verräterischen Aufrührer gegen den Führer umlegte. – Die Vorsehung hat Sie für diese Stunde bewahrt!«

»Ei, mein Führer!«

A. H. warf einen furchtbaren Blick auf Richard Koch, der mit wachsender Beunruhigung die Szene verfolgte.

»Das ist Treue, Pg. Koch«, sagte A. H. mit schwerer Betonung. »Sie aber rebellieren!«

Der Gestapomann sah ihn gequält an.

»Ich will bloß die Blonde«, erwiderte er schwach. »Sonst will ich alles tun, was Sie verlangen. Machen Sie eine Ausnahme, mein Führer. Göring durfte auch sagen: Wer Jude ist, bestimme ich!«

A. H.'s Augen flammten vor Wut.

»Auf das Schwein Göring wagen Sie sich zu beziehen? Sind Sie irrsinnig geworden, Pg. Koch?«

Der Gestapomann wagte keine Erwiderung.

»Die Morgenröte einer neuen Zeit ist angebrochen«, sagte A. H., den Blick zur Decke gewandt. »Um der Erhaltung und dem Aufstieg einer neuen Welt zu dienen, einer Welt des Friedens, habe ich aus wohlerwogenen Gründen die totale Vermischung angeordnet! Sie aber, Pg. Koch, haben es gewagt, Ihren Führer zu beschimpfen und sich ihm offen zu widersetzen!«

Koch schwieg.

»Sie aber, ein skrupelloser Rassenfanatiker«, fuhr A. H. mit dröhnender Stimme fort, »haben sich durch eigenmächtiges Handeln unter offener Verachtung des Führerbefehls von den Richtlinien der Partei entfernt! Welche Strafe allein kann Sie treffen?«

Koch sprang auf, er warf einen gehetzten Blick auf die drei anderen und sagte in rasender Erregung:

»Es hat sich was mit Strafe! Das ist vorbei! Wir sind nicht mehr in Deutschland! Alles mache ich mit, aber wen ich mir ins Bett legen will, geht nur mich etwas an!«

A. H. übersah ihn, er wandte seinen Blick zwingend auf den Leibstandarterich Müller.

»Pg. Müller, ich habe Sie nicht umsonst an eine glorreiche Vergangenheit erinnert! Ich hätte mir Ihren alten Kameraden, den Pg. Hinterstoissel, mitbringen können, aber ich habe darauf verzichtet. Ich wußte, daß ich hier einen alten Kämpfer von echtem Schrot und Korn vorfinden würde, der mit seinem Leben für die Befehle des Führers einsteht! Sind Sie bereit, meinem Befehl zu gehorchen?«

»Ei, mein Führer!« Müller knallte die Hacken zusammen, sein Gesicht leuchtete vor Stolz.

A. H. stand auf, Bormann mit einer Handbewegung befehlend, auf seinem Platz zu verbleiben.

»Pg. Müller!« A. H.'s Stimme war dröhnend, kalt und schneidend. »Befehl des Führers!«

»Ei, mein Führer!«

Müllers Augen hingen wie gebannt an denen A. H.'s.

»Befehl wird unverzüglich ausgeführt!« Des Führers Stimme überschlug sich fast. Sein Finger wies auf Richard Koch. »Erwürge das Schwein!«

Koch sprang entsetzt hoch, aber schon hatte sich der Leibstandarterich auf ihn geworfen, seine gewaltigen Pranken umspannten den fetten Hals des Gestapomannes und drückten ihn mit entsetzlicher Gewalt zusammen.

Der Dicke wehrte sich verzweifelt, aber sein Widerstand erlahmte rasch, da ihn die mörderischen roten Tatzen des Lebensodems beraubten. Sein fetter Körper erschlaffte. Hitlers Gefolgsmann hielt ihn an der Kehle, bis die letzten Zuckungen des Erwürgten erstarben.

Müller richtete sich auf.
»Ei, mein Führer! Befehl ausgeführt!«
»Danke, Pg. Müller. Stehen Sie bequem!«
Der Führer trat näher und klopfte dem Leibstandarterich wohlwollend auf die Schulter.
»Die Leibstandarte lebt noch«, sagte er mit tiefer Befriedigung. »Harte Arbeit, harte Herzen! Der Dank des Führers ist Ihnen gewiß, Pg. Müller! Sie werden weiteres hören. Setzen Sie sich!«
Martin Bormann schenkte dem vor Stolz erglühten Gefolgsmann des Führers einen Eierkognac ein.
»Saubere Arbeit«, sagte er anerkennend. »Sie können es noch weit bringen, Pg. Müller.«
Auch der Führer nahm wieder Platz.
Er warf einen flüchtigen Blick auf die Leiche.
»Unter normalen Umständen hätte ich ihm ein Staatsbegräbnis bewilligt«, sagte er ruhig. »Wie die Dinge liegen, müssen wir davon Abstand nehmen. Herhören! Die Sache verlief wie folgt: Ich stellte Pg. Koch wegen seiner mangelnden Parteidisziplin zur Rede, Sie, Pg. Müller, und du, Bormann, stimmten mir bei. Koch sprang auf, um mich anzugreifen. Sie, Pg. Müller, werfen sich vor mich, um mich zu schützen. In dem sich entspinnenden Ringkampf blieb Ihnen in Selbstschutz nichts anderes übrig, als Koch die Kehle zuzudrücken. Ich und Bormann sind Zeugen. Das ist der Sachverhalt. Verstanden?«
»Ei, mein Führer«, antworteten die beiden wie aus einem Munde.
A. H. rieb sich die Hände, jetzt den Toten genauer betrachtend.
»Es gibt ein großartiges arabisches Sprichwort«, sagte er überlegend. »Toter Feind hat noch keinen gereut! Reue –, nach Kant eine vollkommen überflüssige Sache! Auf dich, Bormann, auf dich, Müller, auf mich, auf jeden von uns kommt es an! Man muß global denken! Mit fanatischer Verbissenheit werden wir die internationale, die totale Rassenvermischung durchführen! Wer sich uns dabei in den Weg stellt, wird dasselbe Schicksal erleiden, wie

dieser Verräter. Der Anblick eines toten Feindes ist ein kaum überbietbarer Genuß! Schade, daß ich den Film von der Hinrichtung der 20. Julier nicht mehr besitze, nie habe ich etwas mit größerem Genuß gesehen. Wie sie zappelten! Und das hatte gewagt, sich mir zu widersetzen! Gebt mir zehn, zwanzig Jahre Zeit, und die internationale Vermischung wird ihre Spuren unauslöschlich in das Antlitz der Erde eingezeichnet haben! Ich, Adolf Hitler, werde der Weltführer! Und du, Martin Bormann, wirst, wenn du mir folgst – und Nichtfolgen führt dazu!« – er wies auf den Erwürgten – »Wenn du mir folgst, werde ich dich zum Weltmarschall erheben! – Bring mir eine Ananas und ein Glas Palmwein!«

Bormann fuhr sich mit beiden Händen über die Haare. Er wußte nichts zu erwidern. Das war der Führer, der jeden in den Bann seines unheimlichen Willens zwang! Alle rebellischen Gedanken, die Bormann in der letzten Zeit gehegt hatte, waren verschwunden. Wie A. H. die Situation gemeistert hatte, war einmalig. Seine untrügliche Psychologie hatte sich Müller gegenüber abermals bewährt! Wie oft schon war es so gewesen? Unheimlich oft!

Der Stellvertreter des Führers entfernte sich schweigend und kehrte mit der Frucht und dem Wein zurück.

A. H. kaute genüßlich eine Scheibe der köstlich frischen Frucht und trank mit langsamen Schlucken von dem Palmwein.

»Sich dem Frieden zu widersetzen!« Der Führer schüttelte in Verwunderung den Kopf. »Nun, der Keim des Verrates ist mit der Wurzel ausgerissen worden! Zur rechten Zeit kam mir die richtige Intuition. Wie hattest du dir die Sache vorgestellt, Martin?«

»Ich hatte Gift besorgt«, sagte er ruhig. »Er hatte schon genug gesoffen, er hätte es nicht mehr bemerkt. Li Yün bürgte mir für die Geschmack- und Geruchlosigkeit. Aber ich bewundere dich, Adolf, so läßt sich die Sache weit logischer begründen. Natürlich wollte ich Selbstmord vortäuschen, aber es ist würdiger so. Tätlicher Angriff und spontane Abwehr –, dagegen ist kaum etwas einzuwenden. Ich bin sehr zufrieden.«

A. H. nickte.

»Würdiger, das ist der richtige Ausdruck! Der Aufrührer ist vernichtet, das fressende Geschwür ist ausgebrannt. Noch bin ich der Führer der Partei, dem die höchste richterliche Gewalt zusteht! Aber wir brauchen mit den Amerikanern nicht darüber zu diskutieren, das ist gut so. Hier geschah eine Tat in Notwehr, dafür sind wir Zeugen. Sie, Pg. Müller, können dem Kommenden in voller Ruhe entgegensehen. Gegen die Aussage, die übereinstimmende, zweier Augenzeugen kann niemand aufkommen.«

A. H. trank sein Glas leer und erhob sich.

»Schicken Sie morgen vertrauliche Botschaften über das Geschehene hinaus, Pg. Bormann! Man soll erfahren, daß auch heute noch niemand sich ungestraft dem Führer widersetzt! Wer sich meinem Weg zum Frieden sperrt, wird rücksichtslos ausgemerzt! Geben Sie eine zweite Botschaft hinaus, in diskreter Fassung, des Inhalts, daß dem Führer in absehbarer Zeit ein Kind geboren wird. Zugleich veranlassen Sie, daß Mao von nun an mit der Anrede »Hohe Frau« bedacht wird, das ist mein Wunsch und ausdrücklicher Befehl! Den da lassen Sie liegen!«

Er wies mit der Hand auf den Erwürgten.

»Beim Verlassen des Hauses werde ich den amerikanischen Wachen Mitteilung über den peinlichen Vorfall machen. Sie und Pg. Müller wissen, was Sie zu sagen haben. Für heute ist genug geschehen, ich werde versuchen, jetzt der Ruhe zu pflegen.«

A. H. erhob die Hand, vollführte den Eigruß und verließ den Raum. Bormann und Müller, die den Gruß achtungsvoll erwidert hatten, blickten ihm schweigend nach, bis er ihren Blicken entschwunden war.

A. H. sollte in dieser Nacht nicht zur Ruhe kommen. Er hatte einem der Posten klar zu machen versucht, was sich ereignet hatte. Der Mann begriff nur soviel, daß irgendetwas Außergewöhnliches vorgefallen war. Er pfiff seine Kameraden heran, übergab einem von ihnen A. H. zur vorläufigen Bewachung, und begab sich mit den anderen in Bormanns Haus, wo sie den Toten vorfanden. Bormann und Müller saßen noch hinter der Flasche.

Eine halbe Stunde später war Colonel Lauerke mit Mr. Fuss vom Geheimdienst am Tatort. Man hatte auch A. H. herbeigeführt. Während zwei der Soldaten im Zimmer unbeweglich die Vorgänge beobachteten, leitete der Colonel die Untersuchung ein. Der Fall lag klar, wenigstens soweit ihn die Aussagen der Beteiligten schilderten. Nachdem man den Leibstandarterich Müller durch starken Kaffee und einige Seltzer-Tabletten wieder vernehmungsfähig gemacht hatte, gab er das an, was ihm A. H. befohlen hatte.

Die Zwischenfragen, die der Colonel und Dick Fuss stellten, ergaben keine neuen Momente. Müller blieb beharrlich bei seiner Darstellung, A. H. und Bormann bestätigten erneut. Der Colonel überlegte, ob er Müller in Haft nehmen sollte, sah aber davon ab, da das Haus ohnehin unter Bewachung stand. Nach einer Stunde war das Protokoll aufgenommen und von den drei Beteiligten unterzeichnet worden.

»Es kann so sein«, sagte Mr. Fuss zu A. H., »wie Sie es darstellen, aber irgendwie kommt mir die Geschichte verdächtig vor. Wir werden sehen, ob Washington sich mit Ihren Angaben abfindet, oder ob noch eine eingehendere Untersuchung erfolgen wird.«

A. H. zuckte mit den Achseln.

»Ich erkenne die Kompetenz eines amerikanischen Gerichtsverfahrens keinesfalls an. Ich bin deutscher Staatsangehöriger, so hätte allenfalls ein deutsches Gericht die Untersuchung zu führen.«

Der Colonel blickte ihn zornig an.

»Sie scheinen Ihre Situation zu verkennen, Mr. Hitler. Wenn wir Ihnen auch viele Freiheiten lassen, weil das unseren Zwecken entspricht, so sind Sie dennoch unser Gefangener. Was hier geschehen ist, untersteht der amerikanischen Gerichtsbarkeit. Sie werden das weitere erfahren.«

Noch in derselben Nacht erstattete der Colonel seinen Bericht, der in Washington mit Aufmerksamkeit studiert wurde. Man entschied, die Angelegenheit auf sich beruhen zu lassen, da andere Tatzeugen als A. H. und Martin Bormann nicht vorhanden waren. Selbst wenn man unter Anwendung gewisser Methoden von Hans Müller alias John Miller eine andere Aussage erlangen sollte, so würden doch A. H. und Bormann beharrlich leugnen. Immer standen hier zwei gegen einen, es war also praktisch kaum etwas zu machen. Außerdem hatte man wenig Interesse daran, sich näher mit der Sache zu beschäftigen. Wenn Koch wirklich auf Befehl ermordet worden war, wie nicht unwahrscheinlich schien, wenn also A. H. Wert darauf legte, seine auf Hitlalone befindliche Gefolgschaft zu dezimieren, so würde die Welt dadurch keinen Schaden nehmen. In dem Aktenstück, das den Fall beendete, hieß es infolgedessen zum Schluß:

»...Überdies handelt es sich bei dem besagten Richard Koch, der auf Hitlalone unter dem Namen Richard Cook geführt wird, um einen Angehörigen der Gestapo, gegen den schwere Belastungen vorliegen (s. Photokopien, die beigefügt sind). Das über Koch alias Cook gesammelte Material ist sehr unvollständig, was aber ermittelt werden konnte, kennzeichnet ihn als ein übles Subjekt, das den Tod verdient hatte. In Anbetracht dieser Sachlage werden die Akten über den Fall Richard Koch geschlossen.«

Richard Koch alias Richard Cook wurde irgendwo auf Hitlalone beigesetzt, niemand folgte seinem Sarge, der Gestapomann war endgültig ausgelöscht.

Am Tage der Beisetzung hatte A. H. eine längere Unterredung mit Pg. Dr. Köpfle.

»Wir werden«, so sagte der Führer, »unsere Aktivität auf Hitlalone vorläufig etwas einschränken. Mit den erreichten Erfolgen bin ich vorerst zufrieden. In der nächsten Zeit werden wir im verstärkten Maße unser Augenmerk darauf richten, die Verbindungen zu den Außenstellen zu verstärken.«

Über die Chinesen Fu Yen und Li Yün, den Japaner Keigo Sutomi, einen Inder namens Raman Pillai und den Russen Iwan Olschewski waren Verbindungen mit dem Auslande hergestellt worden.

Dr. Köpfle zog ein Papier aus der Tasche, rückte die Brille zurecht und sagte:

»Wir haben, mein Führer, beträchtliche Fortschritte machen können. Es ist uns gelungen, Verbindungen aufzunehmen mit französischen, italienischen, spanischen, englischen und deutschen Vertrauensleuten. Die Namen habe ich auf diesem Blatt vorsichtshalber nicht verzeichnet, die genauen Angaben liegen in guter Hut bei Keigo Sutomi. Außerdem ist es uns geglückt, einen sehr verheißungsvollen Kontakt mit alten Parteigenossen in Deutschland und auch in Südamerika herzustellen. Die ersten Ortsgruppen sind bereits errichtet, man sieht mit Interesse unseren Anweisungen über die zu befolgende Politik und die zu betreibende Propaganda entgegen. Einer der deutschen Parteigenossen, der als Auslandsvertreter tätig ist, wurde uns für die nächsten Tage avisiert. Es ist ihm gelungen, im Wege geschäftlicher Beziehungen einen Besuch bei unserem händlerischen Freund und Parteigenossen Li Yün durchzusetzen. Sie, mein Führer, werden also in Kürze die Gelegenheit haben, unseren niedersächsischen Pg. Albert Sturmann, Sturmbannführer a. D., persönlich zu sprechen. Pg. Sturmann gelang es übrigens, bei der sogenannten Denazifizierung als Minderbelasteter davonzukommen, er ist seit zwei Jahren in seiner Aktivität in keiner Weise mehr behindert.«

»Ausgezeichnet«, sagte der Führer. »Mit der Denazifizierung bin ich im übrigen recht zufrieden, sie hat in starkem Maße propagandistisch für uns gewirkt, nichts war geeigneter, das Verhältnis zwischen Deutschen und Besatzungsmacht unerfreulicher zu gestalten, als eben diese sogenannte politische Säuberung. Man hat von uns nichts gelernt! Wir haben uns seinerzeit nie gescheut, in erster Linie die Köpfe der uns feindlichen Bewegungen rollen zu lassen, erst dann haben wir uns mit den kleinen Widerspenstigen beschäftigt. Wie meine eingehenden Studien ergeben haben, sind die Besatzungsmächte gerade umgekehrt vorgegangen. Unsere einflußreichsten Genossen verstanden es, dank dieser Handhabung der Entnazifizierung, erst dann vor den Kammern erscheinen zu müssen, als die Masse der kleinen Pg.'s bereits mit Strafen belegt und dadurch gründlich verbittert war. Unsere wirklichen Stützen aber kamen erst vor die Spruchkammern, als sich der Prozeß der Denazifizierung nahezu totgelaufen hatte, sie kamen billigen Kaufes davon und verdanken es diesem Umstand, daß sie bereits wieder in wichtige Positionen in der Verwaltung und in der Justiz einrücken konnten. Wenn ich mir ein richtiges Bild aus den mir zugänglich gemachten Zeitungsjahrgängen bilde, so liegen die Dinge in Deutschland heute erfreulicherweise bereits wieder so, daß man es kaum noch wagt, jemand die Zugehörigkeit zur NSDAP vorzuwerfen, daß es aber bereits gefährlich geworden ist, sich als ehemaliger Gegner unserer Partei oder, wie das Wort heißt, als deutscher Widerstandskämpfer oder politisch Verfolgter zu bekennen. Der Boden ist für uns also außerordentlich günstig.«

Dr. Köpfle nickte befriedigt.

»Ei, mein Führer, so ist es«, bestätigte er. »Inzwischen ist es uns auch gelungen, in Paris und Rom die ersten politischen Bordelle zu eröffnen, ich gestatte mir, hierzu folgende Ausschnitte vorzulegen.«

Der Führer ergriff die Zeitungsausschnitte, die ihm Dr. Köpfle bereitgelegt hatte. Sie waren jeweils im Original aufgeklebt auf ein Blatt Papier, das für A. H. zugleich die Übersetzung enthielt. A. H. las die erste Meldung:

Ministerialdirektor Gaston Foyer verschwunden.

Seit dem vergangenen Dienstag ist Ministerialdirektor Gaston Foyer, ein bewährter und außerordentlich geschätzter Beamter des Kultusministeriums, spurlos verschwunden. Er verließ sein Amt um 4 Uhr nachmittags, nachdem er erklärt hatte, sich noch in ein Café begeben zu wollen. Da Monsieur Foyer jedoch des Abends und auch in der Nacht nicht in seine Wohnung zurückkehrte, da er auch am folgenden Tag im Amte ausblieb, wurden Ermittlungen nach dem Verschwundenen eingeleitet, die bis zur Stunde ergebnislos geblieben sind. Ministerialdirektor Foyer, der im 48. Lebensjahre steht und durch sein starkes Eintreten für den Existentialismus in weiteren Kreisen bekannt geworden ist, wird wie folgt beschrieben...«

A. H. verzichtete darauf, die Personenbeschreibung zu lesen, er griff zu der zweiten Meldung. Sie besagte:

Ministerialdirektor Foyer aufgefunden.

Gestern gelang es Beamten der Sureté, den seit 14 Tagen verschwundenen Ministerialdirektor Gaston Foyer in einem der elegantesten, erst seit verhältnismäßig kurzer Zeit existierenden galanten Häuser von Paris aufzufinden. Der Ministerialdirektor, der, wie bei dieser Gelegenheit bemerkt sei, Junggeselle ist, befindet sich bei guter Gesundheit. Er erklärte, von seinem Amt zurücktreten zu wollen und sich ganz einer neuen gnostischen Richtung des Existentialismus widmen zu wollen, die die Lebensangst und den Leib durch Ausschweifungen überwinden werde. Man müsse sich ganz der Arbeit für den internationalen Frieden widmen und gewissermaßen vom Ei an beginnen. Die neue existentialistische Richtung werde als Abzeichen ein weißes Ei führen.«

A. H. warf Dr. Köpfle einen anerkennenden Blick zu, dann vertiefte er sich in die nächste Meldung. Sie entstammte einer italienischen Zeitung und hatte folgenden Inhalt:

General Nottelli verschwunden.

Wie erst jetzt bekannt wird, ist General der Artillerie Camillo Nottelli seit drei Tagen nicht mehr im Dienst erschienen und auch in seiner Wohnung nicht mehr aufgetaucht. Das rätselhafte Verschwinden des ausgezeichneten Militärs ist bis zur Stunde ungeklärt. Die Bevölkerung wird um Mithilfe bei der Fahndung ersucht. General Nottelli steht im 60. Lebensjahre, er ist...«

Wieder überschlug A. H. die Angabe der Personalien und wandte sein Interesse dem nächsten Ausschnitt zu. Der Text besagte:

General Camillo Nottelli zurückgetreten.

Ganz überraschend hat General der Artillerie Camillo Nottelli seinen Rücktritt erklärt. Obwohl die amtliche Meldung nur die Tatsache des Rücktritts bekanntgibt, sind wir in der Lage, ihr einige interessante Einzelheiten beizufügen. Wie sich unsere Leser erinnern werden, meldeten wir vor etwa zwei Wochen in Nr. 252 dieser Zeitung das rätselhafte Verschwinden General Nottellis. Die Ermittlungen ergaben, daß sich der General in dieser Zeit ununterbrochen in einem neuerrichteten und außerordentlich eleganten amourösen Hause aufgehalten hat. Seinen Rücktritt begründete er einem unserer Mitarbeiter gegenüber mit dem Entschluß, künftighin nur noch für die Sache des Friedens im Rahmen einer neuen Bewegung kämpfen zu wollen, die einen absoluten Neubeginn sozusagen vom Ei ab auf ihr Banner geschrieben und gewisse Elemente des Existentialismus in sich aufgenommen habe. Sie erstrebe die Abtötung des Leibes durch die Liebe. »Ich bin für töten, ich bin General. Aber die Tötung des Leibes kann auf wesentlich bequemere und amüsantere Weise erfolgen, als sie dem militärischen Handwerk eigen ist«, erklärte der General. »Die einzige Aussicht, zu einem wirklichen und dauerhaften Frieden zu gelangen, liege in der rassischen Vermischung der Menschheit.«

Der Führer setzte seine Brille ab und schob die Ausschnitte Dr. Köpfle wieder zu.

»Sehr gut«, sagte der Führer. »Wir werden auch die übrigen Hauptstädte in systematischem Vorgehen restlos erfassen. Solche Dinge, wenn sie erst einmal in Fluß gekommen sind, pflegen sehr rasch Schule zu machen. An uns ist es dann, diese im Zeichen des Ei's stehende Bewegung in die gehörigen politischen Bahnen zu lenken. Zunächst soll uns gleichgültig sein, unter welchem Namen die einzelnen Ortsgruppen in Erscheinung treten. Sind sie erst einmal in hinreichender Anzahl vorhanden, werden wir die erforderliche Gleichschaltung auf internationaler Basis durchführen. Erst das wird der Zeitpunkt sein, zu dem wir die Internationalsozialistische Partei öffentlich deklarieren. Wir werden dann bereits eine Macht sein, über die man nicht mehr hinweggehen kann. Ich bin mir allerdings bewußt, daß es einer langwierigen Arbeitsschlacht bedürfen wird, bis wir den Verschmelzungsprozeß durchgeführt und die Schlacken ausgeschieden haben.«

Anschließend begab sich der Führer mit seinem Vertrauten zum Essen. Der Führer hatte in Anbetracht der Bedeutung des Tages den Speisezettel selber entworfen.

Es gab ein Kai-Kai-Essen, ein Fleischgericht, das A. H. sinnigerweise in Gedanken an den heute beerdigten Pg. Koch »Verräterragout« genannt hatte.

*

Wenige Tage später finden wir das große Ei im Hause von Li Yün in einer angeregten Unterhaltung mit dem Sturmbannführer a. D. Albert Sturmann, Auslandsvertreter einer norddeutschen Export- und Importfirma.

Die Begrüßung war außerordentlich herzlich gewesen, man hatte sich sofort wieder verstanden. Pg. Sturmann erstattete soeben seinen Bericht über die Verhältnisse in Deutschland, wobei er sich aus eigener Erfahrung nicht nur auf die Bundesrepublik zu beschränken brauchte, sondern auch Interessantes aus der Deutschen Demokratischen Republik erzählen konnte.

Pg. Sturmann gehörte einer jener neofaschistischen Parteien an, die nach der Aufhebung des Verbotes der Neugründung von Parteien wie Pilze aus der Erde geschossen waren. Er erzählte mit großer Genugtuung darüber, daß ungefähr bereits vierzig solcher Parteien existierten, die Vielzahl der mehr oder weniger kriegervereinsmäßig getarnten Vereinigungen nicht gerechnet.

»Das größte Aktivum, auf das wir uns stützen können«, führte Pg. Sturmann aus, »ist die Vertrauensseligkeit der Amerikaner. Sie sind der offenbar unerschütterlichen Überzeugung, daß die von ihnen begründete Demokratie, die sogenannte deutsche Bundesrepublik, im deutschen Volke Wurzeln geschlagen habe und daß die Früchte der Reeducation zu schöner Reife gediehen seien. Zwar erfolgt ab und zu eine Warnung vor den deutschen nationalen Kräften, die sie stets neofaschistisch und nationalistisch zu nennen belieben, doch geschieht uns im Ernstfalle praktisch überhaupt nichts! Denn da der Bundesrepublik in den Dingen der Innenpolitik weitgehend freie Hand gegeben worden ist, haben wir im Innern nur einen Gegner vor uns, den wir kaum höher einzuschätzen brauchen, als das schlappe System von Weimar! Zugute kommt uns überdies, daß nach wie vor die deutsche Justiz am Formalistischen klebt. Wir haben in einer erfreulich großen Anzahl von Fällen die außerordentlich befriedigende Feststellung machen können, daß der nationalsozialistische Staat von der deutschen Justiz von heute durchaus als Rechtsstaat anerkannt und entsprechend respektiert wird. Da nun dank Ihrer einmaligen Voraussicht, mein Führer, alle Urteile etwa des Volksgerichthofes und der Sondergerichte formal in Ordnung waren, geschieht den heute zur Verantwortung gezogenen Parteigenossen in der Regel überhaupt nichts! Unsere Gerichte waren damals dank der Unterstützung durch Partei und Gestapo in vollkommener Weise in der Lage, alles, was zur Entlastung unserer Feinde gesprochen hätte, radikal zu vernichten und nur das Belastende übrig zu lassen. Lag derartiges vor, war es uns bekanntlich eine Kleinigkeit, die aus staatspolitischen Gründen notwendigen Belastungen zu konstruieren und unsere Feinde gründlich zu diffamieren. Diese Methode rechtfertigt sich heute in geradezu glänzender Weise! Da der nationalsozialistische Staat bei unserer Justiz nach wie vor als Rechtsstaat gilt, da überdies nur das belastende Material vorliegt, und nur in sehr seltenen Fällen erschüttert werden kann, da schließlich und endlich die Verfahren in der Regel formal in Ordnung waren, regnet es heute Freisprüche. Das ist natürlich in hervorragendem Maße geeignet, einerseits unsere alten Parteigenossen mit Mut und Zuversicht zu erfüllen, unsere Gegner hingegen mehr und mehr zu verschüchtern. Hinzu kommt die allgemein zu bemerkende Tendenz, alle unsere Unternehmungen zu bagatellisieren und sie als für den Bestand der Bundesrepublik durchaus ungefährlich hinzustellen. Nichts kann uns willkommener sein, wir werden also verhältnismäßig wenig belästigt und haben so die beste Gelegenheit, unsere Wühlarbeit zu fördern.«

»Was Sie mir berichten, Pg. Sturmann«, sagte der Führer, »ist außerordentlich interessant und hoffnungsträchtig, es deckt sich zum großen Teil mit dem, was ich aus dem Studium der deutschen Presse geschlußfolgert habe. Sie werden sich noch wundern! Ich habe seinerzeit mit sieben Mann begonnen und die Bewegung in die Millionen geführt! Das gleiche wird sich wiederholen. Alles ist nur eine Frage der Organisation und der Propaganda. Insbesondere werden wir, wie es dem neuen Programm der Partei entspricht, in noch weit stärkerem Maße als früher unseren absoluten und durch nichts zu erschütternden Friedenswillen betonen müssen. Überdies gewinnen wir an Breite und Stoßkraft durch den Verzicht auf Rassereinheit, wir treten jetzt mit aller Entschiedenheit für die internationale Vermischung ein, wodurch wir an Widerstand von der Gegenseite verlieren, auf der anderen Seite aber eine neue zugkräftige Parole zur Ausmerzung des internationalen Judentums gewonnen haben. Auf der nationalen Masche mögen sie, wenn sie das in Deutschland für opportun halten, meinetwegen noch weiter herumreiten, zunächst kommt es auf die Gewinnung der Massen an.«

Pg. Sturmann verneigte sich.

»Die Betonung des Nationalen erscheint mir allerdings für die nächsten Jahre noch sehr wichtig, mein Führer, es erleichtert uns die Gewinnung von Gesinnungsgenossen in der Deutschen Demokratischen Republik. Zweifellos sind Sie darüber orientiert, daß man dort mehr und mehr den Nationalismus in den Vordergrund stellt, um dem Volke einen sogenannten Rechtsbolschewismus schmackhaft zu machen. Wir können uns mit guter Aussicht auf Erfolg dieser Tendenzen in der DDR oder in der Ostzone nur bedienen, wenn wir gleichfalls das Nationale in den Vordergrund stellen. Mit dieser Politik ist es uns bereits geglückt, erfolgversprechende Verbindungen anzubahnen.«

»Gut«, nickte der Führer. »Verbinden Sie diese Arbeit mit der eifrigen Propagierung des Friedens, Sie lenken damit den Wind der sowjetrussischen Friedenspropaganda in unsere Segel. Betonen Sie überall, daß wir absolut von neuem, also vom Ei aus beginnen. Das neue Parteiabzeichen wird das Ei sein.«

Pg. Sturmann sah ihn verblüfft an.

»Das Ei?« fragte er zweiflerisch. »Vollkommen bereit, mich Ihrer Autorität und unvergleichlichen Weitsicht zu unterwerfen, mein Führer, wage ich doch das Bedenken, ob das Ei von ähnlich zugkräftiger Wirkung wie seinerzeit das Hakenkreuz zu sein vermag?«

Der Führer vollführte eine Überlegenheit ausdrückende Handbewegung.

»Gegen jedes Abzeichen kann man Bedenken erheben, Pg. Sturmann, aber jedes Symbol läßt sich mit der nötigen Propaganda glatt durchsetzen. Auch das Hakenkreuz mußte erst populär gemacht werden, es war keine leichte Arbeit, sondern eine sehr schwere. Wenn ich nun das Ei gewählt habe, so deshalb, weil das Leben an das Ei gebunden ist. Irgendwie wird sich jeder mit dem Ei verbunden fühlen, es ist ein so vertrautes Produkt und in seiner Bedeutung so friedlich, daß es sich als Parteizeichen leicht durchsetzen lassen wird. Übrigens habe ich gelesen, daß ein aufsehenerregendes Buch erschienen ist, welches mir Pg. Köpfle noch beschaffen muß. Es scheint mir in unsere Idee sehr gut hineinzupassen.«

»Von welchem Buch sprechen Sie, mein Führer?«

A. H. dachte einen flüchtigen Moment nach.

»Jetzt habe ich es wieder«, sagte er, »es war ein sehr einprägsamer Titel, er lautet ›Das Ei und ich‹.«

Der Pg. Sturmann unterdrückte ein Lächeln.

»Dieses Buch, mein Führer, ist als Übersetzung aus dem Amerikanischen auch in Deutschland verbreitet, aber es läßt sich für unsere Zwecke in keiner Weise verbinden. Ich habe das Buch zwar nicht gelesen, da ich mich prinzipiell mit ausländischer Lektüre nicht befasse, besonders nicht mit amerikanischer, aber ich bin über den Inhalt unterrichtet. Es dreht sich einfach um die Erlebnisse einer jungen Farmersfrau, die sich mit Hühnereiern befassen muß.«

»So, so«, sagte der Führer etwas enttäuscht, »immerhin können wir den Begriff ›Das Ei und ich‹ irgendwie in unsere Propaganda einbauen.«

Die lange Unterredung, der auch Bormann und Köpfle beiwohnten, endete erst in den Abendstunden. Beim Abschied von Pg. Sturmann sagte der Führer:

»Ich erwarte laufend Berichte von Ihnen, insbesondere über die Justiz, die mich außerordentlich interessiert, ich habe mit ihr in Deutschland gemeinsam die siegreichsten Schlachten geschlagen und meine Gegner zerbrochen.«

»Genau so«, warf Martin Bormann ein, »wie du es in deiner Sportpalastrede vom 24. Okt. 1933 gesagt hast. Ich habe zwar im allgemeinen ein schlechtes Gedächtnis, aber diese deine Worte waren so einprägsam, daß ich sie mir gemerkt habe. So sagtest du damals: ›Wir haben weiter begonnen den Kampf für ein neues Recht. Wir wollen das Vertrauen in unsere Justiz wiederherstellen. Wir stellten zu diesem Zweck den Grundsatz auf, daß jeder vor dem Gesetz und vor dem Recht gleich ist…‹ Mit dieser Gleichheit vor dem Gesetz und vor dem Recht haben wir sie alle aufs Schafott und an den Galgen, in die Gefängnisse, Zuchthäuser, Konzentrationslager, Gasöfen und Vergasungswagen usw. gebracht. Welche hohe Genugtuung für dich muß es sein, Adolf, daß unsere alte Rechtsprechung sich immer noch bei der Justiz des Ansehens erfreut.«

Der Führer nickte flüchtig, er hörte selten genau hin, wenn ein anderer etwas sagte, er wußte ohnehin immer alles besser.

»Wenn Sie wieder nach Deutschland zurückkehren, lieber Pg. Sturmann, so überbringen Sie den Parteigenossen meine Grüße und versichern Sie ihnen die alte Wahrheit: Wir werden siegen, weil wir siegen müssen. Und weil wir siegen müssen, werden wir siegen!«

Damit verabschiedete der Führer den Sturmbannführer in huldreicher Weise, indem er ihm zuletzt noch das Großkreuz mit dem Ei zum Verdienstkreuz der Internationalsozialistischen Partei verlieh.

Anschließend saßen A. H., Bormann, Köpfle sowie Rosenberg noch plaudernd beisammen. Das Wort hatte zumeist der Führer.

»Wir werden schaffen einen internationalen Staat vermischter Nation«, sagte er mit Entschiedenheit. »Wie ich schon im zwölften Kapitel von ›Mein Kampf‹ ausgeführt habe, gibt es überall die Hunderttausende, die im Grunde genommen das gleiche ersehnen, ohne im einzelnen die Worte zu finden, das innerlich vor Augen Schwebende zu schildern. Denn es ist das Bemerkenswerte aller großen Reformen, daß sie als Verfechter zunächst oft nur einen einzigen besitzen, als Träger jedoch viele Millionen. Ihr Ziel ist oft schon seit Jahrhunderten der innere, sehnsuchtsvolle Wunsch von Hunderttausenden, bis einer sich zum Verkünder eines solchen allgemeinen Wollens aufwirft und als Bannerträger der alten Sehnsucht in einer neuen Idee zum Siege verhilft. Daß aber Millionen im Herzen den Wunsch nach einer grundsätzlichen Änderung der heute gegebenen Verhältnisse tragen, beweist die tiefe Unzufriedenheit, unter der sie leiden.«

»Und das Großartige dabei ist«, warf Martin Bormann ein, »daß sie immer bereit sind, sich sofort für eine ›Patentlösung‹ zu begeistern, wenn es nur einer versteht, sie ihnen richtig mit der nötigen Reklame anzubieten. Mir ist gar nicht bange, wenn wir ihnen die internationale Vermixung mit dem Ei als Lösung offerieren! Dann wird sich, wie du so schön sagtest, der sehnsuchtsvolle Wunsch vieler Millionen sofort mit uns verbinden. Die Unvernunft ist eigentlich der schönste Zug am Menschen.«

Pg. Köpfle warf ihm einen mißbilligenden Blick zu.

»Es scheint mir, Pg. Bormann, Sie stehen dem neuen Parteiprogramm nicht mit dem nötigen Ernst gegenüber.«

Bormann sah ihn geringschätzig an.

»Du kannst es ja meinetwegen ernst nehmen, du häßlicher kleiner Propagandafritze, aber ich sage dir: es spielt überhaupt keine Rolle, was man propagiert, sondern wie man propagiert! Wenn wir eine Idee in die Hand nehmen, dann kommt es gar nicht darauf an, was für eine es ist, wir, d. h. das Genie des Führers, werden jeder Idee zum Siege verhelfen! Das mußt du noch von Jupp Goebbels lernen, dem war das Was auch vollkommen wurscht, der hätte ebensogut für Zwicks Malzkaffee Reklame gemacht, wie für die nationalsozialistische Weltanschauung. Dem kam es bloß auf den Erfolg an, darauf war er stolz. Und so mußt du es auch machen, dann werden wir den Laden schon schmeißen.«

Pg. Köpfle lächelte säuerlich, aber ersparte sich eine Entgegnung, er wußte, sie würde auf den grobschlächtigen Bormann ohnehin keinen Eindruck machen. Außerdem hatte er gar nicht mal so unrecht.

Der Führer, der auf das Geplänkel nicht geachtet hatte, richtete sich auf und sagte mit scharfer Stimme:

»Wir werden also gehen von extremer Heterogenität zu extremer Homogenität. Machen Sie sich an Ihre Arbeit. – Sie, Pg. Köpfle, bleiben noch, ich habe mit Ihnen privat zu sprechen.«

Bormann und Rosenberg verabschiedeten sich mit einem kräftigen »Sieg Ei, mein Führer!« und verschwanden.

Der Führer legte die Arme auf den Tisch und neigte sich vertraulich zu Köpfle.

»Sie, mein lieber Pg. Köpfle, haben Ihre Fruchtbarkeit in der Ehe mit Ihrer japanischen Gattin unter Beweis gestellt.«

»Ei, mein Führer.«

»In der Tat«, sagte A. H. nachdenklich, »auf das Ei eben kommt es an. Nun liegt mir außerordentlich viel daran, um mich einmal der Ausdrucksweise der Chinesen zu bedienen, die lebengebärende Kraft des großen Eies unwiderlegbar unter Beweis zu stellen. Da aber hierzu zwischen mir und der Hohen Frau Mao nicht der erforderliche Kontakt besteht, ich andererseits aber keine Trennung vorzunehmen wünsche, wende ich mich an Sie als meinen engsten Mitarbeiter. Sie sind zweifellos bereit, mir Ihren Beistand zu leihen.«

»Ei, mein Führer«, sagte Dr. Köpfle, ohne zu begreifen.

A. H. befand sich in einer gewissen Verlegenheit.

»Eigentlich müßte ich«, so sagte er, »mit der Erledigung dieser Angelegenheit Martin Bormann in seiner Eigenschaft als Stellvertreter des Führers beauftragen, aber seine etwas robuste Wesensart läßt ihn mir als nicht recht geeignet erscheinen.«

»Um welche Aufgabe handelt es sich, mein Führer? Ich stehe selbstverständlich jederzeit zur Verfügung.«

Der Führer überlegte einen Moment.

»So lange wir den Kampf trommelten, gehörte es zum Nimbus des Führers, allein an der vordersten Spitze des Keils zu kämpfen, als der Mann, der unter Verzicht auf alle Familienbande nur für das Wohl des Volkes stritt. Nachdem wir uns jedoch für den Frieden entschieden haben, für den Neubeginn vom Ei an und für die großzügige Vermischung, halte ich es, um des guten Beispiels willen, für erforderlich, menschlicher zu erscheinen. Ich benötige daher zum mindesten zwei bis drei Kinder. Die Sache hat, damit die übliche Frist innegehalten wird, noch etwa drei Monate Zeit, dann aber würde ich Wert auf das Vorhandensein einiger gesunder Babys legen. Dieselben zu beschaffen, wird Ihre Aufgabe sein. Ich erwarte, daß Sie dabei die nötige Diskretion zu wahren wissen. Schließlich handelt es sich hierbei um keine persönliche, sondern um eine politische Aktion.«

»Ei, mein Führer«, sagte Pg. Köpfle, »nur wird es nicht ganz einfach sein, Mischlinge zwischen einem Weißen und einer Hawaiianerin in der benötigten Anzahl fristgemäß aufzutreiben. Und es erscheint mir nicht angängig, daß sich unter den Babys etwa zwei befänden, die einer Vereinigung von Weiß und Gelb entsprungen wären.«

Der Führer vollführte eine lebhafte Handbewegung.

»Lassen Sie sich dadurch nicht hindern, lieber Pg. Köpfle, an solcher Mischung brauchen Sie keinen Anstoß zu nehmen. Da der

Willen des Führes auf die allgemeine Vermischung gerichtet ist, würden auch solche Produkte aus Weiß und Gelb durchaus vertretbar und als ein Triumph des Willens des Führers zu bezeichnen sein.«

Dr. Köpfle nickte zustimmend.

»Ein ausgezeichneter Gedanke, mein Führer! Ich werde mich der Mission mit allem Eifer annehmen.«

»Gut«, sagte der Führer, »wir sind uns also klar. Ich betone ausdrücklich, daß strengste Diskretion selbstverständlich ist. Der Führer ist das Haupt der Partei, eine Indiskretion über Ihre Tätigkeit würde also als Führerverrat geahndet werden. Sie sind sich dessen bewußt, Pg. Köpfle?«

»Ei, mein Führer!«

*

Einige Monate waren vergangen. Mao, die sich der ihr zugewiesenen Aufgabe willig unterwarf, wofür ihr mancherlei Vorteile geboten wurden, hatte sich seit einiger Zeit im Wochenbett befunden. Nun aber war der große Tag gekommen, an dem sich im Hause des Führers die Gefolgen versammelt hatten, um ihre Glückwünsche zur Geburt der Drillinge auszusprechen. Es handelte sich um zwei bräunliche Knäblein und ein kleines, elfenbeinfarbig getöntes Mädchen mit mongolischem Augenschnitt. Der Triumph des Willens war prompt eingetreten.

In der Halle befand sich ein frisch errichtetes Ei aus weißem Stein, das mit Blumenkränzen geschmückt war.

Auch das Hauspersonal, an der Spitze Li Hung, hatten dem Großen Ei und der Hohen Frau Gratulationen ausgesprochen und kleine Geschenke von Blumen und Früchten überreicht. Li Hung, ein geschickter Schnitzer, war so weit gegangen, eine aus lauter kleinen Eiern bestehende Kette aus Elfenbein anzufertigen, die weiß auf Maos braunem Nacken lag und einen reizvollen Kontrast zu ihrem dichten blauschwarzen Haar bildete.

Die Mitteilung über das freudige Ereignis hatte Pg. Köpfle in einem wohlgesetzten Schreiben auch Colonel Lauerke übermittelt. Der Anzeige lag als Geschenk des Führers die neueste von ihm verfaßte Broschüre bei, die den Titel ›Das Ei des Columbus‹ trug.

Der Colonel, dem bereits seit längerem bekannt war, was sich im Hause A. H. vorbereitete, las die Nachricht mit Kopfschütteln. Sie brachte ihn einigermaßen in Verlegenheit. Es gehörte sich, bei solcher Gelegenheit, einen Glückwunsch auszusprechen, aber er war sehr darüber im Zweifel, ob das für ihn als Repräsentanten der Vereinigten Staaten auf Hitlalone im Falle A. H. angängig war. Er besprach den Vorfall mit Mr. Dick Fuss und Frank Curiously.

»Was sagen Sie dazu?« fragte er, ihnen die Geburtsanzeige überreichend.

Mr. Fuss las sie aufmerksam und schüttelte ebenfalls den Kopf.

»Die Sache ist eigentümlich«, bemerkte er. »Seltsam ist einmal, daß man den Arzt nicht zugezogen hat, sondern nur die chinesische Dienerin. Nun freilich geschieht es oft hier, daß man bei normalem Verlauf der Dinge auf den Arzt verzichtet. Und zweitens will mir bei dem Alter A. H.'s…« er unterbrach sich und setzte nach einer kleinen Pause hinzu: »Immerhin, es ist natürlich nicht unmöglich.«

Mr. Curiously lächelte, aber es war kein ganz frohes Lächeln.

»Ich nehme an, A. H. wird nichts dagegen haben, daß man die drei Sprößlinge knipst. Aber es ist ein Jammer, daß man nichts darüber schreiben darf! Bis ich so weit bin, über A. H.'s Aufenthalt auf Hitlalone publizieren zu können, bin ich vielleicht schon ein alter Mann. Da er so rüstig ist, daß er sich sogar noch Drillinge anschaffen kann, überlebt er mich am Ende sogar noch. – Aber was tun wir?«

Colonel Lauerke kratzte sich den Kopf.

»Erstens müssen wir die Sache amtlich berichten, zweitens schlage ich vor, unter Betonung, daß wir nicht in amtlicher Eigenschaft erscheinen, immerhin einen formellen Glückwunsch auszusprechen. Amtlich sind wir ja überdies genötigt, uns durch den Augenschein zu überzeugen.«

Die beiden anderen nickten zustimmend.

Der Colonel blätterte in der Broschüre ›Das Ei des Columbus‹ und las einen Absatz laut vor:

»... in Anbetracht dieser Sachlage aber entschloß ich mich, Vater zu werden. Der Beweis für die Richtigkeit meiner politischen These liegt nunmehr in lebendigster Form vor. Ich habe mich daher entschieden, meiner Tochter in Anbetracht dessen, daß nach neueren Forschungen der Osten als die Wiege des Menschengeschlechtes anzusehen ist, den Namen Asia zu verleihen, während meine beiden Söhne auf den Namen Europus und Amerikus getauft werden sollen. So habe ich in meiner Person die für den Frieden erforderliche Verbindung der drei weltbeherrschenden Erdteile bereits vollzogen und damit unter Beweis gestellt, daß durch das Mittel der friedlichen Vermischung der Zusammenschluß der Welt unschwer zu bewerkstelligen ist. Ich hoffe und erwarte, daß...«

Der Colonel legte die Broschüre aus der Hand. Sein Gesicht trug den Ausdruck der Verwunderung.

»Verrückt ist er«, sagte er nachdenklich, »aber merkwürdigerweise liegt in seinem Wahnsinn immer Methode. Also, gehen wir schon und sehen wir uns die drei Erdteile an.«

Sie wurden sehr formell von Dr. Köpfle empfangen, der sie in das Arbeitszimmer des Führers bat. Wenige Minuten später erschien dieser, die Herren mit dem Eigruß bewillkommnend. Das Gesicht des Führers zeigte ein Lächeln, das nicht frei von Stolz war.

Die drei Amerikaner hatten sich bei seinem Eintritt höflich erhoben.

»In amtlicher Eigenschaft«, begann Colonel Lauerke, »sind wir hier, Mr. Hidden, um das freudige Geschehen gewissermaßen zu Protokoll zu nehmen. Immerhin möchten wir nicht versäumen, Ihnen unseren Glückwunsch zu einem Ereignis auszusprechen, das durchaus friedlichen Charakter hat. Man ist derartiges von Ihnen nicht gewohnt gewesen.«

A. H. lächelte.

»Die Zeiten ändern sich und wir uns mit ihnen«, sagte er gutgelaunt. »Ich danke Ihnen für die Glückwünsche und hoffe, Sie anerkennen, daß ich meinem Ziel des Friedens unter vollem persönlichen Einsatz zustrebe.«

»Gleich mit einem Dreigespann«, bemerkte Mr. Curiously. »Man darf sagen, Mr. Hidden, mit Kleinigkeiten geben Sie sich nicht erst ab. Darf man Asia, Europus und Amerikus sehen und vielleicht ein paar Bilder von den Kleinen machen?«

»Ich sehe«, sagte der Führer angenehm berührt, »Sie haben sich bereits mit meiner Broschüre beschäftigt. Ich empfehle sie Ihnen zur eingehenden Lektüre. Die Lösung des Problems Frieden, wie es allein durch die internationale Vermischung gründlich möglich ist, stellt in der Tat das Ei des Columbus dar. Ich und meine Mitarbeiter haben auf Hitlalone nunmehr den Beweis geliefert, daß unser Weg erfolgreich beschreitbar ist.«

»Nur Mr. Bormann scheint sich noch zu sperren«, warf Mr. Fuss ein. »Was ist mit Ihrem Stellvertreter, will er nicht mehr oder kann er nicht mehr?«

A. H. sah den Fragesteller etwas indigniert an.

»Ein Internationalsozialist will immer, was er kann und kann immer, was er will«, sagte er verweisend. »Auch Pg. Bormann wird hinter uns anderen nicht zurückstehen, sobald er seine Wahl getroffen hat. Ich muß es aber ablehnen, ihm irgendeine Frau aufzuoktroyieren. – Sie können die Kleinen gern sehen und sie photographieren.«

Mr. Curiosly lächelte dankbar. Er machte seine Kamera zurecht.

Pg. Köpfle sah ihm zu und bemerkte:

»Sie als Journalist, Mr. Curiously, sollten in dieser Minute sozusagen den Grundstein zu einem neuen Buche legen. Wenn Sie den Führer mit seinen drei Kindern, die lebende Symbole der drei großen Erdteile sind, auf die Platte gebannt haben, so haben Sie ein hervorragendes Titelbild zu dem neuen Buche: ›Der Führer, wie ihn keiner kennt‹.«

A. H. klatschte sich vor Vergnügen auf die Knie. Er warf Dr. Köpfle einen wohlwollenden Blick zu.

»Eine ausgezeichnete Idee«, sagte er lebhaft. »Ich werde Ihnen jederzeit Gelegenheit geben, mich außerhalb der politischen Geschäfte im Verkehr mit meiner Familie, mit meinen drei Weltkindern im besonderen, und in der Beschäftigung mit meinen Liebhabereien im Bilde festzuhalten.«

Er schnalzte mit der Zunge und aus der Ecke des Raumes kam ein weißer Kakadu herangeflattert und setzte sich auf die linke Schulter A. H.'s, wobei er lebhaft mit den Flügeln schlug und laut »Ei, Ei« krächzte.

»Das ist Mundi«, sagte der Führer erklärend. »Ich habe diesen Kakadu auf Mundi, also Welt, getauft, weil es nur eine Reihe von Jahren währen wird, daß mir die Welt wie er gehorcht und den Eigruß im Munde führt.«

Curiously hob die Kamera.

»Gestatten Sie eine Aufnahme?«

Der Führer nickte gewährend, er strich die Stirnlocke zurecht und wartete, bis sich der Kakadu beruhigt hatte.

Der Kameraverschluß klickte.

»Die erste Aufnahme für das Buch«, meinte Mr. Curiously. Dieser Vorschlag von Dr. Köpfle war wirklich nicht übel. Aber, daß man das Bild der drei Weltkinder nicht schon veröffentlichen konnte! Damit wäre ein noch besseres Geschäft zu machen, als mit dem Bild der Dionne'schen Fünflinge!

»Darf ich bitten«, sagte der Führer, vorangehend.

Sie betraten Maos Schlafgemach.

Die junge Mutter saß sehr schön strahlend, mit weißen Blütenkränzen geschmückt, aufrecht im Bett, von weichen Kissen gestützt, und lächelte den Eintretenden mit blitzenden Zähnen entgegen. Am Bett standen drei Körbchen, in denen die lebendigen Symbole der drei großen Erdteile friedlich vor sich hindämmerten. Bei ihnen saß die schon etwas faltige chinesische Amah, die auf ein paar Worte von Dr. Köpfle hin, der recht sprachengewandt war, mit einem verschmitzten Grinsen aufstand, und erst die zartgelbliche Asia, dann die bräunlichen Amerikus und Europus dem Führer in die Arme legte. Mit gemessenen Schritten begab sich dieser in die Nähe des Fensters, um sich so in die gehörige Beleuchtung zu stellen. Mr. Curiously machte die erste Aufnahme.

Zwei weitere folgten, dann legte die Amah den Nachwuchs des Führers in die Wiegen zurück.

Die drei Amerikaner traten näher und betrachteten die Kleinen aufmerksam und nicht ohne Verblüffung. Europus und Amerikus –, nun ja, das mochte angehen, sie waren bräunlich von der Mutter her, das dunkle Haar hatte schließlich auch A. H. Aber Asia –, wo hatte die Kleine die mongolischen Augen her?

Colonel Lauerke räusperte sich, wollte etwas sagen, scheiterte aber an der Formulierung. Aber Mr. Curiously war weniger zart besaitet und sagte geradeheraus:

»Das ist ein Wunder! Die Kleine sieht absolut mongolisch aus, reizend, aber doch mongolisch. Wie erklären Sie sich das, Mr. Hitler?«

Die Augen der drei waren gespannt auf A. H. gerichtet, der keinerlei Zeichen der Verlegenheit oder Verwirrung zeigte.

»Mir schwebte die umfassende Rassenvermischung vor«, sagte der Führer fest und bestimmt. »Ich zweifle nicht daran, daß mein Wille hier bestimmenden Einfluß ausgeübt hat. Überdies ist Hitlalone bevölkerungspolitisch aus den verschiedensten Elementen zusammengesetzt, es ist daher durchaus anzunehmen, daß auch in der Familie der Hohen Frau asiatische Einflüsse wirksam gewesen sind, die unter dem Einfluß meines Willens in Asia zutage traten.«

Diese Erklärung war nicht ganz abwegig, die Amerikaner behielten dennoch ihre Zweifel, aber als höfliche Leute sprachen sie sie nicht aus. Wenn Asia A. H. recht war, dann sollte sie ihnen billig sein. Schließlich kam es nicht darauf an, ob sie bräunlich oder gelblich war, politische Gefahren waren, so konnte man mit sehr weitgehender Bestimmtheit annehmen, von dem kleinen gelblichen Dingelchen kaum zu befürchten.

Anschließend gab der Führer den drei Herren ein Frühstück, dem auch Bormann, Köpfle und Rosenberg beiwohnten.

A. H. nahm die Gelegenheit wahr, sich von neuem über seine Idee zu verbreiten.

»Die internationale Vermischung«, führte er aus, »kann, systematisch und zielbewußt betrieben, bereits innerhalb von 150 Jahren das gewünschte Resultat gezeitigt haben. Wenn es der modernen Wissenschaft auch gelungen ist, die durchschnittliche Lebensdauer zu verlängern, so beläuft sie sich doch äußerstenfalls auf nicht mehr als 70 Jahre. Innerhalb von 140 Jahren also sind, sehe ich von den Überalterten ab, zwei Generationen hinweggestorben. Erfüllen aber die Jungen ihre Vermischungspflicht, werden sie von Staats wegen streng dazu angehalten, so ergibt sich, daß nach 150 Jahren auf der Erde nur noch eine Mischrasse existieren wird, in ihren verschiedenen Variationen.«

»Mein Gott«, entgegnete Colonel Lauerke, »es ist natürlich nur Theorie, was Sie da reden, aber wenn ich Sie einmal ernst nehmen will: Sie können doch nicht alle Leute dazu zwingen, Andersrassige zu heiraten!«

»Wenn die Gesetzgebung die Mischehe vorschreibt und jede andere verbietet«, entgegnete A. H., »kann dieser Zwang ohne weiteres durchgeführt werden. Allerdings bedarf es dazu, wie ich in meiner Broschüre wieder dargelegt habe, des internationalen Frauenaustausches. Schon in meiner Münchener Zeit habe ich mich außerdem lebhaft mit dem Problem der künstlichen Befruchtung beschäftigt, die ja, wie ich gelesen habe, neuerdings trotz gewisser Bedenken der Kirchen immer mehr in Mode kommt. Man könnte also den Frauenaustausch wirkungsvoll ergänzen durch Versendung frischer Spermatozoon, was bei der Schnelligkeit der heutigen Verkehrsmittel keine sonderlichen Schwierigkeiten mehr böte.«

Mr. Curiously schüttelte in erheiterter Verwunderung den Kopf.

»Und was würden Sie mit denen tun, Mr. Hitler, die sich der Vermischung mit Andersrassigen widersetzen, weil sie eine entsprechende Vorschrift als Eingriff in ihre persönlichsten Rechte ablehnen würden?«

A. H. runzelte die Stirn.

»Wenn die Gesetzgebung eine die Vermischung vorschreibende ist«, erwiderte er, »so gibt es in dieser Hinsicht kein persönliches Recht mehr! Wenn heute jemand kommt und die Sodomie als sein persönliches Recht erklärt, so wird er durch die Gesetzgebung darüber belehrt, daß Sodomie verboten ist.«

»Mit Recht«, warf Mr. Fuss ein, »denn das geht ja wider die Natur!«

A. H. nickte bestätigend.

»Da aber die Vermischung mit Andersrassigen durchaus möglich ist, widerspricht sie nicht der Natur, infolgedessen ist sie naturgewollt. Wer sich aber diesem Willen der Natur widersetzt, kann ohne weiteres gezwungen werden, sich einer mit dem Naturgesetz in Übereinstimmung stehenden neuen Gesetzgebung zu unterwerfen.«

Martin Bormann griff in die hintere Hosentasche und zog das kleine rote Buch mit der Aufschrift »Mein Kampf« hervor. Er blätterte eilig und hob dann den Zeigefinger gegen A. H.

»Aber hier schreibst du«, sagte er rasch, »jedes Tier paart sich nur mit einem Genossen der gleichen Art. Meise geht zur Meise, Fink zu Fink, der Storch zur Störchin, Feldmaus zu Feldmaus, Hausmaus zu Hausmaus, der Wolf zur Wölfin usw.«

A. H. machte eine unwillige Geste.

»Das stimmt wohl«, sagte er, »aber nur bedingt. Wenn ich das damals schrieb, so geschah es im Rahmen der Propaganda. Aber du bist dir ja wohl klar darüber, daß das, was zwischen Meise und Storch nicht möglich ist, zwischen Europäer und Asiatin durchaus erfolgen kann.«

»Und die Reinhaltung des Blutes?« fragte Bormann. »Gibt es plötzlich keine Sünde gegen das Blut mehr?«

A. H. schüttelte verneinend den Kopf.

»Blut ist ein ganz besonderer Saft, wie Goethe gesagt hat, aber es zeigte sich, daß Blutmischungen durchaus möglich und nützlich sind. Denke an den Pferdesport, das sogenannte Vollblut ist aus Kreuzung hervorgegangen.«

Bormann hob resigniert die Schulter.

»Jetzt finde ich mich überhaupt nicht mehr zurecht, Adolf.«

A. H. blickte ihn streng an.

»Das ist auch durchaus nicht nötig, du hast zu gehorchen, das genügt.«

»Und was würden Sie mit den Widerspenstigen beginnen?« kam Mr. Curiously auf seine Frage zurück.

»Ich würde sie in Arbeitslager sperren, wobei darauf geachtet werden müßte, daß immer männliche und weibliche Angehörige der verschiedensten Rassen zusammengebracht werden. Verlassen Sie sich darauf, wenn sie gut gefüttert werden und dort eine Zeitlang zusammen leben, besorgt der natürliche Trieb alles Erforderliche von ganz allein! Und der Staat würde die gewünschten Resultate erhalten. Sind erst einmal in den Lagern die engen Bindungen entstanden, haben die Leutchen aneinander Geschmack gefunden, dann wird ihr innerer Widerstand durch die Erfahrung überwunden worden sein und sie werden die eingegangenen Bindungen nicht so leicht wieder lösen. Ich sehe keine Schwierigkeiten, es kommt nur auf die Gesetzgebung und die feste Hand an.«

*

Es war am Jahrestag des großen Eis auf Hitlalone, da erlebte Colonel Lauerke etwas, was er halb und halb schon seit einiger Zeit befürchtet hatte. Unerklärlich wie, schien fast jeder auf Hitlalone zu wissen, daß das große Ei vor einem Jahr Einzug gehalten hatte, und nicht nur das: jedermann schien es Bedürfnis zu sein, diesen Tag feierlich zu begehen.

Das große Ei in der Nähe des Platzes, auf dem sich das Denkmal von Kamehameha dem Soundsovielten befunden hatte, war schon am frühen Morgen begraben unter einem Meer von Blumen und Blütenkränzen. Aus zahlreichen Läden hingen größere und kleinere rote Fahnen, die in der Mitte ein weißes Ei zeigten. Vor den Häusern A. H.'s und Bormanns waren je zwei Fahnenmaste errichtet, an denen ebenfalls das rote Eibanner lustig im Morgenwinde flatterte. Durch die Straßen aber bewegte sich eine festlich geputzte Menge, Blütenkränze um den Nacken, in den Händen aber kleine rote Fähnchen mit dem weißen Ei. In wohlgeordnetem Zuge marschierte diese Menge zum Hause A. H.'s, der sie vom Balkon aus begrüßte und die begeisterten »Ei«-Rufe der Menge huldvoll grüßend erwiderte. Anschließend hielt er eine Ansprache an die Versammelten, die, da er deutsch sprach, zwar nur von den allerwenigsten verstanden wurde, die aber dennoch zum Schluß mit nicht enden wollendem Beifall aufgenommen wurde. Die Posten, die auf das Ereignis nicht vorbereitet waren, sahen aufmerksam zu, unterließen aber jedes Eingreifen, da sich die ganze Sache in friedlichen Formen vollzog.

Bald darauf war Colonel Lauerke über das Geschehene unterrichtet und überlegte, was zu tun sei. Aber was sollte eigentlich geschehen? Schließlich bot sich kein Anlaß, gewaltsam vorzugehen. Allerdings diese Spielerei mit den roten Fähnchen und dem Ei darin gefiel ihm nicht. Und außerdem sah die ganze Sache nach Organisation aus. Der Colonel beschloß, von vorgesetzter Stelle Weisungen einzuholen. Inzwischen liefen bei ihm Meldungen ein, daß sich auch in Hawaii selbst, auf Maui, auf Molokai und Lanai ähnliche Szenen abgespielt hatten. Irgendwie schienen ihm diese Demonstrationen beunruhigend.

Die Menge zerstreute sich schließlich wieder und ging wie üblich ihren Geschäften nach. Nur an einer Stelle kam es zu einem Zwischenfall. Ein philippinischer Geschäftsmann, der sich, wie die Untersuchung ergab, abfällig über die allgemeine Begeisterung und über die Eierfähnchen geäußert hatte, wurde von zwei

Japanern verprügelt. Sie wurden verhaftet und Colonel Lauerke zur Vernehmung vorgeführt.

Ihre Aussagen ergaben nicht viel. Sie bekundeten, daß sie den Ideen des großen Eis sympathisierend gegenüberständen. Der Friede sei eine durchaus wünschenswerte Sache und sie sähen nicht ein, warum sie ihr Einverständnis mit der Friedensidee nicht bekunden sollten. Wenn jemand sie deswegen zur Rede stelle und sie in gehässiger Weise verspotte, so seien sie auch berechtigt, ihrem Unmut darüber kräftig Ausdruck zu verleihen. Auf die Frage, wie sie in den Besitz der Fähnchen gelangt seien, erklärten sie, die Fähnchen seien auf der Straße verteilt worden und da sie das große Ei als Symbol des Friedens anerkennten, hätten sie keinerlei Bedenken gehabt, die Fähnchen entgegen zu nehmen und sich dem Zug der anderen, der sich spontan versammelt habe, anzuschließen. Befragt, ob ihnen das Bestehen einer geschlossenen Organisation etwa unter dem Titel ›Das große Ei‹ bekannt sei und ob sie sogar selber einer solchen Organistion angehörten, verneinten beide übereinstimmend.

Anschließend suchte Colonel Lauerke in Begleitung von Mr. Fuss und Mr. Curiously den Führer auf, der sie in Anwesenheit von Bormann und Dr. Köpfle empfing.

»Der Unfug muß aufhören!« sagte der Colonel bestimmt.

»Wollen Sie etwa leugnen, daß Sie diese lächerlichen Fähnchen haben verteilen lassen? Wer hat Ihnen die Erlaubnis dazu gegeben?«

A. H. sah ihn mit finsterem Gesicht an.

»Braucht irgendein Laden eine besondere Erlaubnis dazu, Reklamefähnchen zu verteilen?« fragte er. »Ich und meine Freunde sind nun seit einem Jahr auf Hitlalone und haben zur Bevölkerung das beste Verhältnis. Um unserer Freude darüber Ausdruck zu geben, haben wir diese Fähnchen verschenkt. Wenn die Leute aus Dankbarkeit damit vor meinem Hause erschienen sind, so ist das eine Demonstration der freundschaftlichen Verbundenheit, über die wir uns nur zu freuen vermögen. Was sollte daran verboten sein?«

Der Colonel zog unwillig die Augenbrauen zusammen.

»Ob verboten oder nicht, ich wünsche, daß derartige Scherze künftig unterbleiben! Sie sind hier ein Gefangener, Sie haben Ihre Aufgabe, nämlich die von Ihnen verlangten Auskünfte zu geben und Ihre Erinnerungen niederzuschreiben, alles andere hat zu unterbleiben. Sie werden diese Fahnen da draußen entfernen lassen, andernfalls werde ich die gewaltsame Beseitigung anordnen. Treffen Sie Ihre Wahl! Im übrigen werden wir die Hintergründe des Geschehens genau untersuchen.«

A. H. gab keine Antwort, worauf sich Colonel Lauerke in höchstem Unwillen entfernte. Curiously und Fuss blieben noch.

»Was soll die ganze Sache für einen Zweck haben, Mr. Hitler?« fragte der Journalist. »Sie müssen sich doch darüber klar sein, daß jede Organisation, die Sie hier etwa aufziehen, sofort verboten und aufgelöst wird.«

A. H. sah ihn starr an.

»Das zu verhindern liegt vorerst nicht in meiner Macht. Verbieten Sie und lösen Sie auf, das hat meine Partei mehr als einmal erlebt, aber der Fortschritt der Bewegung war dennoch ein unaufhaltsamer. So wird es auch diesmal wieder sein!«

»Ich fürchte, Sie ziehen sich Unannehmlichkeiten zu«, sagte Mr. Fuss. »Bis jetzt haben wir Ihre Ideen friedlich hingenommen, weil wir niemandem mißgönnen, sich mit dem zu beschäftigen, was ihm Spaß macht. Aber wenn Sie aus Spaß Ernst machen wollen, dann reißt bei uns der Geduldsfaden. Es geht Ihnen doch hier gut, unverschämt gut, wenn ich an Ihre Vergangenheit und an das denke, was Ihre Taten verdient haben! Mann, leben Sie doch Ihren Lebensabend ruhig zu Ende. Sie haben doch wirklich genug damit zu tun, alles das niederzuschreiben, was Sie einmal angezettelt haben. Warum wollen Sie denn schon wieder irgendetwas Neues anfangen?«

Der Führer erhob sich, legte die Hand an den Gürtel und sagte wütend:

»Ich habe nicht erwartet, daß Sie die Größe meiner Idee begreifen werden. Ich lehne jede weitere Diskussion mit Ihnen ab.«

Dick Fuss erhob sich ebenfalls.

»Sie sind ein Narr!« sagte er ärgerlich und verließ das Zimmer.

Nun war von den Amerikanern nur noch Frank Curiously anwesend.

»Um Gotteswillen, Mr. Hitler«, sagte er beschwichtigend, »treiben Sie die Dinge nicht auf die Spitze. Sie sind dem ›Globe‹-Konzern verpflichtet, wir legen Wert darauf, daß Sie ungehindert schreiben können. Sie haben schon einen ganz schönen Vorschuß bekommen, dafür müssen Sie aber auch etwas tun. Wie weit sind Sie eigentlich?«

»Meine Erinnerungen haben erhebliche Fortschritte gemacht«, sagte A. H., »aber das Geschehen war ein so vielfältiges, daß ich auch Zeit zum Materialstudium benötige. Sie brauchen keine Angst zu haben, die Arbeit wird vollendet werden, ich habe selber das stärkste Interesse daran. Aber ich muß es mir verbitten, daß mir wegen harmloser Bekundungen des Friedens Vorwürfe gemacht werden. Das könnte sich einmal an denen, die mir in einer so provozierenden Weise entgegentreten, mit einer Bartholomäusnacht rächen!«

Er schloß seine Worte mit einem grimmigen Blick.

Frank Curiously lächelte.

»Das lassen Sie besser bleiben, Mr. Hitler«, sagte er ruhig, »einen solchen Versuch würden Sie aller Voraussicht nach nicht überleben. Seien Sie doch zufrieden, so davongekommen zu sein. Wie ist Ihnen das damals geglückt? Wir hatten ja immer unsere Zweifel, Oberstleutnant Heimlich von unserem Geheimdienst hat stets behauptet, es sei nicht der geringste Beweis für Ihren Tod vorhanden gewesen.«

»Er konnte auch nicht vorhanden sein«, erklärte A. H. »Aber selbstverständlich bestand das größte Interesse daran, mich für tot zu erklären, man sagte sich, daß die Meldung über meinen Tod für das deutsche Volk einen Abschluß bedeuten würde. Darum ging man über die amerikanische und die russische ursprüngliche Auffassung hinweg und machte sich das Urteil des britischen Geheimdienstes zu eigen. Das Entkommen damals war kinderleicht, denn der Flugplatz Tempelhof war vollkommen intakt, wir waren noch in der Lage, den Luftraum über dem Flugplatz hinreichend zu schützen. Ungefähr alle sechs Minuten landete eine Maschine, in den gleichen Zeitabständen stiegen Maschinen auf. Für mich stand jederzeit ein Apparat startbereit, ich erinnere mich daran, daß lange Zeit hindurch der Plan bestanden hatte, daß ich mich nach Berchtesgaden begeben und von den südlichen Gebirgspositionen aus den Kampf weiterführen sollte. Da ich die Lage aber klar genug beurteilte, zog ich es vor, mich nach Grönland abzusetzen. Nur der Motorendefekt verhinderte, daß ich mich von Grönland aus im U-Boot zu einem anderen Zufluchtsort begab.«

»Und wo wäre der gewesen?« forschte Frank Curiously.

»Darüber verweigere ich die Aussage«, entgegnete A. H.

»Ich tippe auf Südamerika, ich möchte behaupten, ich könnte sogar den Staat nennen. Warum sind Sie nicht gleich hingeflogen?«

»Weil die Strecke für ein Flugzeug zu weit war. Wir flogen mit Messerschmitt-Turbinenjägern, Type 332, deren Aktionsradius bei 4000 km lag. Da keine Möglichkeit bestanden hätte, unterwegs zu tanken, mußte ich über Grönland hinaus auf den Luftweg verzichten. Wir stiegen hoch, schraubten uns möglichst rasch in die Wolken und verschwanden. Alles wäre programmmäßig verlaufen, wenn nicht dieser Motorendefekt gekommen wäre.«

»Sie vermochten nicht, ihn zu beheben?«

»Es war selbst mit Hilfe der zweiten Maschine unmöglich.«

»Und das wartende U-Boot?«

»Ich sandte von unserem Landungsplatz einen Streiftrupp aus, um das U-Boot zu finden. Von dem Trupp kehrten nur zwei Mann zurück, die später infolge der ausgestandenen Strapazen starben. Sie berichteten, daß das U-Boot nicht mehr an seiner Basis war. Ob es vom Feinde entdeckt und vernichtet worden ist oder was sonst sich ereignet hat, entzieht sich meiner Kenntnis. Jedenfalls blieb uns nichts anderes übrig, als in Grönland zu bleiben und uns dort einzurichten, so gut es eben gehen wollte. Was dann folgte, ist Ihnen bekannt.«

Curiously nickte zufrieden. Was wäre wohl geschehen, fragte er sich im stillen, wenn A. H. zu seinem vorgesehenen Zufluchtsort gelangt wäre? Ob er sich dort wohl still verhalten hätte, oder ob er versucht haben würde, etwa irgendwo in Südamerika die Bewegung erneut aufzuziehen? Alle diese Jahre hindurch hatte die Welt in der Tatsache, daß A. H. den so ungewöhnlich beredten Mund nicht wieder aufgetan hatte, den eigentlichen Beweis für seinen Tod erblickt.

»Wenn Sie nun nicht in Grönland hängengeblieben wären«, fragte er aus seinen Überlegungen heraus, »was würden Sie dann etwa in Südamerika, wie ich vermute, begonnen haben?«

A. H. antwortete nicht gleich, er überlegte.

»Die Frage ist keine leicht zu beantwortende«, entgegnete er. »Zuerst hätte ich mir einen Überblick über die Situation verschaffen und gewisse Schlußfolgerungen ziehen müssen. Daß ich mich dann an die Fortführung meines Werkes herangemacht hätte, mit der alten Entschlossenheit, dessen dürfen Sie gewiß sein.«

»Und wäre es dann das Werk ›Mein Frieden‹ gewesen, unter dem Zeichen des Ei's und mit der Lehre der Rassenvermischung, wie sie hier vertreten ist?«

A. H. hob die Schulter.

»Das vermag ich nicht zu sagen. Aber ich habe mich immer als ein von der Vorsehung Geleiteter gefühlt. Ich betrachte es daher als keinen Zufall, sondern als Tat der Vorsehung, daß sie mich nach Grönland geführt und jene Gedanken in mir hat reifen lassen, die in die Wirklichkeit umzusetzen ich stahlhart entschlossen bin. Diesen neuen Zielen dient die Internationalsozialistische Partei. Wer gegen diese Partei ist, ist gegen den internationalen Frieden. Und wer gegen den internationalen Frieden ist, ist gegen mich, denn des Friedens Garant bin ich! Ich werde eine neue Renaissance herbeiführen, ich bin ein Renaissancemensch.«

Der Renaissancemensch mußte es sich indessen gefallen lassen, daß draußen kräftige Soldatenfäuste die Fahnenmasten aus der Erde hoben und die in der Mittagssonne schlaff herunterhängenden Eierflaggen entfernten. Sie verfielen der Beschlagnahmung.

A. H. sah dem Vorgang mit geballten Fäusten zu. Ununterbrochen murmelte sein Mund undeutliche heftige Drohungen.

Was hier geschah, war seinem Prestige in hohem Maße abträglich, es mußte etwas dagegen geschehen.

Vor dem Hause hatte sich eine Anzahl von Neugierigen versammelt.

»Wahrhaftig, Pg. Köpfle«, sagte A. H. erbittert, »wenn man das sieht, versteht man die Wahrheit des Ausspruches von Nietzsche, daß der Mensch eine Krankheit auf der Haut der Erde ist! Man sollte sie alle ausrotten, bis man nur eine Handvoll übrig hätte, mit denen man von vorn beginnen könnte!«

»Ei, mein Führer!«

»Von jeder Rasse nur ein Paar!« stimmte Rosenberg eifrig zu, »man könnte damit die geeignete Grundlage eines neuen Jahrhunderts legen...«

»Endlich ein kraftvoller Gedanke!« sagte Bormann. »Die Ausrottung, das ist das einzig Richtige! Jammervoll, daß wir keine Atombombe zustandegebracht haben. Wenn der dicke Hermann auf der Höhe gewesen wäre, hätte er Einstein zum Arier erklärt! Aber wovon hat der Dicke schon etwas verstanden, außer von Uniformen und Zehen lackieren! Die einzigen Eier, mit denen etwas anzufangen war, sind die Eierhandgranaten gewesen! Atombombe und Wasserstoffbombe, das ist's, was wir brauchen!«

A. H. hatte, ohne auf Bormanns Gerede zu achten, in finsterem Grübeln auf die Soldaten gestarrt, die sich nun anschickten, mit den sorgfältig zusammengerollten Eierfahnen den Platz vor dem Hause zu verlassen.

Jetzt richtete er sich entschlossen auf.

»Da unten sind unsere Freunde Fu Yen und Keigo Sutomi«, sagte er. »Pg. Köpfle, holen Sie Ihren Fotoapparat!«

»Ei, mein Führer!«

Dr. Köpfle schoß eilfertig davon und kehrte nach zwei Minuten zurück.

»Zur Verfügung, mein Führer!«

»Folgen Sie mir!« befahl A. H.

Er ging voran. Der Kakadu flatterte ihm auf die Schulter, laut und kreischend »Ei, Ei!« schreiend.

Mit wildem Griff nahm der Führer einen der auf dem Tisch liegenden weißen Blumenkränze und legte ihn um. Mit gesträubten Federn wich der Kakadu bis auf die äußerste Seite der Schulter des Führers aus.

Vor dem Haus angelangt, winkte A. H. Fu Yen und Keigo Sutomi herbei.

»Sie sehen, was hier geschieht«, sagte er finster. »Ich muß mich vorerst der Gewalt beugen, aber man soll wissen, daß sie mich unberührt läßt! Verkündigen Sie dem Volke, Pg. Sutomi, daß ich den heutigen Tag der Geburt meiner Kinder für alle Zeiten zum Tiv-Tag, zum Tag der internationalen Vermischung erkläre! Jedem ist gestattet, sich mit jedem der anderen Farbe und Rasse an diesem Tage überall zu verbinden. Es soll ein Tag sein gleich den römischen Saturnalien! Freudenfeuer sollen an diesem Abend überall auflodern, mit Tanz und Vereinigung soll das Volk diesen Tag feiern. Alle, die hier längs des Strandes das Fest zu feiern gedenken, werde ich mit Speisen und Getränken freigiebig bewirten! Verkünden Sie das!«

Keigo Sutomi, der die verschiedensten auf der Insel gebräuchlichen Sprachen und Dialekte fließend beherrschte, grinste höflich und tat, wie der Führer ihn geheißen hatte.

Das versammelte Volk lauschte aufmerksam seinen Worten.

Schließlich brach die Masse in lebhafte, sich immer wiederholende »Ei!«-Rufe aus.

Das große Ei grüßte mit dem nun schon allgemein gewohnten Gruße und begab sich mit Köpfle, Bormann, Rosenberg, Hinterstoissel und Müller auf eine kleine Erhebung. Auf wiederholte Rufe von Fu Yen gesellten sich verschiedene Hawaiianer, Chinesen, Japaner, ein paar Neger, mehrere Philippinos und einige Mischlinge zu der Gruppe. Dem Beispiel A. H.'s folgend, erhoben sie die Hand zum Eigruß, als nun Pg. Köpfle vor die Gruppe hintrat und sie fotografierte. Wie durch Zauber waren wieder einige Eierfähnchen aufgetaucht. Pg. Köpfle machte eine Gesamtaufnahme und mehrere Ausschnitte, die den Führer im Kreise seiner Anhänger etwas größer zeigten.

»Danke, Pg. Köpfle«, sagte A. H. befriedigt. »Ich bin überzeugt davon, daß diese Aufnahmen gelungene sein werden. Wir werden zahlreiche Abzüge herstellen und sie in alle Teile der Welt verschicken. Es ist an der Zeit, daß wir uns aktiver bemerkbar machen! Wir haben genügend ermutigende Berichte vorliegen, die uns dazu berechtigen.«

Er entbot den Eigruß und schritt wieder in sein Haus zurück, die anderen folgten. Allmählich zerstreute sich die Menge.

»Man muß es verstehen«, sagte A. H., sich in seinem Arbeitszimmer am Schreibtisch niederlassend, »aus einer Niederlage einen Sieg zu machen. Machen Sie die Kopien so rasch wie möglich, Pg. Köpfle, die Welt soll erfahren, daß ich noch lebe!«

Bormann, der brütend vor sich hingeblickt hatte, hob jetzt den massigen Kopf.

»Vorsichtig, vorsichtig, Adolf!« sagte er beschwörend. »Zur Welt gehört auch Rußland! Wenn Stalin erfährt, daß du noch lebst, wird es mit der schönen Ruhe hier vorbei sein! Die im Kreml sind keine Amerikaner! Gibt es erst einen internationalen Skandal, dann sind wir hier nicht mehr sicher. Mir genügt es, einmal zum Tode verurteilt zu sein! Mir gefällt es hier ganz gut, aber ich fürchte, wir werden bald abhauen müssen!«

A. H.'s Miene hatte sich verdüstert, die Erwähnung des Kremls hatte auf ihn ernüchternd gewirkt. Bormann konnte recht haben. Noch besaß man nicht genug Einfluß, um einen internationalen Skandal riskieren zu können, das konnte übel enden.

»Pg. Bormann hat recht«, sagte er mit starker Stimme. »Wir müssen unsere Position noch stärker machen, ehe wir offen hervortreten können. Machen Sie also die Abzüge nur für den engeren Kreis. Pg. Köpfle, wir müssen uns vorerst darauf beschränken, sie nur den Landesgruppen zu übersenden. Wie steht es übrigens mit unseren südamerikanischen Freunden, ist die Verbindung hergestellt?«

»Ei, mein Führer!«

»Und wie steht es mit der Flugschrift ›Eier und Butter statt Kanonen!‹, ist sie herausgegangen?«

»Ei, mein Führer! Bereits vor knapp drei Wochen!«

A. H. nickte befriedigt.

»Der Erfolg wird ein durchschlagender sein! Aber du könntest recht haben, Martin Bormann, wir werden uns vielleicht bald von hier absetzen müssen. – Kommen Sie, Pg. Köpfle, wir haben noch zu arbeiten. Wir anderen sehen uns beim Fest am Strand wieder. Du aber, Martin Bormann, wirst heute abend Gelegenheit haben, deine rassischen Vorurteile aufzugeben, ich möchte endlich auch von dir Taten sehen!«

Bormann grunzte, es war nicht zu entscheiden, ob es Ablehnung oder Zustimmung bedeutete.

*

Der fast vollgerundete Mond warf sein silbernes Licht über den von sanften Wellen bespülten, langgestreckten Palmenstrand von Hitlalone. Zwischen den königlichen hohen Bäumen, in deren Federwipfeln der Nachtwind spielte, flammten warme rötliche Feuer.

Der Führer rief – und viele, viele kamen. Sie lagerten um die flackernden Flammen, der Gamelang sang seine sehnsüchtigen melodischen Lieder, die jungen Schönen der Insel im Pazifik kicherten, lachten und tanzten, geschmückt mit den Blüten des Varinjyn-Baumes, mit weißen duftenden Kränzen, mit dem zarten und doch kraftvollen Rot des Hibiskus.

Die Augen blitzten, die Baströckchen rauschten. Seltsamschöne, klangvolle Gesänge und weiche Klänge der Saiteninstrumente begleiteten die Tänze.

Man trank, tändelte, tanzte, lächelte, lachte und liebte.

A. H. hatte freigiebig für Getränke gesorgt, auch an Speisen war kein Mangel. Der Führer selbst, den Tropenhelm neben sich, auf dem Rock das Eiabzeichen und das EK I, saß, mit dem Rükken gegen eine Palme gelehnt, umgeben von seinem Gefolge und seinen einheimischen Freunden, zu denen sich auch der Russe Iwan Olschewsky und der Inder Pillai gesellt hatten.

Die Frauen der Vertrauten des Führers bemühten sich, im Verein mit den beiden links und rechts zu seinen Seiten sitzenden japanischen Sekretärinnen, ihm jeden Wunsch von den Augen abzusehen.

Ihm gegenüber saßen Dick Fuss, der sehr nachdenklich auf die Szene schaute, und Frank Curiously, der in seinem Journalistenherzen sehr intensiv die Seltsamkeit des Schauspiels empfand. Kaum zu glauben, daß das hier derselbe Mann war, der aus kleinsten Verhältnissen dank der Dämonie seiner Persönlichkeit sich zum Führer einer der intelligentesten Nationen der Erde aufgeschwungen und sie ins Elend gestürzt, ein Meer von Blut und Tränen über sie und die Welt gebracht hatte. Und dieser furchtbare und rätselhafte Mensch, dem mit keinem Test beizukommen war, saß hier mit einem freundlichen Lächeln, sichtlich die romantische Nacht genießend! Es war abenteuerlich, es war mehr als das, es war unwahrscheinlich und geradezu gespenstisch!

Curiously konnte sich nicht länger bezähmen.

»Was empfinden Sie, Mr. Hidden?« fragte er mit Spannung. »Das muß doch auch für Sie etwas Neuartiges sein! Ganz anders, als etwa in Ihrem Teehaus oben bei Berchtesgaden.«

A. H. wandte ihm langsam das Haupt zu.

»Das Teehaus, der Adlerhorst!« sagte er schwärmerisch. »Sie ahnen nicht, was das war, mein lieber Amerikaner! Die Leistung Todts war eine einmalige! Sie haben allerlei in den USA, was imponieren mag: ein Teehaus, wie es das meine war, haben Sie nicht! Drei Jahre dauerte der Bau, er war eine Lieblingsidee von mir. Selbst ein so beherrschter Mann, wie François Poncet, den ich immer geschätzt habe, verhehlte seine Bewunderung nicht. Drei Jahre dauerte der Bau, er kostete die Kleinigkeit von einer halben Milliarde Mark…«

»Allerhand, was Sie für eine Lieblingsidee Ihrem Volk abgezwackt haben!«

Der Führer tat den Einwand mit einer geringschätzigen Handbewegung ab.

»Ich war für mein Volk unbezahlbar! Ich hätte ihm eine Welt zu Füßen gelegt, wenn es nur durchgestanden hätte! Es sind beim Bau damals auch einige Volksgenossen draufgegangen, die Arbeit war eine ungemein schwierige. Die Serpentinenstraße zu dem 1900 m hoch liegenden Adlerhorst hatte eine Länge von rund 15 km, sie war in verwegenen Windungen in den Fels gehauen. Vom unterirdischen Gewölbe führte der Fahrstuhlschacht einhundertzehn Meter senkrecht in die Höhe. Der Horst aber, weit über allen Menschen, über aller Kleinheit und Erbärmlichkeit, schien im Raume zu schweben, dem Sitz der Götter gleich! Dort oben gab mir die Vorsehung die göttlichen Inspirationen, deren Verwirklichung zuletzt auf dem beschrittenen Wege an der Unzulänglichkeit der Mittel und des mir zur Verfügung stehenden Werkzeugs scheiterte. Aber noch bin ich nicht am Ende, sondern in einem neuen verheißungsvollen Beginn. Ich sehe einen anderen, gigantischeren, hoch über der Welt aufgetürmten Adlerhorst, von dem ich sieghaft niederschauen werde, wie Wodan von Walhall, über eine, bezwungen von der Gewalt meines Geistes, unter mir liegende Welt!«

A. H. erhob sich, von der Glut seiner wildromantischen Empfindungen hingerissen, und machte einige Schritte vorwärts, seine Augen starrten hinaus auf das im Mondlicht blitzende Meer. Mit leiser Stimme sang er verzückt vor sich hin, Curiously glaubte Melodiefetzen aus dem ›Feuerzauber‹ zu erkennen. Kein Zweifel, Größenwahn, Romantik und Wagnerianismus gaben sich in dieser Minute in A. H. ein Stelldichein.

Der amerikanische Journalist schwieg. Nie war es ihm klarer als in dieser Minute gewesen, daß A. H. ein Besessener, ein keinem Vernunftgrund zugänglicher Fanatiker war, der, in seinem Wahn befangen, vor nichts zurückschrecken würde, ihn in die Wirklichkeit umzusetzen. Daß es nie und nimmer gelingen würde –, diese Erkenntnis lag diesem Hirn unendlich fern!

A. H. kehrte an seinen Platz zurück und ließ sich nieder.

Minutenlang noch starrte er schweigend vor sich hin, dann – als erwache er aus einem Traum – löste sich die harte Spannung in seinen Zügen.

Er verlangte nach etwas gebratenem Spanferkel und einigen Scheiben Ananas.

»Sehen Sie«, sagte er, mit vollen Backen kauend, »das war es, was mir vorschwebte, aber sie haben ja nicht gewollt, sie alle haben mich verraten! Die Blüte der deutschen Jugend habe ich ohne Bedauern in das Stahlgewitter des Krieges geschickt, ich täte es noch einmal, wäre ich noch der von damals! Aber was hat es genützt? Sie haben die Waffen fünf Minuten vor Zwölf niedergelegt, statt bis fünf Minuten nach Zwölf auszuharren. Nun jammern sie über die Folgen!«

Jetzt wurde es Frank Curiously zuviel.

»Sie jammern nicht, sie arbeiten, Mr. Hitler!« sagte er heftig. »Allenfalls jammern die, die so unbelehrbar sind wie Sie! Womit wollten Sie denn bis fünf Minuten nach Zwölf kämpfen? Mit Ihrer Luftwaffe, die kein Gasolin mehr hatte!? Mit Ihren Tanks, die sich aus Mangel an Treibstoff nicht mehr bewegen konnten? Mit Ihren zerstörten Fabriken, die nichts mehr produzieren konnten? Mit Ihrer Infanterie, die keine Unterstützung mehr gegen die massierten und überlegenen Waffen Ihrer Gegner hatte? Mit Ihrem Volkssturm aus Kindern und gebrechlichen Leuten mit ein paar armseligen Panzerfäusten? Mit Ihrem Werwolf, der aus ein paar armen irrgeleiteten Jugendlichen bestand? Was Sie reden, ist reiner Nonsens, Mr. Hitler!«

A. H. blickte ihn wütend an.

»Sie sind ein Rationalist«, sagte er heftig, »mit Ihnen kann man nicht diskutieren. Sie vergessen, daß es irrationale Kräfte gibt, die dem Unbeugsamen zuletzt den Sieg schenken! Aber das haben Sie alle nicht begriffen!«

Er wurde wieder ruhiger.

»Aber was soll ich mit Ihnen disputieren? Es ist, wie es ist, aber ich sage Ihnen: Der Endsieg wird mein sein! Mein Kampf ist gescheitert, mein Friede aber wird sich durchsetzen, und sollte ich jeden ausrotten müssen, der sich ihm widersetzt!«

»Gut, gut«, sagte der Journalist beschwichtigend, der sich auf keine weiteren Auseinandersetzungen mit A. H. mehr einzulassen wünschte. »Überlassen wir das der Zukunft. Es ist wohl gescheiter, den Abend zu genießen.«

»Die Zukunft gehört dem Frieden«, sagte A. H. beistimmend. »Aber es wird mein Frieden sein! Alle Waffen, alle alten diplomatischen Mittel haben sich totgelaufen, man muß etwas Neues finden. Und ich allein habe es gefunden!«

»Of course, die internationale Vermischung«, sagte Curiously trocken. »Aber Mr. Bormann scheint davon immer noch nicht überzeugt zu sein. Und das spricht nicht gerade für Sie, Mr. Hitler!«

A. H. sah ihn starr an. Curiously sah, wie es in dem Führer arbeitete.

»Bormanns Zögern ist ein für mich nicht sprechendes!« wiederholte A. H., als spräche er zu sich selbst. Es schien, als lausche er eine Minute den Worten nach. Dann nickte er so heftig, daß die Stirnlocke flog.

»Beim Ei!« sagte er grimmig. »Mir scheint, Sie haben damit nicht unrecht! Praktisch läuft Bormanns Verhalten auf eine Sabotage hinaus! Ich werde ihn lehren, was er zu tun hat!«

Sein Auge suchte den Stellvertreter, der sich eben ein großes Glas Raki einverleibte.

»Martin Bormann!« schrie A. H. wild.

Bormann zuckte zusammen, der Ton wirkte auf ihn alarmierend. Schnell erhob er sich, so rasch, wie es sein massiger Körper gestattete, und eilte zu A. H.

»Ei, Adolf«, sagte er mit leicht schwankender Stimme. »Was ist los?«

Der Führer maß ihn mit einem zornigen Blick.

»Lange genug habe ich auf unsere – äh, Freundschaft Rücksicht genommen, aber meine Langmut hat ein Ende! Du kennst die Parteirichtlinien!«

»Ganz klarer Fall«, sagte Bormann gemütlich.

A. H. richtete sich majestätisch auf.

»Meine Geduld ist am Ende! Ich, als dein Führer, befehle dir, noch heute nacht eine Vermischung zu vollziehen! Ich gebe dir eine halbe Stunde Zeit! Du meldest dich mit deiner Erwählten innerhalb dieser Frist bei mir! Nichtbefolgung meines Befehls ist Sabotage! Du weißt, was dich dann erwartet! Ich werde mich davon überzeugen, daß du dich vor deiner Verpflichtung nicht drückst! Fort mit dir!«

»Ei, ei, Adolf, was ist denn los?« sagte Bormann, aber man sah ihm an, daß er eingeschüchtert war. »Natürlich, wenn du meinst –, ich meine, wenn es absolut sein muß…«

»Keine Einwendungen«, sagte A. H. mit Härte. »Ich lasse auch von dir meine Geduld nicht mißbrauchen! Der Führer befiehlt, was das Parteiprogramm verlangt. Fort mit dir! In spätestens einer halben Stunde bist du wieder hier, oder du sollst mich kennenlernen!«

Bormann schnaufte. Er setzte zu einer Entgegnung an, unterließ sie aber, er wußte, daß jeder Widerspruch den Führer zu einem seiner furchtbaren und maßlosen Wutausbrüche hingerissen hätte. So war es besser, zunächst einmal zu verschwinden.

Wie immer, wenn seinem Befehl gehorcht wurde, beruhigte sich A. H. bald.

»Das Schwein«, sagte er, »immer hat er sich als des Führers großer Freund aufgespielt, aber wenn es darauf ankommt, will er sich drücken!«

Er setzte sich wieder bequem und begann unvermittelt über Musik zu reden.

Das Fest am Strand nahm seinen Fortgang. Die von A. H. ausgegebene Parole, mit aller Ausgelassenheit zu feiern, und der Genuß des überreichlich gespendeten Alkohols führte allmählich dazu, daß es zu gewissen Zügellosigkeiten kam.

A. H. war nicht anzumerken, ob er mit dieser Entwicklung einverstanden war oder nicht, aber Dick Fuss bekam allmählich ernste Bedenken. Er entfernte sich unauffällig, um Colonel Lauerke zu benachrichtigen. Eine Stunde später erschien eine Truppenabteilung und beendet das ausgelassene Fest mit Gewalt.

A. H. beschränkte sich auf eine kurze Bemerkung:

»Damit werden Sie sich beliebt machen! Aber mir ist es recht so.«

*

Colonel Lauerke war äußerst verwundert, als ihm am nächsten Tage A. H. gemeldet wurde. Er empfing ihn nicht ohne Neugier und erkundigte sich nach seinem Begehren.

»Ich bin gekommen«, erklärte der Führer, »um Beschwerde zu erheben! In dem von mir und in dem von Martin Bormann bewohnten Hause haben gestern, während unserer Anwesenheit beim Fest, Durchsuchungen stattgefunden. Eine Anzahl von Aufzeichnungen sind gewaltsam entfernt worden. Ich verlange deren Rückgabe und erhebe gegen Ihr Vorgehen Protest.«

Der Colonel sah ihn ärgerlich an.

»Sie können Ihre Papiere wiederhaben«, sagte er ruhig. »Ihr Protest wird zurückgewiesen. Ich halte Ihnen folgendes vor: Seit Ihrem Eintreffen in Hitlalone haben Sie diese kleine friedliche Insel in wachsende Unruhe versetzt. Es sind Dinge geschehen, wie sie sich hier vorher niemals ereigneten. Große Teile der Bevölkerung, mit denen wir vorher auf dem besten Fuße standen, blicken meine Soldaten und mich mit scheelen Augen an, eine gewisse Feindseligkeit ist unverkennbar. Mir ist zu Ohren gekommen, daß gewisse Geschäfte eine Zeitlang systematisch boykottiert worden sind, bis die Inhaber sich entschlossen haben, Ehen mit Andersrassigen einzugehen. Über die Motive dazu sprechen sich die Betreffenden nicht aus, aber ich glaube Grund zu der Annahme zu haben, daß Ihre verrückte Mischtheorie dahinter steckt. Überall sieht man kleine Abzeichen mit dem Ei. Nun kann ich die Leute zwar nicht hindern, sich an den Rock zu stecken, was ihnen beliebt, aber ich habe den Verdacht, daß es sich hierbei um eine Organisation handelt. Jede Organisation aber bedarf unserer Genehmigung. Sie haben dieses lächerliche Organ, den ›Mixpickle‹ vervielfältigt herausgegeben. Es war ein Fehler von mir, das zu dulden, denn ich habe die Feststellung gemacht, daß eine Anzahl von Exemplaren unbekannt wohin verschwunden sein muß. Sie werden den ›Mixpickle‹ keinesfalls mehr herausgeben, Sie werden mir Aufklärung darüber geben müssen, wohin die fehlenden Exemplare geraten sind! Nicht genug damit, daß Sie auf Hitlalone eine Atmosphäre der Beunruhigung und Feindseligkeit gegen uns erzeugt haben, auch auf den anderen Inseln der Gruppe sind ähnliche Erscheinungen zu beobachten. Sie haben eine beträchtliche Summe vom ›Globe‹-Konzern erhalten und ich frage Sie, was Sie mit dem Gelde angefangen haben. Äußern Sie sich, Mr. Hidden.«

A. H. blickte ihn zornig an.

»Das Geld, das ich vom ›Globe‹-Konzern als Vorauszahlung auf eine von mir zu leistende Arbeit erhalten habe, stammt nicht aus staatlichem amerikanischen Besitz, es ist mein Privatbesitz, über den ich keine Rechenschaft abzulegen brauche. Alle anderen Vorwürfe kann ich in Bausch und Bogen abtun, sie stellen nur Verdächtigungen dar. Wenn Sie mir einen Beweis liefern können, daß ich eine verbotene Organisation aufgezogen habe, dann tun Sie das. Was die Bevölkerung von sich allein tut, weil ihr die von mir vertretenen Ideen des Friedens und der Vermischung sympathisch sind, ist ihre ureigenste Sache. Jeder Mensch hat das Recht auf seine freie Meinung.«

Colonel Lauerke war schwer verärgert.

»Sie sind der Richtige, die freie Meinung zu vertreten!« rief er erregt. »Sie haben das Glück, daß ich Ihnen keine Beweise direkter Art vorlegen kann, aber ich werde Sie jetzt anders unter die Lupe nehmen als bisher! Das große Ei wird entfernt, das Eiabzeichen eingezogen. Und Sie warne ich, verhalten Sie sich hübsch ruhig und tun Sie, was Ihnen aufgetragen worden ist. Jede Regung darüber hinaus werde ich zu unterbinden wissen. Wo sind die fehlenden ›Mixpickle‹ geblieben?«

Der Führer zuckte die Schultern.

»Das entzieht sich meiner Kenntnis«, sagte er. »Ich habe selbst heute noch keine Ahnung, wo alle Exemplare des ›Völkischen Beobachters‹ geblieben sind, irgendwo, eine Zeitung wandert manchmal weit.«

»Ich verbitte mir Ihre Frechheit!« schrie der Colonel, mit der Hand auf die Tischplatte schlagend. »Wir werden das herausbekommen, aber wehe Ihnen, wenn ich Ihnen nachweisen kann, daß Sie mit dem Auslande in Verbindung stehen.«

A. H. antwortete nicht und die Unterredung fand ihr Ende.

A. H. kam ziemlich erregt in sein Haus zurück und ließ Bormann, Köpfle und Rosenberg zu sich rufen, um ihnen über den Inhalt der Unterredung mit Colonel Lauerke Aufschluß zu geben.

»Sie haben nichts Beweiskräftiges gefunden, weil wir vorsichtig genug waren, unsere Mitgliedslisten und das Verzeichnis der Außenstellen bei unserem Freund Keigo Sutomi zu verwahren. Aber mir scheint äußerste Vorsicht geboten. Außerdem steht zu befürchten, daß man unsere Tätigkeit hier unerträglich einengen wird. Wie Pg. Bormann bereits kürzlich zum Ausdruck brachte, dürfte es an der Zeit sein, Hitlalone zu verlassen und uns nach Südamerika zu begeben. Wie weit sind die Verbindungen mit unseren dortigen Freunden hergestellt?«

»Die Sache liegt in den Händen von Li Yün«, gab Dr. Köpfle Auskunft. »Ich erwarte in den nächsten Tagen Bericht, muß allerdings darauf aufmerksam machen, daß Li Yün wieder dreitausend Dollar angefordert hat. Ich fürchte, er wird erst dann weiter arbeiten, wenn er den Betrag erhalten hat.«

A. H. krauste die Stirn. Das Geld würde knapp werden, man mußte versuchen, aus dem ›Globe‹-Konzern einen neuen Vorschuß zu erhalten. So lästig es war, man würde arbeiten müssen, um wieder einen Teil des Manuskriptes vorweisen zu können. Dieser Curiously hatte die unangenehme Eigenschaft, gewissenhaft nachzuprüfen, ob tatsächlich Neues erarbeitet worden war. Aber vielleicht konnte man ihn mit einer anderen Idee gewinnen.

A. H. überlegte angestrengt und kam zu einem Entschluß. Unverzüglich ließ er Frank Curiously zu sich bitten.

Wie immer, wenn A. H. etwas durchzusetzen beabsichtigte, war er auch diesmal von gewinnender Liebenswürdigkeit.

»Mein lieber Mr. Curiously«, begann er, nachdem der amerikanische Journalist Platz genommen hatte, »Sie werden der einzige Zeitungsmann sein, der nach meinem Ableben aus eigener Erfahrung über mich und meine letzten Lebensjahre wird schreiben können. Sie haben den unschätzbaren Vorteil gewonnen, das Alleingestaltungsrecht auf Band 2 des Werkes ›Der Führer wie ihn keiner kennt‹ zu erhalten. Aber mir ist ein weiterer Gedanke gekommen: Was halten Sie für eines meiner charakteristischsten Merkmale?«

Frank Curiously sah ihn mit einem vergnügten Lächeln an.

»Sie haben so viele charakteristische Merkmale, daß man überhaupt kein Ende damit finden kann! Worauf wollen Sie hinaus?«

Der Führer legte ihm jovial die Hand auf die Schulter.

»Sehen Sie«, sagte er, »wenn mein neues Werk ›Mein Frieden‹ erscheint, wer bürgt dafür, daß es nicht, weil man ja die Fiktion meines Todes aufrecht erhält, eines Tages als eine Fälschung erklärt wird? Was ich Ihnen vorschlage, ist die Lieferung eines unwiderleglichen Beweises durch Sie, daß ich lebe. Sie werden einen Tonfilm von mir drehen, eine filmische Tatsachenreportage. Ich übergebe Ihnen das Alleinrecht an diesem Film. Sie werden

Millionen Dollar damit verdienen. Um Ihnen entgegenzukommen, werde ich die Sache billig machen. Glauben Sie, daß Sie die nötigen Mittel dazu auftreiben können?«

Curiously überlegte, die Idee war gut, mit einem solchen Film war Geld zu machen. Freilich, es würde nicht ohne den ›Globe‹-Konzern gehen, aber mit dem war eine Abmachung möglich, die auch ihn, Frank Curiously, voll auf seine Rechnung kommen lassen würde.

»Gut, Mr. Hitler«, sagte er, »ich werde an Mr. Pennymaker schreiben, sie werden sicherlich Dan Yoker schicken, den Sie ja schon kennen. Inzwischen werde ich die diesbezüglichen Abmachungen zwischen Ihnen und mir skizzieren.«

»Die Bedingung ist natürlich«, sagte der Führer befriedigt, »daß auch eine Vorschußzahlung geleistet wird. Ich muß die Sicherheit haben, daß nicht eines Tages die Filmarbeit als eine unvollendete endet.«

Frank Curiously sah hierin keine Schwierigkeit und verabschiedete sich eilig, um seinen Brief an Mr. Pennymaker zu schreiben. Anschließend betrachtete er sich die Aufnahmen, die er vom gestrigen Fest gemacht hatte. Das Bild mit A. H. am Fuße der Palme, das Glas mit Palmwein in der Hand und die beiden exotisch-schönen japanischen Sekretärinnen links und rechts war wirklich attraktiv. Der Führer mit Asia, Amerikus und Europus auf den Armen war geradezu unbezahlbar!

*

Folgendes geschah ungefähr zur gleichen Zeit. Wir müssen es, der besseren Übersicht wegen, in einzelnen Szenen wiedergeben:

Szene im Kreml, anwesend das Staatsoberhaupt, der Kriegsminister, andere politische Spitzen. Vorliegend ein Protokoll, dem wir folgendes entnehmen:

Aussage des Rotarmisten Iwan Sostchenkow:

»Siehst du, Genosse Kommissar, er sagte mir, alles Leben sei aus dem Ei hervorgegangen, auch das Leben von unserem großen Väterchen. Verstehst du, Genosse Kommissar, ich stamme von einem Bauernhof und also weiß ich, daß das mit dem Ei stimmt. Und er sagte mir weiter, alle Menschen wären gleich, was ja auch unser großes Väterchen immer sagt, und alle müßten den Frieden hochhalten und alle Menschen lieben. Aber mit der Waffe in der Hand diene man dem Frieden nicht, sondern eine Waffe sei immer eine Bedrohung. Wir täten also besser, wenn wir alle die Waffe weglegten und nach Hause gingen. Und daß das richtig ist, Genosse Kommissar, das siehst auch du sicher ein. Er gab uns allen das kleine Ei-Abzeichen. Und so sind denn die Genossen Krilenkow und Antonowitsch und Maklakow und alle die anderen mit mir zusammen nach Hause gegangen. Und warum das nun, wo es doch nur des Friedens wegen geschehen ist, bestraft werden soll…«

»Es handelt sich hierbei offenbar um eine raffinierte imperialistische Propaganda, die auf den friedlichen Geist und die Gutgläubigkeit spekuliert«, sagte der Kriegsminister. »Aus einer beunruhigend großen Anzahl von Garnisonen liegen ähnliche Nachrichten vor. Wir haben alles getan, um mit rücksichtsloser Schärfe diese Zersetzung zu unterbinden. Einige der Verbreiter dieser gefährlichen Propaganda sind festgesetzt worden, die Spuren weisen nach dem Auslande. Das Schlimmste ist, daß die Propaganda ihren Ausgang von einer Internationalsozialistischen Partei nehmen soll und daß sie mit der Behauptung verbunden ist, Adolf Hitler lebe noch.«

Szene in Bonn, Wehrdienststelle. Anwesend der Beauftragte der Bundesrepublik für Wehrdienstfragen und sein Stab.

Aus den Ausführungen des Berichterstatters: »…so sich die Fälle gemehrt, in denen zuvor Wehrdienstwillige sich jetzt darauf berufen, daß der Frieden das einzig richtige und jeder Wehrdienst nur geeignet sei, ihn zu gefährden. Die in den Protokollen aufgeführten Gottlieb Schulz, Erich Hammerschmidt, Hans Müllow, Erwin Steinke usw. usw. bekundeten übereinstimmend, daß sie einer neuen Bewegung beigetreten seien, die sich Internationalsozialistische Partei nenne, deren Parteiabzeichen ein Ei, deren Parteiprogramm der Friede durch internationale Vermischung sei. Es wurde Schriftmaterial beschlagnahmt, Mitgliederlisten, Propagandaanweisungen und auch ein Exemplar einer vervielfältigten Zeitschrift mit dem Titel ›Mixpickle‹. Alle erklärten übereinstimmend, daß diese Internationalsozialistische Partei von Adolf Hitler geführt werde, der noch lebe. Die Ermittlungen sind noch im Gange.«

Szene London, Kriegsministerium. Anwesend der Premier, der Kriegsminister, Mitglieder des Stabes.

Aus den erfolgten Mitteilungen: »…aus den Kreisen der Truppe selbst diese merkwürdigen Beeinflussungsversuche zur Kenntnis gebracht, die unverkennbar auf Aufforderung zur Desertation hinauslaufen. Das beiliegende vervielfältigte Blatt ›Mixpickle‹ wurde beschlagnahmt und an der bezeichneten Adresse eine kleine Gruppe ausgehoben. Die Verhafteten erklärten, nachdem sie auf Grund des sichergestellten Materials nicht leugnen konnten, Mitglieder der vom Führer selbst geleiteten Internationalsozialistischen Partei zu sein, die jetzt im Zeichen des Eis für den Frieden durch Gewaltlosigkeit auf dem Wege der internationalen Vermischung kämpfe. Adolf Hitler lebe noch, sein genauer Aufenthaltsort sei ihnen jedoch nicht bekannt. Es sei bei ihnen mit einem speziellen Auftrag des Führers Adolf Hitler ein Beauftragter erschienen, der sie als alte Mitglieder…«

*

Ähnliches ereignete sich in einer Reihe von anderen Ländern. Obwohl die Vorfälle geheimgehalten wurden, sickerte dennoch einiges durch und in zahlreichen Zeitungen tauchten Andeutungen auf, daß Adolf Hitler nicht tot sei, sondern sich wieder bemerkbar mache. Genaues wurde allerdings nicht angegeben, aber die Regierungen wurden aufgefordert, die aufgekommenen Gerüchte sorgsam zu beachten und sie gründlich auf ihren Wahrheitsgehalt zu prüfen.

*

A. H. hatte alle Aktivität auf Hitlalone und der hawaiianischen Inselgruppe abgestoppt, nachdem ihn die Unterredung mit Colonel Lauerke über die Gespanntheit der Lage belehrt hatte. Er beschwerte sich bei Frank Curiously mit beredten Worten darüber, daß man ihn verdächtige.

»Wir haben«, so sagte er zu dem Journalisten, »immer in der Legalität gestanden. Auch mein Handeln auf Hitlalone ist ein durchaus legales. Natürlich muß es mir unbenommen sein, meine Meinung auszusprechen. Wenn sich die Leute diese Meinung zu eigen machen, so ist diese Haltung mir zweifellos eine sympathische, aber es sollte darauf Rücksicht genommen werden, daß ich niemand zu meinen Ideen zwinge. Wir sind in Deutschland auf legalem Wege zur Machtergreifung gekommen…«

»Halt, halt!« unterbrach ihn der Journalist. »Sie haben eine Partei verboten, Sie haben gleichzeitig mit Drohungen gearbeitet, um so zu Ihrem Ermächtigungsgesetz zu kommen! Und Sie haben sich keinen Pfifferling darum geschert, daß dieses Ermächtigungsgesetz auf einige Jahre beschränkt war.«

A. H. lächelte tückisch.

»Wenn ich mich recht erinnere, ist die KP auch in anderen Staaten verboten worden? Außerdem hatte sie in Deutschland den Reichstag angesteckt und damit das Signal zum blutigen Aufruhr gegeben.«

»Diese Darstellung halten Sie also immer noch aufrecht?« fragte Curiously.

A. H. lächelte verschmitzt.

»Ist etwa eine andere bewiesen worden? So stellten sich die Dinge offiziell dar, sie paßten mir ausgezeichnet und dementsprechend handelte ich. Die Politik ist die Kunst des Möglichen. Und daß das damals mit der Brandstiftung möglich war, ist schließlich die Schuld der KPD gewesen. Bei dieser Darstellung werde ich immer bleiben, das ist mein gutes Recht. Und das Ermächtigungsgesetz war legal.«

»Und das war auch legal, daß Sie dann die SPD verboten, überhaupt jede Opposition mundtot machten?«

A. H. vollführte eine wegwerfende Handbewegung.

»Es gibt einen Ausspruch des byzantinischen Feldherrn Narses, der die Dinge beim rechten Namen nennt: Wer die Übermacht besitzt und sie nicht gebraucht, verdient nicht, sie zu haben! – Wann beginnen wir mit den Aufnahmen zu dem Film?«

Dem Journalisten war der Themawechsel willkommen, jede politische Diskussion mit A. H. war zur Fruchtlosigkeit verurteilt.

»Mr. Yoker wird morgen eintreffen, dann können wir beginnen.«

Später saß Adolf Hitler mit Pg. Köpfle zusammen, um gewissermaßen Bilanz zu ziehen.

»Wie steht es um unsere Organisation?« fragte er.

»Gut, mein Führer. Unsere Anhängerschaft auf Hitlalone und den Inseln ist zuverlässig, die Idee wird bei Einzelbegegnungen und in kleineren und größeren Zusammenkünften unermüdlich verbreitet. Die von Pg. Bormann errichtete Gestapo hat in den Fällen, wo Handlungen unserer Anhänger auf tätlichen Widerstand stießen, so z. B. bei Boykotten reinrassiger Geschäfte, gute Arbeit geleistet. Die Leute, in der Mehrzahl Japaner, und, wie sich versteht, stets ohne Ausweis und Abzeichen arbeitend, verfahren stets nach dem bewährten Rezept der Herausforderung der Andersdenkenden, sie werden beleidigt und bei Widerspruch in der sich entspinnenden Prügelei niedergeschlagen. Stets arbeiten unsere Gestapomänner in Gruppen von dreien und vieren, so daß sie jederzeit füreinander Zeugnis ablegen und aussagen können, der den Streit vom Zaun brechende sei der Angegriffene gewesen. Das System bewährt sich vorzüglich.«

»Sehr gut«, sagte der Führer nickend.

»Es ist uns auf diese Weise gelungen, mein Führer, die erforderliche Autorität zu erlangen. Unsere Erfolge sind sichtbare, auch in der Rassenverschmelzung. Morgen z. B. findet die Vermählung eines gewissen Rodriguez mit der Hawaiianerin Kinau statt, wir haben auch in dieser Hinsicht erfreuliche Fortschritte gemacht.«

A. H. aß mit Behagen eine Süßkartoffel.

»Fahren Sie fort«, sagte er zufrieden.

»Die Organisation der Ortsgruppen hat sich erstaunlich gut entwickelt. In allen bedeutenden Ländern sind wir vertreten, die Verbindungen mit uns ideologisch nahestehenden Parteigebilden ist ebenso aufgenommen worden, wie die mit unseren alten Parteigenossen. Wenn wir auch, entsprechend Ihren Anweisungen, mein Führer, aus Vorsichtsgründen Ihren Aufenthaltsort noch verschwiegen haben, so scheint mir doch sicher, daß die Autorität Ihrer von hier ausgehenden Anweisungen überall unbestritten ist. Es scheint nun erforderlich zu sein, Ihnen, mein Führer, und der Partei zur Erzielung einer größeren Breitenwirkung durch Domizilwechsel breiteren Spielraum zu verschaffen. Fu Yen, bei dem in etwa drei Wochen zwei beauftragte Parteigenossen aus Südamerika eintreffen werden, empfiehlt bis dahin starke Zurückhaltung, damit die Vorbereitungen zur reibungslosen Übersiedlung ungestört vor sich gehen können.«

»Wir werden uns entsprechend verhalten, es ist notwendig, das wachgewordene Mißtrauen von Colonel Lauerke und diesem Mr. Fuss einzuschläfern. Veranlassen Sie, daß sich auch die Außenstellen in den nächsten Wochen ruhig verhalten. Ich danke Ihnen.«

»Ei, mein Führer.« Pg. Köpfle, der so verabschiedet war, erhob sich und verließ den Raum.

Martin Bormann, der schon draußen gewartet hatte, trat in das Zimmer und ließ sich ohne Gruß breitbeinig auf dem Stuhl gegenüber des Führers Schreibtisch nieder.

Er warf einen mißbilligenden Blick auf des Führers Süßkartoffel und sagte:

»Ich verstehe nicht, wie man diesen Mist fressen kann, aber du hast ja immer einen perversen Geschmack gehabt! Dieser ganze amerikanisch-exotische Fraß hier hängt mir zum Halse raus. Es wird höchste Zeit, daß wir uns in eine rindviehreichere Gegend absetzen, die Jungs haben da unten eine ganz hübsche Viehzüchterei und einen eigenen Schlachthof. Wann wird die Reise losgehen?«

»Brüll nicht so!« fuhr ihn der Führer an. »Ich glaube zwar, daß Nobu Suzuki zuverlässig ist, aber sie braucht nicht alles zu hören.«

Er nahm sich eine neue Süßkartoffel und zerkaute sie mit heftigen Kieferbewegungen.

»Die ganze Sache hat keine großen Schwierigkeiten«, sagte Bormann, »mit den vier Posten werden wir schon fertig. Iwan Olschewski wird das Erforderliche besorgen. Da du so zimperlich geworden bist, werden wir sie nicht auslöschen, sondern sie für die paar Stunden, die wir brauchen, nur außer Gefecht setzen. Das ist ein Kinderspiel. Wie ist das, willst du die kleine Braune und deine drei Erdteile mitnehmen? Ich denke, du läßt sie besser hier.«

»Mao bleibt in Hitlalone«, sagte A. H. bestimmt, »die drei Kinder aber sind Symbole, sie werden mitgenommen, ebenso das Ei auf dem Platz draußen, um das sich bereits Tradition rankt. Du, scheint mir, hast nichts mitzunehmen, da du deiner Vermischungspflicht immer noch nicht nachgekommen bist.«

Bormanns Gesicht zeigte Resignation.

»Liegt nicht an mir«, sagte er, »mich wollte keine, ich habe mir an dem Festabend Mühe gegeben, aber sie sind alle weggelaufen. Wird sich schon noch finden, wenn ich wieder an den Fleischtöpfen sitze.«

*

Die Beziehungen zwischen A. H., seinen Leuten und ihren amerikanischen Bewachern besserten sich. Der Colonel bemerkte mit Befriedigung, daß es auf Hitlalone wieder ruhiger geworden war.

Er hatte das große Ei von seinem Platz entfernen lassen, aber es A. H. auf dessen Bitte übergeben. Nun stand es in der Halle des Hauses, wo es schließlich keinen Schaden anrichten konnte. Daß so A. H. der Mühe enthoben worden war, das traditionelle Ei, das er nach Südamerika mitzunehmen gedachte, von seinem Standplatz fortnehmen zu müssen, konnte der Colonel nicht wissen.

Daß das Verhältnis zwischen den Amerikanern und den Anhängern des großen Eis wieder freundlicher geworden war, resultierte hauptsächlich aus den Bemühungen von Dan Yoker und Frank Curiously, einen recht interessanten Film mit A. H. zu drehen. Der Führer gefiel sich in der Rolle des Filmhelden. Er nahm die Sache sehr ernst und bewies, daß er ein recht begabter Schauspieler war. Der Film zeigte ihn an seinem Arbeitstisch in ernsten Unterredungen mit Dr. Köpfle und Max Rosenberg. Man sah den Führer, ein Zuckerrohr in der Hand, in seinem Arbeitszimmer auf und ab schreiten und Nobu Suzuki diktieren. Die intelligente und hübsche Japanerin zeigte lächelnd die Zähne und bedachte ab und zu Adolf Hitler mit einem Blick, der starke Zuneigung verriet. Der Führer hatte an ihr offenbar eine Eroberung gemacht, von der er jedoch nichts zu ahnen schien. Andere Aufnahmen zeigten ihn mit Mao auf der Veranda, mit langgestrecktem Zeigefinger der Reihe nach Asia, Amerikus und Europus am Halse kitzelnd. Oder der Führer wanderte mit seinen Vertrauten einen Palmenstrand entlang, ab und zu stehenbleibend und sich mit einer Palme oder einer angespülten Muschel beschäftigend und den aufmerksam Lauschenden gewichtige Erklärungen gebend. Man sah ihn einsam am Strande sitzen, den Zeichenblock in der Hand, und eines jener Werke anfertigen, mit denen sich einen Namen zu machen er leider versäumt hatte. Viele Bilder waren es, die A. H. auf Hitlalone für künftige Geschlechter festhielt.

Colonel Lauerke war bei den Aufnahmen oft zugegen, vermied es aber peinlich, mit auf den Streifen zu kommen.

»Was in aller Welt«, sagte er zu Dan Yoker, »versprechen Sie sich von dem Film? Wenn Sie diesen friedlichen Familienvater bei der Arbeit und bei seinen Liebhabereien zeigen, und nur bei dem, übermitteln Sie ein ganz falsches Bild. Was also soll das Ganze?«

Dan Yoker sah ihn etwas betreten an, die Bemerkung war zweifellos richtig.

»Es ist wie im Panoptikum«, sagte er schließlich. »Wenn Sie da eine Figur sehen, dann hat das auch nur einen Sinn, wenn Sie wissen, was der in Wachs Nachgebildete einmal getan hat. Aber die Leute sehen sich die Figuren doch an, es ist eben von Interesse und bringt auch Geld ein. Schließlich würde ich ihn auch lieber filmen, wenn er in irgendeiner heftigen Aktion wäre, aber wir können ja hier keinen Krieg mit ihm anfangen.«

Colonel Lauerke zuckte die Achseln und gab keine Antwort.

Als er sich entfernt hatte, meinte Frank Curiously:

»Ob man so etwas nicht doch inszenieren könnte? Der Colonel hat recht, die ganze Geschichte ist zu friedlich. Ich gäbe was drum…«

Er unterbrach sich, er scheute sich vor dem Aussprechen seiner Gedanken. Aber Dan Yoker verstand ihn auch so. Es ging ihm wie Curiously, eine Sensation im Zusammenhange mit A. H. wäre ihm sehr willkommen gewesen. Er dachte so lebhaft darüber nach, daß er schließlich zu A. H. sagte:

»Schade, daß Sie hier auf diesem friedlichen Eiland leben. Ich meine, das ist natürlich gut für die Welt, aber wenn ich Ihnen irgendwo mit meiner Kamera begegnet wäre, wo Sie kräftig etwas anstänkerten, wäre mir das vom filmischen Standpunkt aus lieber gewesen.«

Frank Curiously nickte in lebhafter Zustimmung.

»Mir auch«, sagte er, »vom Journalistischen her gesehen. Ich würde Ihnen darüber Dinge schreiben, die erstklassig wären! Auf die Dauer wird es hier langweilig. Das große Ei ist eine zu friedliche Sache.«

A. H. blickte die Beiden lange ernst und nachdenklich an.

»Das könnte sich ändern«, sagte er langsam. »Wenn es Ihnen

wirklich ernst damit wäre, könnten Sie möglicherweise noch einige Sensationen mit mir erleben. Aber leider werde ich mich Ihrer nicht bedienen können, so gern ich zwei so ausgezeichnete Fachleute wie Sie gewinnen würde.«

»Im Ernst, Mr. Hitler?«

»Ich scherze nie«, entgegnete A. H. kurz.

Damit endete diese Unterredung, die noch wesentliche Folgen haben sollte.

*

Drei Wochen vergingen, ohne daß sich etwas von Bedeutung ereignete. Der Film war gedreht und wohl verwahrt, aber weder Dan Yoker noch Frank Curiously hatten den Eindruck, eine Großleistung vollbracht zu haben. A.H. jedoch, dem man den Film hatte vorführen müssen, zeigte sich außerordentlich befriedigt. Er drängte darauf, eine Kopie des Films zu erhalten, der, so sagte er, wie nichts anderes geeignet sei, den Friedenswillen des Führers und die Kraft des großen Eis zu demonstrieren. Aber Dan Yoker und Curiously mußten ihm seine Bitte abschlagen, obwohl sich der Führer schließlich zu dem Angebot einer beträchtlichen Summe verstieg.

Der amerikanische Journalist und der Filmmann weilten oft in A. H.'s Gesellschaft. Die Gelegenheit, mit einem so seltsamen Menschen zusammenzusein, würde sich nicht wieder bieten. So rechtfertigten sie ihre häufigen Besuche im Hause A. H.'s vor sich selber, sowie Colonel Lauerke und Mr. Dick Fuss gegenüber. Aber in Wirklichkeit unterlagen sie, ohne sich dessen voll bewußt zu sein, der irgendwie magischen Dämonie Hitlers, die sich auch auf Hitlalone keineswegs verloren hatte, sondern die neue Impulse von der Idee bezog, der er sich mit dem ihm eigenen Fanatismus ununterbrochen widmete.

Da alles ruhig geblieben war und A. H. nur seine Arbeiten zu fördern, sonst aber nichts irgendwie Bedenkliches zu unternehmen schien, sah Colonel Lauerke keinen Anlaß, gelegentliche Besuche Hitlers bei Fu Yen, Li Yün oder Keigo Sutomi zu unterbinden.

Ab und zu war dann auch der Colonel unvermutet aufgetaucht, aber er hatte nie etwas Verdächtiges wahrgenommen. Drei- oder viermal waren die asiatischen Freunde des Führers, wenn sie sich zu diesem Besuch begaben, in aller Höflichkeit visitiert worden, aber nie hatte sich etwas ergeben, was zum Einschreiten genötigt hätte.

Das von A. H. lange erwartete Auftauchen seiner beiden Parteigenossen aus Südamerika vollzog sich in Formen, die des Colonels Mißtrauen nicht wecken konnten.

Wir nennen aus naheliegenden Gründen den Staat nicht, aus dem sie kamen, wir begnügen uns damit, ihn als das Land X. zu bezeichnen.

Die beiden alten Pg's, ehemals hohe Chargen in der SS, lebten dort seit vielen Jahren. Sie hatten zu den Ersten gehört, die unter Mitnahme sehr beträchtlicher im Auslande und in Deutschland zusammengeplünderter Summen nach X. entkommen waren. Mit der Zeit hatte sich in Deutschland unter den alten Pg's herumgesprochen, daß X. eine Art Dorado für sie war. Den zielbewußten Bemühungen der beiden SS-Chargen verdankte die deutsche Kolonie, oder besser die Nazi-Kolonie, in X. einen raschen Aufstieg, sowohl was die Kopfzahl als auch die wirtschaftlichen Verhältnisse anbetraf. Man hatte diese Kolonie mit wohlwollender Duldung der X.'schen Regierung zu einem kleinen SS-Staat im Staate ausgebaut, mit der Verpflichtung allerdings, gegen die Gesetze von X. nicht zu verstoßen und sich diesem Lande gegenüber als loyale Staatsbürger zu beweisen.

Man hatte ausgezeichnete Verbindungen nach Deutschland, die bis zu sehr einflußreichen Stellen reichten, man unterhielt enge Beziehungen zu allem, was faschistisch und neofaschistisch in der Welt war. Vorerst war man bestrebt, den SS-Staat in X. immer weiter auszubauen. Kam es aber eines Tages, wie man hoffte und glaubte, zu einer nationalsozialistischen Wiedergeburt in Deutschland, so würde man da sein, mit einer wohlgefügten, stoßkräftigen Organisation und mit recht bedeutenden finanziellen Mitteln.

Da man sich natürlich nicht nur mit militärischen Spielereien befassen konnte, sondern aus alten SS-Zeiten her einen ausgeprägten Sinn für die Gewinnung von Geld und Wirtschaftsmacht hatte, betätigte man sich natürlich auch in zivilen Berufen und hatte auch auf diese Weise eine Anzahl sehr schützenswerter Verbindungen mit Persönlichkeiten des Ex- und Imports im Auslande gewonnen.

Jetzt also weilten zwei Abgesandte des SS-Staates im Lande X. auf der Insel Hitlalone. Sie waren im Besitz hervorragender falscher Papiere, die sie als Holländer auswiesen. Sie beherrschten die holländische Sprache, sie sprachen ausgezeichnet Englisch, sie hatten von Geschäftsfreunden Empfehlungen an Fu Yen, ihr Auftauchen in Hitlalone also konnte nicht den geringsten Verdacht erregen.

An dem verabredeten Abend, als A. H. bei Fu Yen weilte, erschienen sie unauffällig und unbemerkt ebenfalls.

Als die Mijnhers van Haalen und van Meulen, in Wirklichkeit die alten SS-Männer Joachim zum Bergk und Karl Killdisch, eintraten, erhob sich A. H. Er hatte diesmal, um Colonel Lauerke nicht zu ärgern, das Ei-Abzeichen nicht angelegt, er trug nur das EK I. Die beiden alten Pg.'s erkannten ihn sofort. Sie waren in elegantem Zivil, aber als sie sich nun zusammenrissen, den rechten Arm steil aufgereckt in die Luft stoßend und die Hacken zusammenknallend, war ihnen, als stünden sie wieder in der schwarzen Uniform vor dem Führer.

»Heil Hitler!« riefen sie wie aus einem Munde.

Der Führer antwortete mit dem Eigruß. Sie blickten ihn leicht befremdet an, kamen aber zu der Auffassung, daß es sich um den alten, wenn auch nicht ganz exakt ausgeführten Hitlergruß handele und beruhigten sich dabei.

»Es ist mir eine stolze Freude«, begrüßte Adolf Hitler die Erschienenen, »Sie, meine treuen Parteigenossen und alten Kämpfer hier begrüßen zu dürfen. Die Zeit, die seit unserer letzten Begegnung vergangen ist, ist eine lange, aber unsere Entschlossenheit, die Ziele der Partei zu verwirklichen, ist die gleiche geblieben. Ich freue mich darauf, in Bälde mit Ihnen gemeinschaftlich in X. arbeiten zu können. Nichts hat uns von unserer Fahne abzubringen vermocht, keine Unterdrückung der Unseren, kein Wehgeschrei, das man erhoben hat. Wer wie wir auf den höchsten Bergen wandert, der lacht, wie Nietzsche sagt, über alle Trauer-Spiele und Trauer-Ernste! In diesem Sinne heiße ich Sie willkommen. Nehmen Sie bitte Platz.«

A. H. ließ sich nieder und die beiden Abgesandten der derzeit größten geschlossenen Partei-Kolonie auf der Welt folgten seinem Beispiel.

Aber gleich darauf erhob sich der SS-Obergruppenführer a. D. Joachim zum Bergk erneut, reckte den Arm schräg in die Luft und begann:

»Mein Führer! Wir danken Ihnen für den so überaus liebenswürdigen Empfang. Wir haben Ihnen, mein Führer, die begeisterten Grüße aller Parteigenossen in unserer Kolonie Buen retiro in X. zu überbringen. Die Freude und die Begeisterung, als wir erfuhren, daß Sie, mein Führer, noch unter den Lebenden weilen, war eine grenzenlose. Wir und die Parteigenossen in Buen retiro können es kaum erwarten, Sie, mein Führer, wieder unter uns weilen zu sehen. Ich gebe den Gefühlen aller Ausdruck, wenn ich versichere, daß wir entschlossen sind, mit der alten gläubigen Verehrung unseres über alles geliebten Führers Ihren Befehlen zu folgen! In diesem Sinne möchte ich schließen: Führer befiehl, wir folgen!«

Er grüßte noch einmal stramm und nahm seinen Platz wieder ein.

A. H. warf ihnen einen freundlichen und zugleich befriedigten Blick zu.

»Ich werde Sie beim Wort nehmen, Pg. zum Bergk und auch Sie, Pg. Killdisch! Nach Ihren letzten Worten der Versicherung unbedingten Gehorsams brauche ich Sie nicht daran zu erinnern, daß Sie und alle Parteigenossen in X. durch Treueid auf den Führer verpflichtet sind. Wenn ich dennoch darauf aufmerksam mache, so aus dem Grunde, weil grundlegende Reformen in der Partei durchgeführt werden müssen. Dieselben konnten bisher in Buen retiro, so war wohl der Name, noch nicht erfolgen, aber sie werden nunmehr in kurzer Zeit in Angriff genommen werden. Es könnte sein, daß sich dabei Widersprüche aus den Reihen der alten Parteigenossen ergeben, aber ich bin so stählern wie einst entschlossen, keinerlei Kritik zu dulden und jeden Widerstand zu brechen! Ich erwarte dabei Ihre unbedingte Unterstützung. Sie wissen, daß der Führer den Ungehorsam zu bestrafen, den Verdienst zu belohnen weiß.«

Die beiden hingen mit ihren Augen an seinen Lippen, ihre Gesichter ließen nichts anderes als vorbehaltlose Zustimmung erkennen. Das war der Führer! Das war die Sprache, die sie verstanden!

Von einem Willen bewegt, erhoben sie sich gleichzeitig, grüßten zackig und riefen:

»Heil Hitler!«

A. H. verzichtete darauf, den Gruß zu korrigieren, sie würden den neuen Parteigruß bald gelernt haben.

»Danke«, sagte er kurz. »Die Zeit ist kostbar, lassen Sie uns jetzt die Einzelheiten der Operation Ü besprechen. Es muß alles wie am Schnürchen gehen. Sie sind in großen Zügen bereits durch den Pg. Fu Yen unterrichtet, der wiederum durch Pg. Bormann informiert worden ist.«

Fu Yen grinste höflich.

»Wir hören, mein Führer!« sagte Karl Killdisch, SS-Gruppenführer a. D. »Darf ich vorher, mein Führer, unserer Freude darüber Ausdruck geben, Sie in so ausgezeichneter Verfassung zu sehen.«

A. H. nickte flüchtig.

»Die Vorsehung hat mich bewahrt, wie vorauszusehen war! – Wir legen jetzt den Operationsplan fest.«

*

Es war zwei Wochen später, am 13. Mai 1954, da erschien in einer verhältnismäßig wenig verbreiteten englischen Wochenzeitung ein ausführlicher Artikel mit der Überschrift:

Adolf Hitler lebt!
Der Totgesagte auf einer Südseeinsel? -
Neue Aktivität des »Führers«! -
Wer verbirgt und schützt ihn?

»Seit Ende April 1945 von der Alliierten Kontrollkommission auf Grund einer Untersuchung mitgeteilt worden war, Adolf Hitler habe sich erschossen und sei gemeinsam mit Eva Braun vor dem Bunker der Reichskanzlei verbrannt worden, war es lange Jahre hindurch um Adolf Hitler still. Zwar tauchten ab und zu Gerüchte auf, daß der Mann, der den blutigsten und entsetzlichsten Krieg der Geschichte entfesselt hat, noch unter den Lebenden weile, aber nie fanden diese aus mehr oder weniger dunklen Quellen stammenden Verlautbarungen die geringste Bestätigung. Die ursprünglichen Zweifel verstummten allmählich, die Überzeugung setzte sich mehr und mehr durch, daß Adolf Hitler wirklich in jenen Tagen den Tod gefunden habe. Lebte er noch, argumentierte man, so würde ein so ruheloser und gewaltsamer Geist wie der seine es nie und nimmer über sich gebracht haben, in Untätigkeit und Schweigen zu verharren. Jeder andere, so sagte man, würde es wahrscheinlich vorgezogen haben, sich verborgen zu halten und den Rest seines Lebens irgendwo in Abgeschlossenheit und Stille zu verbringen, nur ein Hitler würde niemals dazu fähig sein! Dieses Urteil war zweifellos zutreffend. Seit einigen Monaten aber mehren sich die Meldungen, die mit einer an Gewissheit grenzenden Wahrscheinlichkeit darauf deuten, daß Adolf Hitler noch lebt und entschlossen ist, wieder als ein internationaler Störenfried aufzutreten. Wir wollen den Beweis für unsere Behauptung, soweit er mit dem vorliegenden Material zu führen ist, nicht schuldig bleiben:

Unsere Leser werden sich erinnern, daß wir am ...«

Der Artikel brachte nun eine Zusammenstellung aller jener Meldungen, die wir in unserem Bericht verzeichnet haben. Es hieß dann weiter:

»Wir sind sorgfältig allen Berichten nachgegangen, in denen von der Umgründung der Nationalsozialistischen Partei und ihrer Neubenennung in ›Internationalsozialistische Partei‹ die Rede war. Wir haben uns eingehend mit den Aussagen der Verhafteten befaßt und haben ermittelt, daß die meisten von ihnen übereinstimmend beteuerten, der Führer lebe noch. Niemand vermochte eine genaue Angabe zu machen, aber jeder bekundete, daß die Wiedererweckung der Partei unter dem erwähnten Namen durch Agenten erfolgt ist, die vom Ausland her mit genauen Anweisungen für den Organisationsaufbau und die Propaganda den Weg

zu denjenigen zu finden wußten, auf deren Bereitschaft sie bauen durften. Durch alle Aussagen geht wie ein roter Faden die Vermutung der Befragten, zu der sie durch andeutungsweise Äußerungen der Agenten gelangten, daß sich der Führer auf eine Insel in der Südsee oder im Stillen Ozean gerettet habe. Wie er dorthin gelangt ist, liegt noch im Verborgenen. Zieht man jedoch in Betracht, daß keiner der Verhafteten Zweifel an Hitlers Existenz hegt und daß diese praktisch durch die überall zu bemerkende Aktivität des Nationalsozialismus bestätigt wird, daß ferner das beschlagnahmte Material unverkennbar den Geist Hitlers und der Nationalsozialistischen Partei atmet, so kann man sich der Schlußfolgerung nicht verschließen, daß Adolf Hitler sich einer großen Bewegungsfreiheit erfreut und daß er über beträchtliche Mittel verfügen muß. Die Annahme etwa, daß er wie ein Robinson Crusoe auf einer einsamen und unbekannten Insel lebe, ist natürlich völlig absurd. Da aber jede andere Insel der Kontrolle einer Macht unterliegt, erhebt sich die Frage, auf die wir Antwort verlangen: Wer verbirgt Adolf Hitler? Wer bietet ihm die Möglichkeit, neuen Unfrieden in die Welt zu tragen?
Wir erwarten Antwort auf diese Fragen!«

Obwohl, wie gesagt, diese Sonntagszeitung nicht zu den gelesensten gehörte, machte dieser kurze Artikel Sensation. Er wurde von den bedeutenden Nachrichtenbüros in längeren und kürzeren Auszügen übernommen und fand so seinen Weg in die Weltpresse.

Es war selbstverständlich, daß dem Sensationsartikel des englischen Sonntagsblattes eine Hochflut von Veröffentlichungen in allen Ländern der Erde folgte.

In Washington empfand man bei diesen lebhaften und erregten Presseerörterungen über die Existenz Adolf Hitlers starkes Unbehagen. Noch war das Geheimnis nicht entdeckt, aber es erschien doch bereits gefährdet. Irgend ein dummer Zufall konnte es mit sich bringen, daß über Nacht die Wahrheit zutage trat. Colonel Lauerke erhielt sofort geheime strengste Anweisung, für die nächste Zeit jede Einreise von Fremden nach Hitlalone zu verhindern, man sah das einfachste Mittel darin, auf Hitlalone eine Quarantäneflagge zu hissen, also vorzugeben, es sei auf der Insel eine ansteckende Krankheit ausgebrochen. Das war durchaus nicht einmal unrichtig.

Gleichzeitig wurde in Beratungen über eine Verbringung Hitlers und seiner Gefolgen nach einem anderen Ort eingetreten.

Zur selben Zeit leitete Washington eine Gegenoffensive ein. Am aktivsten zeigten sich dabei die Zeitungen, Zeitschriften und sonstigen Nachrichtenmittel des ›Globe‹-Konzerns. In ausführlichen Artikeln beschäftigten sie sich mit der Frage Hitler und kamen in langen Darlegungen zu dem Ergebnis, daß es sich bei der ganzen Geschichte um nichts anderes als um Mystifikationen und eine Zweckpropaganda handele, die von den neonationalsozialistischen und neofaschistischen Organisationen aus durchsichtigen Gründen gestartet worden sei.

Aber noch ehe das Hin und Her um Hitler in der Presse wieder zum Schweigen gekommen war, ehe man noch in Washington die Entscheidung über den neuen Verbleib Mr. Hiddens, Mr. Bores usw. getroffen hatte, ereigneten sich auf der Insel mit der gelben Flagge, auf Hitlalone, sensationelle Ereignisse.

*

In einer mondlosen Nacht wanderten die Posten in der Nähe von A. H.'s und Bormanns Haus geduldig auf und ab. Sie waren mit keinem besonderen Eifer bei der Sache. Ihre Aufmerksamkeit war in einem langen und ermüdenden Wachdienst an dieser Stelle mehr und mehr vermindert worden, nie hatte sich hier etwas ereignet, was die Eintönigkeit der Wache in interessanter Weise unterbrochen hätte, nie würde sich etwas derartiges ereignen.

Bormann, der die Aktion gegen die Truppen leitete, hatte hinreichend Gelegenheit gehabt, sich mit den Ablösungszeiten vertraut zu machen. Er wußte, man würde vier Stunden zum Entkommen zur Verfügung haben, wenn erst die Wachen ausgeschaltet waren. Alles, was man mitzunehmen beabsichtigte, lag bereit, alle Vorbereitungen waren sorgfältig getroffen, die Zeiten genau nach der Uhr festgelegt.

Haarscharf zur gleichen Minute geschah es, daß die Posten aufschreckten. Irgendwoher aus dem Dunkel flog etwas auf sie zu, das, gut gezielt, zu ihren Füßen mit einem leisen, klirrenden Laut zerbrach. Die Posten rissen das Gewehr hoch, aber zu mehr kamen sie nicht. Sie taumelten und fielen nieder. Den kleinen gläsernen Ballons, mit denen man sie aus dem Dunkel heraus bombardiert hatte, war im Moment des Zerbrechens ein starkes Gas entwichen, das sehr rasch aufstieg und die Soldaten betäubte. Sie waren kaum zu Boden gesunken, als aus der Finsternis eine Anzahl von Gestalten auf sie zueilte und die Ohnmächtigen knebelte und band. Gleich darauf wurden sie davongeschleppt.

Der Vorgang war von den Häusern aus genau beobachtet worden.

A. H., Bormann, Dr. Köpfle, Rosenberg, Müller und Hinterstoissel, ihre Angehörigen und die alte chinesische Amah erschienen. Eilig begaben sie sich zum Strand. Nach wenigen Minuten waren ihnen Bormanns Leute, die inzwischen die betäubten Soldaten im tiefen Gebüsch verborgen hatten, mit all dem gefolgt, was A. H. bei der ›Absetzbewegung‹ mitzuführen befohlen hatte. Am Strande lagen, halb auf den Sand hinaufgezogen, ein halbes

Dutzend prächtiger hawaiianischer Kriegskanus, mit ausreichender Rudermannschaft besetzt.

Die Einschiffung ging außerordentlich rasch vonstatten. Zu Bormann gesellten sich noch zwei seiner japanischen Gestapomänner, die nicht gewillt waren, zurückzubleiben.

Die kleine Flottille stach sehr schnell in See. Die braunen Ruderer waren ausgezeichnete Seeleute, sie fanden den Kurs mit nachtwandlerischer Sicherheit. Nach einer knappen Stunde legten die Kanus an einem gewaltigen Wasserflugzeug modernster Konstruktion an, das sich auf den nur sanft bewegten Wellen wiegte.

A. H. und die Seinen sowie einige andere Personen stiegen über.

Die Kanus lösten sich und verschwanden bald in der blauen Dunkelheit.

Minuten später erhob sich die große Maschine in die Luft und schraubte sich rasch höher und höher. Dann nahm sie Kurs in südöstlicher Richtung und jagte mit aller Kraft der Motoren dahin.

In der Kabine war A. H. von dem Beauftragten der Kolonie Bueno retiro, Emil Hillger, bewillkommnet worden. Hillger, Gauamtsleiter a. D., war begleitet von einem gewissen Kurt Reger, der sich als Standartenführer a. D. entpuppte. Sie erklärten, sich glücklich zu schätzen, den Führer seiner neuen Bestimmung und einer glücklichen Zukunft entgegenzuführen. Wider seine Gewohnheit gestaltete der Führer seine Entgegnung kurz. Seitdem er die Maschine betreten hatte und sozusagen Parteiboden, frei von allen Beschränkungen, unter sich fühlte, war sein Ausdruck härter geworden. Die Verbindlichkeit, die er auf Hitlalone fast stets zur Schau getragen hatte, war einer kalten Bestimmtheit gewichen. Er war entschlossen, von vornherein als der unbedingten Gehorsam verlangende Führer aufzutreten.

In der Maschine sah es etwas kunterbunt aus, die Insassen erschienen dem kritischen Blick von Emil Hillger zum Teil reichlich exotisch. Da war an des Führers Seite ein zweifellos reizendes Wesen, dessen Namen Hillger bei der Vorstellung natürlich nicht verstanden hatte, aber daß sie eine Asiatin war, hatte er auf den ersten Blick gesehen. Es handelte sich um Nobu Suzuki, deren Anhänglichkeit an A. H. sich als so stark erwiesen hatte, daß sie sich seinem Fluge nach Südamerika anschloß. Da war Dr. Köpfles chinesische Frau »Pfirsichblüte«, da waren die farbigen Frauen von Rosenberg, Müller und Hinterstoissel, gar nicht zu rechnen die chinesische Amah, die Sprößlinge von Köpfle und den anderen, sowie die sich durch heftiges Gequarre lebhaft bemerkbar machenden kleinen Erdteile, die, wie Hillger und Reger mit Verwunderung vernahmen, der Führer in die Welt gesetzt hatte. Es gab an Bord keine Stewardess, aber dafür einen Steward, Hans Nüßler, einen gutmütigen Mecklenburger, der jetzt gemeinsam mit der chinesischen Kinderfrau und mittels dreier Milchflaschen bemüht war, die schreiende Asia und die womöglich noch kräftiger brüllenden Europus und Amerikus zur Ruhe zu bringen. Die Transferierung dreier Erdteile konnte keine leichte Aufgabe sein.

Hillger warf ab und zu einen neugierigen Blick auf den Führer. Zweifellos, er war es, ganz unverkennbar! Ein bißchen dicker geworden, gewiß, das Haar ergraut, aber sonst sah er sehr gut aus. Er hatte es bei den Amerikanern bestimmt nicht schlecht gehabt, und er schien genau so vor Tatkraft zu sprühen wie früher. Etwas befremdend war dieses seltsame eirunde Abzeichen, das er auf dem Rock über dem EK I. trug. Und der Kakadu auf seiner Schulter, der ab und zu, wenn die Maschine in stärkere Schwankung geriet, ein heiseres »Ei, Ei Hitler« krächzte, gab dem Führer etwas Fremdartiges.

Nun, alles würde sich aufklären, aber was hatte es für eine Bewandtnis mit den beiden Amerikanern, mit denen jetzt der Führer eben in eine lebhafte Unterhaltung vertieft war?

Sie waren an Bord der Maschine, die dem Leser inzwischen vertraut gewordenen Mister Frank Curiously und Dan Yoker.

»Mr. Hitler«, sagte Frank Curiously soeben beschwörend, »darauf haben wir Ihr Wort: Sie haben uns gewaltsam mitgenommen, als wir zufällig entdeckten, daß Sie mit Ihren Leuten entflohen!

Wir brauchen für später eine Rückendeckung. Wir verlassen uns darauf, daß Sie uns eine schriftliche Bestätigung geben.«

»Sie werden sie bekommen«, sagte der Führer, »aber mitgefangen, mitgehangen! Ich werde Sie nicht eher in Ihre Heimat entlassen, als bis meine Position eine unanfechtbare geworden ist. Ich hege nicht den geringsten Zweifel, daß das nach wenigen Jahren der Fall sein wird. Wenn Sie dann noch wollen, werden Sie ungefährdet in die Vereinigten Staaten zurückkehren können. Sie sind beide noch jung, es braucht Ihnen auf ein paar Jahre nicht anzukommen. Sie werden dann in Ihre Heimat mit Material zurückkehren, das ein einmaliges sein wird. Ich verlange von Ihnen nichts anderes, als eine objektive Berichterstattung, und die sachkundige Beratung in Film- und Presseangelegenheiten, also eine Arbeit für mich, die Ihre politischen Überzeugungen nicht antasten wird.«

Die beiden Amerikaner tauschten einen Blick miteinander und nickten dann dem Führer Zustimmung.

»Nicht um alles in der Welt hätte ich es fertigbekommen«, bekannte Frank Curiously, »Sie, Mr. Hitler, über Nacht aus meinem Gesichtskreis verschwinden zu lassen. Ich bin viel zu gespannt darauf, was Sie jetzt anstellen werden! Ich hoffe, daß es interessanter werden wird, als auf Hitlalone. Und genau so denkt Dan Yoker. Außerdem hatten wir ja sozusagen die Pflicht, Sie nicht abreisen zu lassen, ohne daß eine gewisse amerikanische Beobachtung gewahrt bleibt.«

Er lachte ein wenig. Er wußte, daß dieses Argument keineswegs hieb- und stichfest war. Aber wenn sie eines Tages beide nach den USA zurückkehrten und in der Lage waren, über Hitlers Verbleib und Taten ausführliche und instruktive schriftliche und filmische Dokumente vorzulegen, würde man ihnen schon die Absolution erteilen. Inzwischen war die Sache ein grandioses Abenteuer, eine Gelegenheit für einen von Berufsleidenschaft erfüllten Presse- und Filmmann, wie sie sich so leicht nicht zum zweiten Male bieten würde.

»Sie sind sich darüber klar«, sagte A. H., »daß ich jeden Versuch, den Sie etwa unternehmen, meinen neuen Aufenthaltsort vorzeitig der Welt bekanntzugeben, unnachsichtig bestrafen werde! Ich kann Sie nicht vereidigen, da Sie der Partei nicht angehören, aber ich kann Sie nachdrücklich vor jeder Unbesonnenheit warnen, die das Ende Ihres Lebens bedeuten würde. Seien Sie sich dessen bewusst. Halten Sie sich loyal an unsere Vereinbarung, wird Ihnen nichts geschehen und der Nutzen wird auf Ihrer Seite sein.«

»Ei, Ei«, kreischte der Kakadu.

»Okay, Mr. Hitler«, sagte Frank Curiously unbekümmert, »wir haben verstanden und werden sehen, wie der Stecken schwimmt.«

A. H. nickte verabschiedend und die beiden Amerikaner begaben sich auf ihre Plätze zurück.

»Der verrückteste Job, den wir jemals gehabt haben, Dan«, bemerkte Frank Curiously. »Ganz wohl ist mir bei der Geschichte nicht, aber mir diese Gelegenheit entgehen zu lassen –, das wäre mehr gewesen, als ich aushalten kann! Seine Drohungen sind sicher ernst gemeint, aber irgendwo werden wir schon ein Loch finden, um uns zu verziehen, wenn wir genug von der Sache haben.«

»Ein Abenteuer«, entgegnete Dan Yoker. »Bei jedem Abenteuer muß man etwas in Kauf nehmen. Bin neugierig, ob wir überhaupt an Ort und Stelle kommen, oder ob sie uns vorher schnappen.«

»Komm, wir wollen den alten Bormann ausquetschen, wie sie die Sache gefingert haben und wie die Aussichten stehen. Da hast du es wieder einmal, wir sind immer viel zu arglos! Kein Mensch hat daran gedacht, daß A. H. sich verdrücken könnte. Und dabei war es doch wirklich leicht zu verhindern –, wenn wir nur mißtrauischer gewesen wären.«

»Oh, cheese«, antwortete Dan Yoker, »zwecklos, darüber zu reden. Mißtrauisch! Erst hat uns Onkel Joe Stalin reingelegt, diesmal zur Abwechslung Onkel Adolf. Trotzdem kommt alles wieder in Ordnung! Komm, interviewen wir Bormann.«

Der Stellvertreter des Führers saß hinter einer Flasche Kognak und rauchte eine dicke Zigarre. Er sah satt und zufrieden aus, zum ersten Mal, seit sie ihn kannten, empfing er die beiden Amerikaner mit Wohlwollen.

»Auch ein Glas?« fragte er, auf die Kognakflasche deutend, er schenkte ein, als sie bejahend nickten. »Jetzt sieht die Sache wieder anders aus. Prosit!«

Sie tranken.

»Erzählen Sie, Mr. Bormann, wie ging das alles vor sich?«

Bormann legte sich behaglich zurück und blies genüßlich eine dicke Rauchwolke zur Decke des Flugzeuges.

»Diese Maschine hier ist von unseren südamerikanischen Freunden gechartert worden, eine der modernsten Maschinen, die es überhaupt gibt. Wir haben vor etwaiger Verfolgung ein paar Stunden Vorsprung, wir fliegen sehr hoch und der Luftraum ist groß. Hier erwischt uns so leicht keiner. Alles war auf den Tag vereinbart, das war über unsere Parteifreunde auf Hitlalone, besonders mit Hilfe unseres tüchtigen Fu Yen, nicht schwer zu bewerkstelligen.«

»Fu Yen war Parteigenosse?«

»Klar!« sagte Bormann. »Wenn Sie wüßten, wieviel Parteigenossen wir in Hitlalone und ringsum auf die Beine gebracht haben! Mensch, auf den Frieden und auf die Vermischung schnappt doch jeder ein, wenn sie ihm gleichzeitig ein paar Vorteile und etwas Geld unter die Finger schieben! Damit hatte ich mir auch ein ganz nettes Trüppchen aufgezogen, meine neue Gestapo. Zwei von den Tüchtigsten sitzen dahinten und saufen ihren Raki. Und die paar Gasballons –, das war nur eine Kleinigkeit, da haben wir früher ganz andere Sachen gedreht! Wenn wir nicht den Friedensfimmel hätten, hätte ich noch ganz anders durchgegriffen, aber schließlich geht's auch so. Ihre Soldaten werden beim Aufwachen Kopfschmerzen haben und sich ein bißchen übel fühlen, das ist auch alles. Ihr famoser Dick Fuss ebenfalls.«

»Was, Dick Fuss?« rief Curiously.

Bormann nickte.

»Ja, er muß irgendwie mißtrauisch geworden sein, weiß der Teufel, wieso! Er schnüffelte da in der Gegend rum, aber wir schlugen ihm einen kleinen Gasballon auf den Kopf – und aus war der Traum. Ja, das ist alles, trinken wir noch einen?«

»Dick Fuss wird doch nichts Ernstliches passiert sein?« fragte Dan Yoker besorgt.

»I bewahre«, sagte Bormann, »in ein paar Stunden ist er wach und um eine Erfahrung reicher. Was meinen Sie, wie gut sich das in seiner Erinnerung macht. Na, prost!«

Frank Curiously trank einen Schluck von dem guten Kognak.

»Ihre Parteigenossen in X. oder genauer in Buen retiro, schwören die auch auf das große Ei und den Frieden durch Vermischung usw.?«

Bormann hob zweifelnd die Schultern.

»Keine Ahnung«, sagte er. »Wir haben natürlich den ›Mixpickle‹ und den andern Propagandakrempel hingeschickt, aber wie sie das aufgenommen haben –, ich habe keinen blassen Schimmer. Das wird sich schon finden. Wenn sie anders lang wollen, soll's mir auch recht sein. Diese Eiergeschichte…«

Er vollendete den Satz nicht, sondern beschränkte sich auf eine Handbewegung, die recht deutlich ausdrückte, daß seine Begeisterung für A. H.'s neues Programm gering war.

A. H. saß eben mit Emil Hillger, einem mittelgroßen blonden Mann mit dem Aussehen eines soliden Oberbuchhalters, und mit dem dunkelhaarigen Kurt Reger zusammen, den ein Hitlerschnurrbart zierte und der überdies Architekt war. Die beiden Beauftragten von Buen retiro lauschten aufmerksam dem, was A. H. ihnen vortrug. Der Führer sprach erregt, jeden seiner Sätze mit heftigen Gestikulationen begleitend, die Haare hingen ihm tief in die Stirn. Der Kakadu Mundi hatte es nicht leicht, sich auf seiner Schulter zu behaupten, er flatterte mit den Flügeln und stieß ab und zu ein ärgerliches »Ei, Ei, Hitler«, hervor. A. H. griff dann in die Seitentasche seines Rockes und schob, ohne hinzusehen, dem Kakadu ein paar Nüsse in den Schnabel.

Asia, Europus und Amerikus waren in Schlummer versunken.
Mit rasender Schnelligkeit verfolgte das mächtige Flugzeug seinen Kurs.

*

Werfen wir inzwischen einen raschen Blick auf Hitlalone.

Die Wachablösung hatte zu ihrem Schrecken die Kameraden nicht vorgefunden. Man schlug Alarm, Colonel Lauerke stürzte herbei, heftig auf Gott und die Welt und Dick Fuss im Speziellen fluchend, der in seiner Wohnung nicht aufzufinden gewesen war und den der Colonel infolgedessen verdächtigte, sich nächtlichen Freuden überlassen zu haben.

Er korrigierte sein Urteil unter noch heftigeren Flüchen, als die Nachsuche zur Auffindung der vermißten Posten und auch von Mr. Dick Fuss geführt hatte. Er lag sehr friedlich unter einem Hibiskusstrauch und wußte von nichts.

Dann entdeckte man das Entsetzliche: A. H. mit seiner ganzen Nazikolonie war verschwunden, nur die Hohe Frau Mao war noch anwesend. Aber ihr ging es wie Dick Fuss, sie schlief fest und friedlich unter der Einwirkung eines kräftigen Betäubungsmittels. Zwar wölbte sich kein Hibiskusstrauch über ihrem Haupte, aber einige der schönen roten Blüten steckten in ihren schwarzen Haaren. Auf der Bettdecke lag ein weißer Blütenkranz, in seiner Mitte das Mischmutterkreuz, offenbar ein sinniger Abschiedsgruß A. H.'s, der für die Verlassene zudem einen Scheck über zweitausend Dollar auf den Nachttisch gelegt hatte, in der gewissen Zuversicht, daß sie sich damit über den Verlust des großen Eies trösten würde.

Wollte man sämtliche Flüche Colonel Lauerkes wiedergeben, müßte man einige Seiten dieses Buches füllen. Denn als der Colonel über das Geschehen Funkbericht geben wollte, stellte sich heraus, daß auch die beiden Funker in totenähnlicher Betäubung in ihren Betten lagen und die Funkanlage gründlich zerstört war.

So blieb nichts anderes übrig – da auch das Telefon versagte –, als ein rasches Motorboot nach Hawaii zu schicken, um von dort aus die Unglücksbotschaft nach Washington zu melden.

Es geschah, was noch geschehen konnte, es wurden radikale Befehle herausgegeben, aber, um die Sache kurz zu machen, die Maschine, mit der A. H. und seine Gefolgen entkommen waren, wurde nicht entdeckt. Das war peinlich, aber nicht zu ändern. Vorerst tat man das einzige, was man tun konnte, man gebot strengstes Stillschweigen über das Geschehene. Die Quarantäneflagge über Hitlalone blieb noch zwei Monate aufgerichtet, erst als dann noch nichts über A. H.'s Flucht in die Öffentlichkeit gedrungen war, wurde sie eingezogen. Inzwischen waren Colonel Lauerke und Dick Fuss abberufen worden, ebenso die kleine Besatzung, da es für sie auf Hitlalone nichts mehr zu tun gab.

Daß Colonel Lauerke und Dick Fuss in Washington einige unangenehme Stunden erlebt haben dürften, ist anzunehmen, doch drang auch hierüber nichts an die Ohren der Welt.

*

Wieder finden wir A. H. in einem Hause, nur war es entschieden weniger reizvoll gelegen als das auf Hitlalone. Es war ein geräumiges Steinhaus, von nüchterner Sachlichkeit, und lag am Rande von Buen retiro, einem kleinen Städtchen, in dem etwa zweitausendfünfhundert Seelen lebten. Der Rest der SS-Kolonie, die insgesamt etwa fünftausend Personen zählte, war im Hochland von X. angesiedelt. Die Hälfte ihrer Angehörigen lebte in der kleinen Stadt, die anderen in näherer und weiterer Entfernung von ihr, in der Hauptsache mit Ackerbau und Viehzucht beschäftigt. Das Land, ca. 700 m hoch gelegen, war fruchtbar, das Klima gesund, wenn auch etwas rauh. Die ganze Niederlassung war unter Einbeziehung der ringsum verstreuten landwirtschaftlichen Betriebe sehr gut durchorganisiert. Den Zentralpunkt gewissermaßen bildete das große Schlachthaus, zu dem von den Farmen her das Vieh angetrieben wurde. Es wurde in einer angegliederten Fabrik zu Gefrierfleisch und Fleischkonserven verarbeitet. Dazu bestand eine Häute- und Nebenprodukteverwertung. Von dem Schlachthaus und der Fabrik sowie von allem, was damit im Zusammenhang stand, lebte, praktisch gesehen, die ganze Kolonie, die, was die landwirtschaftlichen Produkte anbetraf, autark war. Holz fand sich in den Wäldern genug, die erforderlichen Importe an Dingen, die das Leben erleichtern und verschönen, konnten aus den Erträgen von Schlachthaus und Fabrik, also aus den Ausfuhren, ohne weiteres befriedigt werden. Es herrschte ein gewisser Wohlstand.

Alles war nach altem SS-Muster aufgezogen. Jeder war Mitglied der Nationalsozialistischen Partei, hatte seine Beiträge zu bezahlen und zu den Schulungsabenden und Versammlungen zu erscheinen, man war weltanschaulich straff ausgerichtet.

Die Regierung von X., die, wie gesagt, der Kolonie wohlwollend gegenüberstand, achtete nur darauf, daß die staatlichen Gesetze respektiert wurden, ließ aber der SS-Kolonie in ihrer inneren Organisation vollkommen freie Hand.

Die Spitze bildete der Oberbürgermeister von Buen retiro, Ernst Ströhm, der zugleich Koloniefübrer SS war. Zur Seite stand ihm der zweite Bürgermeister Hajo Wenning. Stellvertreter des Koloniefübrers SS war Gustav Steinkohl, der Leiter der Gefrierfleischfabrik, der sich seinerseits wieder auf den zweiten Direktor Emil Hillger stützte, der, wie wir wissen, gemeinsam mit dem Architekten Kurt Reger ausersehen gewesen war, den Führer nach Buen retiro einzuholen. Als weitere einflußreiche Persönlichkeiten verzeichneten wir Willi Gadischke, den Leiter des Schlachthauses, und seinen Unterdirektor Gerhard Hancke. Die juristischen Dinge der Kolonie wurden geregelt durch den Rechtsanwalt und alten SS-Häuptling Knut Algermissen, dem zugleich die wehrsportliche Ertüchtigung oblag. Er war also sozusagen militärischer Führer, allerdings dem Pg. Ernst Ströhm, dem Koloniefübrer SS unterstellt. Die Jugenderziehung lag in den Händen der beiden Lehrer

Hans Karzinski und Paul Holle. Dem Oberbürgermeister unterstand ferner als führender Repräsentant der in der Umgegend auf den Farmen verstreuten Parteigenossen der Kolonielandführer SS, Fritz Tareh. So war alles zum besten geordnet, die Apparatur lief. In diese Umgebung also war nun A. H. versetzt. Bei ihm wohnten, wie auf Hitlalone, der Pg. Dr. Edwin Köpfle, der Leibstandarterich Hinterstoissel, des Führers Sekretärin Nobu Suzuki, die chinesische Amah sowie die quarrenden Erdteile Asia, Amerikus und Europus.

In einem anderen Hause, immerhin eine Viertelstunde von dem A. H.'s. entfernt, hausten Bormann, Rosenberg und Müller mit Familie.

Die Regierung von X. wußte um die Anwesenheit von Hitler, Bormann und der anderen, aber sie hatte beschlossen, nur inoffiziell Kenntnis zu nehmen. Der Kolonieführer SS Ernst Ströhm hatte an amtlicher Stelle die Versicherung abgegeben, daß sich A. H. und die anderen Neuankömmlinge den Landesgesetzen unterwerfen würden. Diese ganze Angelegenheit war diskret behandelt worden, damit betrachtete die Regierung von X. den Fall als erledigt. Ab und zu schickte sie einen Beobachter nach Buen retiro, sie beschloß, das nach der Anwesenheit von A. H. etwas häufiger zu tun, mehr wurde nicht als erforderlich betrachtet.

Der Kolonieführer SS hatte soeben seine erste Begegnung mit dem Führer. Er hatte ihr mit gemischten Gefühlen entgegengesehen. Seit Jahren spielte er in Buen retiro die erste Geige, das Auftauchen A. H.'s war ihm nicht sonderlich erfreulich. Aber da sich die weitaus überwiegende Mehrzahl der alten Pg's, und besonders auch die unter dem Einfluß der Lehrer Karzinski und Holle den Führer vergötternde Jugend, für die Herbeiholung Adolf Hitlers ausgesprochen hatten, war ihm ein offener Widerspruch nicht möglich gewesen.

Ströhm, ein großer breitschultriger Mann mit etwas rötlichem Gesicht und bereits angegrautem Hitlerschnurrbart, hatte einen mißmutigen Blick auf das im Treppenflur stehende große Ei geworfen und verdrossen zur Kenntnis genommen, daß ihn Ernst Hinterstoissel mit einem »Ei, Hitler!« begrüßt hatte. Was bedeutete dieser Blödsinn? Betont hatte er mit einem »Heil Hitler!« geantwortet und war mit schlechten Vorahnungen dem Leibstandarterich in das Zimmer des Führers gefolgt. Er trat ein, sah sich A. H. gegenüber, klappte die Hacken zusammen und sagte laut und kräftig:

»Heil, mein Führer!«

A. H., der ihn hinter dem Schreibtisch stehend empfing, erwiderte mit dem Eigruß, was Ströhm irritierte.

»Mein lieber Kolonieführer SS«, begann der Führer, »ich heiße Sie willkommen und spreche Ihnen zunächst meine Befriedigung über den Aufbau und die Verwaltung der Kolonie aus. Von diesem Tage an liegt in meiner, als des Führers Hand, die Oberleitung! Natürlich werde ich mich auf Ihre Erfahrungen stützen. Nehmen Sie Platz, Pg. Ströhm.«

Der Führer setzte sich und Ströhm ließ sich mit einem Gesicht nieder, das verschlossen und unzufrieden war. Da A. H. schwieg und offenbar eine Äußerung von ihm erwartete, sagte er:

»Heil Hitler!«

Der Führer krauste die Stirn.

»Der Parteigruß heißt von nun an ›Ei, Hitler!‹, im persönlichen Verkehr ›Ei, mein Führer!‹. Über das und manches andere, was die Reform des Parteiprogramms angeht, werden wir noch wiederholt zu sprechen haben. Ich erwarte Ihre bereite Mitarbeit. Haben Sie ein Mitteilungsorgan?«

Der Kolonieführer SS setzte zum Sprechen an, alles in ihm war Auflehnung. Aber die alte Gewohnheit des Gehorsams siegte, er wagte es einfach nicht, sich offen A. H. zu widersetzen.

»Ei, mein Führer«, würgte er hervor. »Wir haben den ›Buenretiro-Beobachter‹ als Parteiorgan. Er erscheint wöchentlich einmal.«

»Gut«, sagte A. H. »Wann kommt die nächste Ausgabe heraus?«

»Am Sonnabend.«

»Veranlassen Sie, daß in dieser Sonnabendausgabe auf der ersten Seite groß und sichtbar die Ankündigung erscheint, daß ich am Sonntag über acht Tage in einer Massenversammlung zu den Parteigenossen der Kolonie über das neue Parteiprogramm und die Ziele der Bewegung sprechen werde. Inzwischen werde ich Sie und Ihre engsten Mitarbeiter mit den neuen Richtlinien der Partei bekannt machen. Diese Besprechung wird morgen stattfinden. Sie haben ein Rathaus und einen Sitzungssaal?«

»Ei, mein Führer«, antwortete Ströhm widerwillig.

»Also morgen um 14 Uhr«, bestimmte der Führer. »Weiter: Ich benötige für meinen Haushalt zwei weibliche Hilfskräfte, wenn irgend möglich keine Europäerinnen.«

»Das wird schwierig sein, mein Führer«, erwiderte Ströhm, »wir haben bisher strengsten Wert darauf gelegt, uns von Indios und sonstigen Farbigen abzusondern. Aber hier und da auf den Farmen sind als Hilfspersonal…«

»Also, bringen Sie etwas von den Farmen«, unterbrach ihn der Führer ungeduldig.

»Das mit der rassischen Absonderung muß aufhören! Wir haben neue Erkenntnisse gewonnen und diese in die Praxis umzusetzen. – Einen Moment!«

Er klingelte und befahl Nobu Suzuki, die den dunkelhaarigen Kopf zur Tür hereinstreckte, Dr. Köpfle zu rufen.

Hitlers Vertrauter war nach wenigen Minuten zur Stelle. Der Führer machte die beiden bekannt, indem er zunächst den Koloniefführer SS vorstellte und dann erst Köpfles Namen nannte, damit dem Oberbürgermeister der Kolonie zu verstehen gebend, daß ihm Dr. Köpfle übergeordnet war.

»Sie sehen in Pg. Dr. Köpfle den Chef meiner Kanzlei und zugleich den Propagandabeauftragten der Partei«, sagte der Führer kurz. »Legen Sie jetzt, Pg. Ströhm, den Aufbau und die Organisation der Kolonie in allen Einzelheiten dar, damit ich den erforderlichen Überblick gewinne.«

Der Koloniefführer SS, dessen Gesicht noch finsterer geworden war, als zu Beginn schon, tat, wie ihm geheißen war. Nobu Suzuki stenografierte eifrig mit, was er darlegte, A. H. und Dr. Köpfle machten sich ab und zu Notizen.

Nach einer guten Stunde wurde der Oberbürgermeister verabschiedet. Er vollführt an der Tür sein »Ei, mein Führer«, wandte sich dann kurz auf dem Absatz und ging mit schweren Schritten davon.

A. H. richtete seinen Blick auf Pg. Köpfle.

»Haben Sie bemerkt, Pg. Köpfle, daß er innerlich räsonierte? Aber es bleibt ihm keine Wahl, entweder er gehorcht oder ich breche ihm das Genick! Sagen Sie Bormann, er soll eine Inspektion dieses Wehrverbandes oder wie sie das hier nennen, ansetzen. Wir werden auch diesen Namen ändern müssen, es liegt eine ungeheure Organisationsarbeit vor uns. Eruieren Sie, wer diesen ›Buenretiro-Beobachter‹ redigiert, die Chefredaktion werden Sie in die Hand nehmen. Der Name muß natürlich ebenfalls geändert werden. Nach der großen Versammlung werden wir neue Mitgliederlisten auflegen, wer sich nicht einzeichnet, wird bekämpft!«

Der Koloniefführer SS hatte nach der Unterredung mit Adolf Hitler sofort den zweiten Bürgermeister und die anderen Spitzen der Kolonie einschließlich des vorsorglich einbestellten Kolonielandführers SS, Fritz Tareh, zu sich berufen. Sie saßen erwartungsvoll in seinem Amtszimmer. Ernst Ströhm ging mit kleinen Schritten vor ihnen auf und ab und überlegte sich seine Ansprache. Es ging ihm, wie jedem Diktator, der er bisher praktisch unumschränkt gewesen war, er hatte seine Feinde. Bisher hatte ihm das wenig oder gar nichts ausgemacht, aber jetzt war A. H. aufgetaucht, der Führer, wie er sich widerwillig sagte, und damit hatte die Lage eine Komplizierung erfahren. Bisher hatte er mühelos jeden ausschalten können, der sich nicht unterwarf, aber jetzt war eine neue Autorität vorhanden. Welche würde größer sein, die des so lange totgeglaubten Führers, oder die, die er, Ernst Ströhm, sich in diesen Jahren hier verschafft hatte? Was war richtig, mit dem Führer und seinen neuen verrückten Ideen zu gehen und damit hinter Bormann und diesem Dr. Köpfle auf einen mehr oder weniger unbedeutenden Posten absinken, oder die alte Idee hochzuhalten und den Führer zu zwingen, sie ebenfalls zu respektieren? Der mochte dann ruhig dem Namen nach an der Spitze stehen, aber die eigentliche Macht würde nach wie vor beim Koloniefführer SS liegen.

»Meine Parteigenossen«, hob er an, »ich habe Sie hierher gebeten, um die durch die Ankunft des Führers gegebene neue Lage zu besprechen. Wir haben in all den Jahren hier die kämpferische Tradition der NSDAP und das Parteiprogramm treu bewahrt. Nach wie vor ist unser Ziel die Wiederaufrichtung der nationalsozialistischen Macht in Deutschland, für die wir zielbewußte und erfolgreiche Vorarbeit geleistet haben. Nach wie vor bekennen wir uns zur Reinhaltung des Blutes und zur Bekämpfung des ewigen Juden, zu jenen Grundsätzen also, die uns durch den Führer Adolf Hitler seit den Anfängen der Partei eingeimpft worden sind. Wie noch nicht allen von Ihnen bekannt sein wird, hat sich der Führer in den Jahren seines Verschollenseins zu einer völligen Änderung der Weltanschauung und des Parteiprogramms entschlossen. Äußerlich wird das dadurch gekennzeichnet, daß das uns heilige Hakenkreuz verschwunden und durch ein Ei ersetzt worden ist. Statt der Reinhaltung des Blutes propagiert der Führer jetzt die Vermischung aller mit allen und widersetzt sich den Ehen gleichen Blutes.«

Lebhaftes Gemurmel unterbrach den Redner, der abwartete, bis wieder Ruhe eintrat und dann weitersprach:

»Der Kampf gegen das internationale Judentum wird zwar fortgeführt, jedoch nicht mehr mit dem Ziel der gewaltsamen Vernichtung dieser unterwertigen Rasse, der Führer will sie vielmehr durch eine zwangsweise Verschmelzung mit Andersrassigen zum Verschwinden bringen. Wenn ich die neue Zielsetzung des Führers richtig erkenne, so ist es die, alle gekennzeichneten Ideen von einem Zentralpunkt aus zielbewußt zu entwickeln, wobei es offenbar nicht darauf ankommt, Deutschland wieder zu dieser Zentrale der Bewegung zu machen. Bisher hat der Führer von Hitlalone, einer Insel nahe Hawaii, diese Ideen mit gewissen Erfolgen verbreitet, er ist überzeugt davon, hier eine stärkere Basis gefunden zu haben. Meine Parteigenossen, Sie werden mir in der Schlußfolgerung beipflichten, daß dieses neue Programm jeden von uns auf das stärkste berührt. Der Weg des Führers ist nicht mehr der in ›Mein Kampf‹ vorgezeichnete, es ist ein neues Programm unter der Bezeichnung ›Mein Frieden‹ vorhanden, das also auf die Anwendung der Waffengewalt verzichtet und den Erfolg in der Gewinnung der Völker für die Idee der Partei durch die internationale Vermischung sieht. Der Führer hat darum den Parteinamen in ›Internationalsozialistische Partei‹ geändert. Jeder von uns, so erwartet der Führer, hat diesen neuen Weg mit ihm zu gehen. Das ist, mit kurzen Worten geschildert, die neue Sachlage. Ab Sonntag wird der Führer über acht Tage hinweg in einer Massenversammlung zum Volke über alle diese Dinge sprechen.«

Der Kolonieführer SS blieb noch einen Moment stehen, als überlege er, ob er noch etwas hinzusetzen sollte, dann aber beendete er seine Überlegungen mit einer kurzen Handbewegung und ließ sich nieder.

Ein paar Minuten lang herrschte Schweigen, die Anwesenden überdachten die neue Situation und welche Vor- und Nachteile sich aus ihr für den einzelnen ergeben mochten. Es war eine schwerwiegende Entscheidung zu treffen, die keinem leicht fiel.

Gustav Steinkohl, der erste Direktor der Fleischkonservenfabrik und ein sehr flinker Geist, war der erste, der das Wort ergriff. Seine Stellung war sehr gut und brachte ihm allmählich aber sicher ein stattliches Vermögen ein. Geschäft war Geschäft, die Sache war bisher gut gelaufen, warum sollte sie unter A. H. nicht ebenso gut oder noch besser weitergehen? Mit dem SS-Waffengeklirr und dem Antisemitismus waren an sich kaum noch Geschäfte zu machen. Gewiß, man hatte seine Abnehmer, aber wenn man den Laden hier besonders durch Heranziehung billiger einheimischer Kräfte kräftig vergrößerte, dann konnte man die Umsätze unter der friedlichen Parole des Eies bestimmt ganz gewaltig vergrößern. Dieses neue Programm von Adolf Hitler konnte doch praktisch nirgends Anstoß erregen, die Buen-retiro-Fleischwaren würden also künftig weder rassisch noch antisemitisch anrüchig sein, das war ein gar nicht hoch genug einzuschätzender Vorteil. Und wenn dieser dicke, anmaßende Ströhm von A. H. eins auf die Schnauze bekam, so war das nur etwas, was er, Steinkohl, ihm schon seit langem gegönnt hatte. Das mit der Rassenvermischung übrigens war eine famose Sache, da war in X. diese kleine süße Promenadenmischung, zu der man sich jetzt bloß alle paar Monate einmal schleichen konnte, in der steten Angst, dafür bei Ströhm denunziert zu werden. Ran jetzt mit dem Mädchen, dachte Steinkohl vergnügt, jetzt würde hier Leben in die Bude kommen! Er war des Führers Mann, in alter Gefolgschaftstreue! Wie hieß der neue Parteigruß? Er sprang auf, reckte den Arm zackig und schrie laut: »Ei, Hitler!«

Einen Augenblick weidete er sich an der Überraschung der anderen über seine schnelle Entscheidung, dann sagte er mit starker Stimme:

»Für einen echten Nationalsozialisten kann es in dieser historischen Stunde kein Zögern und kein Schwanken geben. Wir sind durch unseren Treueid auf den Führer verpflichtet. Der Führer befiehlt, wir haben zu folgen! Das neue Programm ist für jeden von uns verpflichtend. Ich werde mich von hier aus stehenden Fußes zum Führer begeben und ihn meiner Ergebenheit versichern. Ei, Hitler!«

Der Kolonieführer SS Ernst Ströhm war erbleicht. Da war es, das war die Auflehnung gegen ihn, das bedeutete den Zusammenbruch seiner Macht, wenn das Beispiel Steinkohls Schule machte!

Ernst Ströhm zwang sich zur Ruhe.

»Der Parteigenosse Steinkohl hat gesprochen. Ich bitte um weitere Wortmeldungen.«

Jetzt sprang auch Steinkohls Unterdirektor, Emil Hillger, auf und sagte:

»Ich schließe mich den Ausführungen des Pg. Steinkohl vollinhaltlich an. Und ich glaube auch im Namen unserer Gefolgschaft sprechen zu können, wenn ich erkläre:

Die Fleischkonservenfabrik ›Buen retiro‹ steht in unverbrüchlicher Treue geschlossen hinter dem Führer. Ei, Hitler!«

»Weitere Wortmeldungen?« fragte Ströhm kurz.

Der Architekt Reger erhob sich.

»Ich, der ich die Ehre gehabt habe, mit dem Pg. Emil Hillger zusammen den Führer sozusagen heim in unser Reich zu bringen, erkläre hiermit feierlichst, daß auch ich den Führer unverzüglichst meiner treuesten Ergebenheit versichern werde. Ei, Hitler!«

Der Kolonieführer SS maß ihn mit einem kurzen Blick und wiederholte:

»Weitere Wortmeldungen?«

Niemand meldete sich. Ströhms Züge hellten sich auf. Natürlich, dieser Steinkohl, dieser Hillger, die beiden mit ihrem Kaufmannsgeist, die sich vor jeder militärischen Übung zu drücken suchten, die ihm immer versteckt Opposition gemacht hatten, die waren natürlich zufrieden, daß A. H. aufgetaucht war. Und der Reger bildet sich vielleicht ein, riesige Bauten für den Führer errichten zu können. Aber man war hier nicht in Berlin, sondern in Buen retiro.

»Keine Wortmeldung mehr?« fragte er nochmals.

Jetzt stand Willi Gadischke auf, ein großer Schwarzhaariger mit einem vollen und stark geröteten Gesicht. Sein Kinn war massig und brutal, aus den kleinen Augen gingen stechende Blicke auf die Getreuen Adolf Hitlers.

»Alles verfluchter Blödsinn!« sagte Gadischke wutentbrannt. »Wir haben hier jetzt seit Jahren getreu unserem alten Parteiprogramm gelebt und alles in Schuß gebracht. Wenn der Führer jetzt auf einmal alle Dinge auf den Kopf stellen will, so frage ich: wer gibt ihm das Recht dazu? Ein neues Parteiprogramm kann nur mit Zustimmung der Parteigenossen eingeführt werden, und das werden wir Adolf Hitler klar machen, in der Volksversammlung, die er abhalten will. Immer hat der Führer gesagt: Der Wille des Volkes ist entscheidend. Daran werden wir ihn kräftig erinnern. Das ist meine Meinung!«

Wütend ließ er sich schwerfällig auf seinen Platz nieder.

»Ich danke dem Pg. Gadischke für seine Ausführungen. Wünscht noch jemand das Wort?«

»Jawohl«, rief der Lehrer Hans Karzinski, ein hagerer, fanatisch aussehender Mann und stand auf:

»Jahrelang habe ich unsere Jugend im kämpferischen Geiste des Nationalsozialismus erzogen, ihr den Stolz auf ihre Zugehörigkeit zum überragenden arischen Blut eingeimpft und sie die Reinhaltung von Blut und Rasse und die Feindschaft gegen Juda gelehrt. Es ist unmöglich, das umzuwerfen und jetzt auf einmal den Frieden und die internationale Rassenvermischung in den Lehrplan aufzunehmen! Der Pg. Gadischke hat tausendmal recht, der Wille des Volkes ist bestimmend, der Führer kann nur der Ausführende sein. Die Volksversammlung muß entscheiden!«

Er endete und setzte sich, sein Gesicht zuckte vor Erregung.

Der Kolonieführer SS warf ihm einen freundlichen Blick zu.

»Ich danke Ihnen, Pg. Karzinski. Wer bittet noch ums Wort? Wollten Sie etwas sagen, Pg. Holle?«

Aber der zweite Lehrer von Buen retiro, Paul Holle, ein noch junger Mann, schüttelte verneinend den Kopf. Er hatte seine eigenen Gedanken und verspürte keine Lust, sie hier auszusprechen.

Der Oberbürgermeister Ernst Ströhm streifte ihn mit einem kalten Blick.

»Da keine weiteren Wortmeldungen vorliegen, schließe ich die Sitzung.«

Bisher, d. h. vor A. H.'s Auftauchen, hatte der Kolonieführer SS und Oberbürgermeister niemals eine Ansprache oder eine Rede ohne ein »Heil Hitler« beendet. Daß er diesmal den Gruß fortließ und ihn auch nicht durch ein »Ei, Hitler« ersetzte, wurde von allen Anwesenden als eine versteckte Kriegserklärung empfunden.

Gustav Steinkohl, der Fabrikleiter, und Emil Hillger, der zweite

Direktor, der Architekt Kurt Reger und der Lehrer Paul Holle verließen die Sitzung, während die anderen so taten, als ob auch sie sich zum Aufbruch anschickten, aber nur warteten, bis die erwähnten vier das Gebäude verlassen hatten.

Es war der grobschlächtig aussehende Willi Gadischke, der jetzt die Initiative ergriff.

»Das könnte uns so fehlen«, sagte er wütend, »daß jetzt hier alles auf den Kopf gestellt wird! Sie können sich darauf verlassen, mein Kolonieführer SS, daß es mit Ihrer Herrlichkeit bald vorbei ist, wenn Sie sich nicht auf die Hinterbeine setzen. Hitler wird Ihnen Bormann vor die Nase setzen, und Sie, Pg. Algermissen, glauben Sie, daß Hitler und Bormann Sie weiter im Befehl lassen werden, wenn Sie nicht gehorchen?«

Der Rechtsanwalt, ein schlanker Grauhaariger mit glattrasiertem und schon etwas faltigem Gesicht, wiegte den schmalen Kopf.

»Juristisch liegen die Dinge so«, sagte er mit seiner ruhigen Juristenstimme, »daß jedes Parteimitglied zur Treue auf den Führer Adolf Hitler verpflichtet ist. In der nationalsozialistischen Partei gibt es keine Majoritätsentscheidung, sondern nur die Autorität des gewählten Führers, der allein die Entscheidung trifft. Allerdings könnten wir argumentieren, daß 1945 mit dem Zusammenbruch des Großdeutschen Reiches und dem damit Hand in Hand gehenden Zusammenbruch der Partei eine neue Lage geschaffen worden ist. Zu diesem Argument haben wir uns allerdings praktisch bereits in Gegensatz gestellt, indem wir hier die Partei fortführten, also die Auffassung verneinten, daß sie zusammengebrochen sei. Unsere Situation ist demnach juristisch ungünstig. Immerhin würde ich dafür plädieren, daß angesichts der durch 1945 geschaffenen neuen Sachlage und des vom Führer entworfenen neuen Programms folgerichtig auch eine neue Konstituierung der Partei erfolgen muß. Setzen wir das durch, so haben wir beträchtlich an Boden gewonnen, denn wenn auch richtig ist, daß der Führer befiehlt, so ist auch andererseits Parteigrundsatz, daß der Führer von der Partei gewählt werden muß. Setzen wir also eine Neugründung der Partei, eben der Internationalsozialistischen Partei durch, so können wir auch die Neuwahl des Führers beschließen. Hierhin sehe ich den einzigen gangbaren Weg, den Führer Adolf Hitler entweder mattzusetzen oder zur Anerkenntnis unserer Grundsätze zu zwingen.«

»Ausgezeichnet, Pg. Algermissen«, sagte der Koloniefführer SS mit Befriedigung. »Sie haben hiermit den Befehl, diese Ihre kurzen Darlegungen ausführlich auszuarbeiten, damit sie in der großen Versammlung vorgebracht werden können. Einwendungen dagegen?«

Die allgemeine Zustimmung überzeugte ihn, daß er hier im Kreise von zuverlässigen Anhängern war.

»Wir werden unverzüglich unsere Propaganda in dem von Pg. Algermissen gekennzeichnetem Sinne arbeiten lassen, das Volk muß bereits vorbereitet in der großen Versammlung erscheinen. Sie, Kolonielandführer SS Tareh, werden es übernehmen, auf den Farmen und Ansiedlungen das Nötige zu tun. Das Hauptreferat in der Versammlung übernehme ich, d. h., also, ich werde dem Führer als Erster antworten. Darauf spricht Pg. Algermissen über die juristische Situation. Das anschließende Referat wird im Namen des gesunden Volksempfindens Pg. Gadischke in der ihm eigenen volkstümlichen Sprechweise übernehmen. Der Beifall wird in der alten bewährten Weise organisiert, ich rechne da besonders auf Ihre Schlachthausarbeiter, Pg. Gadischke. Gummiknüppel und Schlagringe sind mitzubringen, vom Gebrauch scharfer Waffen soll zunächst abgesehen werden. Nun gehen Sie und machen Sie sich an die Arbeit. Besonders bitte ich auf das Entwürdigende hinzuweisen, daß der Führer Adolf Hitler Vater dreier mischrassiger Kinder ist und Dr. Köpfle mit einer Japanerin zusammen Nachkommenschaft hat, daß es bei den anderen, außer beim Pg. Bormann, nicht anders aussieht. Wir müssen und wir werden Erfolg haben!«

Damit endete die Sitzung.

Während diese für A. H. bedrohliche Besprechung stattgefunden hatte, war er bereits über die Situation durch die Pg's Steinkohl, Hillger, Berger und Holle unterrichtet worden.

Den Kakadu auf der Schulter, hörte er sie ruhig an. Selbst der Kakadu Mundi schien zu fühlen, daß es um entscheidende Dinge ging, infolgedessen hielt er entschlossen den Schnabel.

»Ich danke Ihnen, meine Parteigenossen«, sagte der Führer. »Obwohl Ihre Treue eine selbstverständliche ist, werde ich das Verdienst dieser Stunde nicht vergessen. Wie verhält es sich mit den Parteigenossen Joachim zum Bergk und Karl Killdisch, die mich seinerzeit auf Hitlalone aufsuchten?«

Pg. Steinkohl, der sich zum Sprecher gemacht hatte, erklärte, daß die beiden in der Import- und Exportabteilung tätig seien, er stehe mit ihnen auf dem besten Fuße und werde sondieren.

»Ich danke Ihnen, meine Parteigenossen. Sie, Pg. Steinkohl, bleiben noch, ich habe Sofortmaßnahmen mit Ihnen zu besprechen.«

»Ei, mein Führer«, sagte Steinkohl, sein Gesicht glänzte vor Befriedigung.

Während sich die anderen verabschiedeten und zur gleichen Zeit die Gegenseite sich für den Versammlungstag rednerisch, juristisch und propagandistisch rüstete, beorderte A. H. Martin Bormann zu sich.

»Setz dich, Bormann«, sagte er, die freundschaftliche Anrede diesmal vermeidend. Seine Stimme klang rauh, hart und entschlossen. »Jetzt bekommst du eine Aufgabe, die nach deinem Herzen sein wird! Ich bin, Pg. Steinkohl«, wandte er sich nun an diesen, »hierhergekommen, um die Partei neu zu organisieren, in der Überzeugung, daß meinen Anordnungen als denen des Führers unbedingter Gehorsam entgegengebracht wird. Denen gegenüber aber, die diesen Gehorsam verweigern, komme ich als Richtschwert! – Wir brauchen Waffen, haben Sie solche zur Verfügung?«

Der Pg. Steinkohl wurde etwas bleich um die Nase. Waffen, das klang gefährlich. Aber was sollte man machen, man hatte sich nun einmal dem Führer verschrieben, da blieb nichts anderes übrig, als zu gehorchen.

»Ei, mein Führer«, sagte er, ohne ein leichtes Schwanken seiner Stimme verbergen zu können. »Wenn mit Pistolen gedient ist, wie viele befehlen Sie, mein Führer?«

A. H. überlegte einen Moment.

»Was Papen seinerzeit gegen die preußische Regierung mit einem Polizeileutnant und vier Mann fertiggebracht hat, das werden wir gegen einen rebellischen Koloniefiihrer SS auch schaffen!«

Er dachte noch eine kurze Weile nach.

»Du, Martin Bormann, übernimmst die Durchführung der Aktion! Es wird radikal durchgegriffen, du weißt, was das heißt?«

Bormann nickte und beschränkte sich auf ein böses Lächeln als Antwort.

»Also du, Müller, Hinterstoissel und deine beiden Japaner. Wenn wir schlagartig zugreifen, muß das genügen. Selbstverständlich werde ich dabei sein. Wann ist Ströhm im Rathaus?«

Er richtete den Blick fragend auf Steinkohl.

»In der Regel spätestens um 9 Uhr morgens.«

Der Führer nickte.

»Und dieser Gadischke, wann ist der in seinem Schlachthaus?«

»Fast stets morgens um 8 Uhr.«

»Gut«, sagte Adolf Hitler. »Sie, Pg. Steinkohl übergeben noch heute Martin Bormann die Waffen. Im übrigen schweigen Sie! Ich werde ein Exempel statuieren und der Kolonie zeigen, was Auflehnung gegen meinen Frieden bedeutet.«

Damit endete auch diese Unterhaltung.

Am anderen Tage geschah folgendes:

Adolf Hitler erschien mit Bormann und dessen vier Begleitern im Rathaus. Der Sekretär im Vorzimmer, ein noch junger Mann, der den Führer aus persönlicher Anschauung nicht kannte, ihn aber nach Bildern sofort erkannte, wagte nicht, sich dem Manne zu widersetzen, den man ihm Jahre hindurch als den größten Deutschen und das größte Genie aller Zeiten geschildert hatte. Er wollte beflissen den Führer beim Kolonieführer SS und Oberbürgermeister melden, fühlte sich aber grob zur Seite geschoben und, ehe er sich noch versah, unter Bewachung des einen japanischen Gestapomannes im Vorzimmer eingeschlossen.

Indessen hatte Adolf Hitler bereits die Tür zu Ernst Ströhms Zimmer aufgerissen, der, durch den Stimmenwirrwarr im Vorraum aufmerksam geworden, eben von seiner Arbeit aufgestanden war, um sich zu unterrichten, was vorgehe.

Er prallte zurück, als er A. H., Bormann und die anderen eintreten sah, ihre Mienen verhießen nichts Gutes.

Er hob rasch den Arm, zwang sein Gesicht zu einem Lächeln, das beschwichtigend wirken sollte, und sagte:

»Ei, mein Führer! Was verschafft mir die Ehre, Sie zu so früher Stunde…«

»Schweigen Sie!« herrschte ihn Adolf Hitler an. »Gestern noch erklärte ich Ihnen in unserer ersten Unterredung, daß die Oberleitung der Kolonie nunmehr in meine Hand übergegangen sei. Sie, mein lieber Kolonieführer SS, haben es dennoch gewagt, ohne meine Erlaubnis und Benachrichtigung eine Sitzung einzuberufen und in dieser aufrührerische Reden gegen mich zu dulden. Statt sofort einzugreifen, die Rebellen festzusetzen und meine Entscheidung über ihr Schicksal anzufordern, haben Sie sie offenkundig ermutigt. Das ist offener Aufruhr gegen den Führer und Verrat am Parteiprogramm! Martin Bormann, tun Sie ihre Pflicht als Parteiminister!«

Der Kolonieführer SS starrte Adolf Hitler mit weitoffenen Augen an, eisiger Schreck überfiel ihn. Mit dem, was er eben erlebte, hatte er nicht gerechnet. Er schluckte schwer und setzte zu einer Verteidigung an, aber er kam nicht mehr dazu. Bormann hatte die Hand gehoben, drei Schüsse peitschten durch den Raum und Kolonieführer SS, Oberbürgermeister Ernst Ströhm, stand einen Moment erstarrt, dann brach er zusammen, hart schlug der schwere Körper auf den Fußboden auf.

A. H. an der Spitze, verließen die Mörder den Raum.

Der junge Vorzimmerbeamte war totenbleich und zitterte.

»Wie heißen Sie?« fragte ihn der Führer barsch.

»Mehlmann«, sagte der junge Mann zaghaft.

»Es heißt ›Ei, mein Führer!‹, wenn Sie mir antworten! Merken Sie sich, Pg. Mehlmann, ein Rebell ist gerichtet! Und jedem, der sich widersetzt, wird es genau so ergehen.«

Der Führer vollführte den Eigruß und verließ, von Bormann und den anderen gefolgt, mit raschen Schritten das Zimmer.

Was sich hier eben ereignet hatte, wiederholte sich im Schlachthaus. Eine Viertelstunde, nachdem A. H. mit seinen Handlangern das Tor durchschritten hatte, lag Willi Gadischke in seinem Blut und regte kein Glied mehr. Anschließend begab sich der Führer mit dem Trupp zu dem Rechtsanwalt Algermissen. Hier verzichtete er auf ein gewaltsames Eindringen und ließ sich, dem Brauch folgend, gemeinsam mit Bormann bei dem Anwalt melden.

Der Jurist, dem Übles schwante, ließ beide sofort vor. Er erhob sich hinter seinem Schreibtisch und grüßte mit einem beflissenen: »Ei, mein Führer! Ich bin erfreut…«

Aber auch er kam nicht dazu, die Begrüßung zu vollenden.

»Pg. Algermissen«, sagte der Führer hart und streng, »ich setze Sie davon in Kenntnis, daß innerhalb der letzten Stunde der Koloniefführer SS, Ernst Ströhm, und der Pg. Willi Gadischke wegen Verrat an meiner Person und der Partei gerichtet worden sind! An die Stelle des ehemaligen Pg. Ströhm tritt der Pg. Steinkohl, der sich als treuer Gefolgsmann erwiesen hat. Sie aber, Pg. Algermissen, geben den Befehl über die unter Ihrer Führung stehenden Wehrverbände sofort an den Pg. Bormann ab. Welche Möglichkeiten haben Sie, die Angehörigen des Verbandes sofort einzuberufen?«

Der Rechtsanwalt zitterte, er sah ein, daß nur sofortige Unterwerfung sein Leben retten konnte. Er beschloß sogleich, mit fliegenden Fahnen zu A. H. überzugehen.

»Ei, mein Führer«, sagte er mit bebender Stimme. »Es besteht im Augenblick keine Möglichkeit, alle Angehörigen des Verbandes sofort zu mobilisieren, nur eine Bereitschaft kann unverzüglich herbeigerufen werden, sie ist stets einsatzbereit.«

»Geben Sie den Befehl«, gebot Adolf Hitler. »Die Bereitschaft hat sich so rasch wie möglich bewaffnet –, sie ist doch bewaffnet?«

Der Rechtsanwalt bestätigte.

»Sie hat sich also bewaffnet sofort hier einzufinden! Vor versammelter Mannschaft werden Sie den Befehl an Pg. Bormann übergeben. Anschließend wird die Vereidigung der Truppe auf mich stattfinden. Sie werden den Verband instruieren, was Gehorsamsverweigerung bedeutet. Gleichzeitig geben Sie die Hinrichtung von Ströhm und Gadischke bekannt. Eilen Sie!«

Pg. Rechtsanwalt Algermissen griff mit zitternder Hand zum Telefon.

Knapp 20 Minuten später standen fünfzig uniformierte und durchweg junge Leute in der schwarzen SS-Uniform stramm ausgerichtet vor dem Hause. A. H., Bormann und Algermissen und die anderen hatten den Trupp bereits erwartet. Der Führer schritt die Front ab, jeden einzelnen der SS-Männer mit stählernem Blick musternd. Dann gab er Algermissen einen Wink.

Mit unsicherer Stimme verkündete der Anwalt, was ihm befohlen worden war. Er übergab den Befehl an Martin Bormann, der sich nun an die Truppe wandte.

»Rührt euch! Alles herhören!« begann der Stellvertreter des Führers. »Der neue Parteigruß heißt: ›Ei, Hitler!‹ Verstanden?«

»Jawoll«, kam es wie aus einem Munde.

»Der Name der Partei ist in ›Internationalsozialistische Partei‹ geändert. Wie heißt die Partei jetzt?«

»Internationalsozialistische Partei«, scholl es wie mit einer Stimme zurück.

»Ich vollziehe jetzt, obwohl Ihr ohnehin zum Gehorsam auf den Führer verpflichtet seid, noch einmal ausdrücklich die Vereidigung auf den Führer Adolf Hitler. Stillgestanden!«

Mit einem Ruck nahm der Trupp Haltung an.

Während der Führer den Eigruß vollführte und dann den Arm hochaufgereckt hielt, sprach Bormann die Eidesformel vor, sie satzweise durch die Angetretenen wiederholen lassend.

»Danke«, sagte Bormann kurz. »Damit seid Ihr zu unbedingtem Gehorsam dem Führer gegenüber verpflichtet. Wie Ungehorsam geahndet wird, habt Ihr erfahren. Ihr steht jetzt zu meiner Verfügung.«

Er wandte sich um, riß den dicken Körper zusammen und richtete die Augen auf Adolf Hitler.

»Vereidigung vollzogen! Ei, mein Führer.«

Damit war die Machtergreifung praktisch vollendet. Auf dieses rasche und blutige Vorgehen war niemand gefaßt gewesen. Niemand wagte einen Widerstand, und die, die möglicherweise noch den Mut dazu aufgebracht hätten, sahen sich im Augenblick der allgemeinen Verwirrung jeder Gefolgschaft beraubt. Die Schrekkenskunde lief durch Buen retiro und fand von dort schnell ihren Weg zu den Farmen und kleineren landwirtschaftlichen Niederlassungen. Zwar wurde die Nachricht über das gewaltsame Ende von Ströhm und Gadischke mit Erregung aufgenommen, aber sie rief in der breiten Masse keinen Widerstand hervor. Der Koloniefführer SS war infolge der Schroffheit seines Auftretens nicht beliebt gewesen und er hatte zahlreiche Neider, Gegner und Feinde gehabt. Daß der grobe Gadischke tot war, ein ehemaliger Bierwirt aus Berlin-O., der sich durch seine ellenbogenstarke Brutalität zum Leiter des Schlachthauses aufgeschwungen hatte, erregte kaum Bedauern.

Mit einem Schlag saß A. H. fest im Sattel. Nur eines glückte nicht: der Lehrer Hans Karzinski mußte rechtzeitig gewarnt worden sein. Ehe Bormann noch hatte zugreifen können, war er verschwunden. Eine Sonderausgabe des bisherigen »Buen-retiro-Beobachter«, der jetzt unter dem Titel ›INS Mixpickle‹ erschien, forderte mit einer genauen Personalbeschreibung zur Fahndung nach Karzinski auf und verhieß für die Beibringung des Flüchtigen eine hohe Belohnung. Wie die von Bormann persönlich geleitete Nachforschung ergab, hatte Karzinski seine Wohnung Hals über Kopf und ohne Mitnahme von Dingen, die ihm auf der Flucht weiterhelfen konnten, verlassen. Er konnte also nicht weit gekommen sein. Nur alle zwei Tage traf in Buen retiro, das fast 700 m hoch gelegen war, ein kleiner Zug ein, sonst waren weit und breit keine Verkehrsmöglichkeiten außer einigen Kraftwagen vorhanden. Natürlich bestand die Möglichkeit, daß Karzinski zu Pferd zu entkommen suchen würde. Die Bahnlinie wurde unter Bewachung gestellt und ständig abpatrouilliert, der inzwischen vollzählig vereidigte Wehrverband suchte überall nach dem Geflüchteten. Aber er war und blieb verschwunden.

Der Sonntag kam heran, zu dem die große Volksversammlung einberufen war. Sie fand unter freiem Himmel statt. Eine Rednertribüne war errichtet worden, links und rechts flankiert von Fahnenmasten, an denen das rote Banner mit dem weißen Eiabzeichen flatterte. Die Mitglieder des Wehrverbandes, den umzutaufen A. H. noch keine Zeit gefunden hatte, trugen statt des silbernen Totenkopfes jetzt ein silbernes Ei an den Mützen, das in der Konservenfabrik eilig angefertigt worden war.

Die Kapelle, mit Blechinstrumenten ausgerüstet, spielte den Badenweiler Marsch. Durch das Spalier der Schwarzuniformierten hielt der Führer Einzug. In Anlehnung an die alte SA-Uniform und in Erinnerung an seine Eigenschaft als OSAF trug Adolf Hitler eine braune Khakijacke, die noch aus Hitlalone stammte, und schwarze Beinkleider. Hinter ihm auf der Tribüne gruppierten sich der neue Kolonieführer SS, Gustav Steinkohl, der Kolonielandführer SS, Fritz Tareh, Martin Bormann, Dr. Köpfle, Max Rosenberg, sowie die anderen Parteigrößen wie Emil Hillger, Kurt Reger und Joachim zum Bergk, die sich rechtzeitig zu A. H. bekannt hatten. Sie verfügten über offizielle Funktionen.

Der neue Oberbürgermeister und Kolonieführer SS eröffnete die Versammlung in der gewohnten zackigen Weise. Dann ergriff Adolf Hitler das Wort.

Dan Yoker ließ seine Filmkamera eifrig arbeiten. Sie schweifte über die Menge, sie fing die Umgebung ein, die Tribüne und die Fahnen mit dem weißen Ei im blutigen Rot, sie verweilte schließlich auf Adolf Hitler, der eben mit den Worten begann:

»Meine Parteigenossen, Männer und Frauen von Buen retiro und den umliegenden Farmen und Niederlassungen! Als ich vor nunmehr 35 Jahren als der unbekannte kleine Gefreite des ersten Weltkrieges einen gigantischen Kampf begann, im Angesicht einer feindseligen Welt, da konnten Sie und ich nicht ahnen…«

Frank Curiouslys Stift flog eilig über das Papier. Das war eine Sache, die erste Massenversammlung von A. H. nach so vielen Jahren. Hier in Buen retiro war etwas los. Gleich mit zwei Toten hatte es angefangen! Wer weiß, was alles noch zu erwarten war. Wenn er, Frank Curiously, noch seine alte journalistische Witterung hatte, dann konnte es hier noch bewegt zugehen!

Während er das dachte, fing sein Ohr die dröhnenden Sätze Adolf Hitlers ein, und seine Hand hielt fest, was ihm irgendwie bemerkenswert erschien.

A. H. verweilte in der ersten Stunde seiner großangelegten Rede bei der Entstehungsgeschichte der Partei. Er betonte, daß der damalige Weg, der ihn bis an die Spitze des Reiches geführt hatte, der allein gangbare gewesen sei.

Die durch Köpfle wohlinstruierte Claque fiel jedesmal, wenn der Führer eine wohlberechnete Redepause einlegte, mit dröhnenden »Ei«-Rufen ein, mit begeisterten Zurufen.

Im zweiten Teil seiner Ausführungen beschäftigte sich Adolf Hitler mit dem zweiten Weltkrieg und legte dar, daß dieser in der Hauptsache infolge der Unfähigkeit einer Generalität verloren gegangen sei, die es nicht verstanden hätte, die genialen Ideen des Führers in die Wirklichkeit umzusetzen.

»Ich hatte es mit militärischen Idioten zu tun!« brüllte Adolf

Hitler. Dröhnende Beifallsrufe unterbrachen an dieser Stelle seine Ausführungen.

»Trotzdem hätten wir den Endsieg errungen«, fuhr Adolf Hitler mit unverminderter Stimmkraft fort, »wenn nicht in der letzten Phase des Kampfes Verräter wie der zu Recht hingerichtete und aus der Partei ausgestoßene Hermann Göring und der ebenfalls durch Parteiaustritt bestrafte Heinrich Himmler mir in politischer Idiotie verräterisch in den Rücken gefallen wären!«

Adolf Hitler erging sich dann in einer langatmigen Aufzählung aller Fehler, die entgegen seiner überlegenen Einsicht begangen worden seien. Dann aber, sich vor seinen deutschen Zuhörern bewußt, daß er nicht gut auf das deutsche Volk schimpfen konnte, stellte er fest:

> »Das deutsche Volk als solches ist nach wie vor unbesiegt und hätte, wäre nicht die Feigheit und Unfähigkeit einer Generalität und vieler meiner früheren Mitarbeiter gewesen, denen ich allzu sehr mein Vertrauen geschenkt hatte, den Krieg letzten Endes zu einem siegreich endenden gestaltet. Nie habe ich den geringsten Zweifel daran gehabt…«

Die Claque brach in nicht enden wollenden Beifall aus, und die anderen Zuhörer, denen diese Sätze Adolf Hitlers erfreulich zu hören waren, stimmten jubelnd ein.

> »Das Volk hat scharfe Augen«, dröhnte Adolf Hitler weiter, »es hat nach 1945 mit aller Klarheit erkannt, daß wir zwar infolge Unfähigkeit und Verrat in der Generalität und hohen politischen Stellen nicht den militärischen Sieg errungen, aber dennoch im Endeffekt den Krieg gewonnen haben! Sehen Sie sich doch um, Parteigenossinnen und Parteigenossen, wie es überall in der Welt aussieht! Wo sind sie denn, die Sieger? Während in Deutschland die Schornsteine seit langem wieder rauchen, während der von mir bis zum bitteren Ende geführte

Kampf unsere Feinde daran gehindert hat, Deutschland total zu zerstören, sondern sie vielmehr unter Einsatz ihrer wirtschaftlichen und finanziellen Mittel zu einem schleunigen Wiederaufbau gezwungen hat, schweben die sogenannten Siegerstaaten in tausend Nöten! Meiner Politik ist es in ausschlaggebender Weise zu verdanken, daß das britische Imperium an allen Ecken und Enden angeknackst und nur mit größter Kraftanstrengung vor dem Zerbröckeln zu bewahren ist! Meine Politik ist es gewesen, die durch ein klug berechnetes Bündnis mit Japan Asien hat erwachen lassen, zum schweren Nachteil Englands und Frankreichs! Meine Politik hat dazu geführt, die Vereinigten Staaten zu unausgesetzten ungeheueren und erschöpfenden Anstrengungen für Europa zu zwingen! Meine Vorausschau ist es gewesen, die den Konflikt zwischen den imperialistischen und kapitalistischen Mächten des Westens und der bolschewistischen Sowjetunion entfesselt hat! Wohin Sie blicken, nichts als Erfolge einer Politik, die wahrhaftig Geschichte gemacht hat!«

Wieder verzeichnete Frank Curiously nicht enden wollenden Beifall. Er begriff jetzt endlich, wie dieses gräßliche, bandwurmartige Wort in die deutsche Sprache geraten war. Er blinkerte Dan Yoker zu, der ihm den Blick mit einem Gesichtsausdruck zurückgab, der von fassungslosem Erstaunen geprägt war. Nie hatten sie beide vorher nationalsozialistische Massenversammlungen mitgemacht. Jetzt, während sie um sich blickten, und Hunderte von Gesichtern sahen, die nichts als Hingerissenheit und Gläubigkeit, nicht aber eine Spur von Kritik verrieten, ging ihnen auf, wie Adolf Hitler und die NSDAP ihre Erfolge errungen hatten.

Wie hatte Adolf Hitler vorhin gesagt, der alte Nietzsche-Kenner? »Das Volk hat scharfe Augen.« Jetzt fiel es Frank Curiously ein, wie die Stelle bei Nietzsche wirklich hieß: »Das Volk hat blöde Augen.« So war es, wenn nur einer kam, der mit dem nötigen Aufwand an Lungenkraft und einer von Überzeugung getragenen Stimme stundenlang die widersinnigsten und falschesten Behauptungen in die Schädel eintrommelte, unter einem reißenden Wortschwall, der jeden eigenen Gedanken bei den allermeisten hinwegspülte, hinwegschwemmte! Dann war der Erfolg so gut wie sicher. Die Masse ist vom Unbewußten beherrscht, so sagte Le Bon, die Masse nimmt nicht den Geist, sondern nur die Mittelmäßigkeit in sich auf. Die bewußte Persönlichkeit ist völlig ausgelöscht. Und steht dann vor dieser Masse, so spann Frank Curiously seine Gedanken weiter aus, während seine Hand eifrig stenographierte, steht dann vor dieser Masse solch ein irgendwie dämonischer Hypnotiseur, der sie in genauer Kenntnis der Massenpsychologie, ihrer Triebhaftigkeit, Beweglichkeit, Erregbarkeit, Beeinflussbarkeit und Leichtgläubigkeit hinzureißen versteht, dann folgt sie ihm, wie die Ratten dem bekannten Manne von Hameln.

Inzwischen war A. H. bei Teil III seiner Rede angelangt.

»Aus alledem habe ich eine unumstößliche Erkenntnis gewonnen«, dröhnte er mit heftigen Bewegungen der Rechten, deren Zeigefinger gestreckt war. Der Schweiß rann ihm über das Gesicht, aber seine Stimme hatte nichts von ihrem mächtigen Klang verloren.

»Die Gegner sind noch die gleichen, aber wir haben die Mittel, mit denen wir sie bekämpfen und zu unseren Zielen mit tödlicher Sicherheit bringen werden, inzwischen unendlich verfeinert! Wir gehen nicht mehr den Weg des Kampfes mit der Waffe, sondern wir kämpfen vermittels der Idee meines Friedens. Wir werden die Geschlossenheit der gegnerischen und bereits erschütterten Fronten durchbrechen durch das Mittel der internationalen Vermischung. Wir werden das Samenkorn sein, aus dem unser Weizen aufblüht. Indem wir in allen Ländern der Erde die Mischehe durch Gesetzeszwang durchsetzen, werden wir auch unseren alten Todfeind, das internationale Judentum, vernichtend schlagen. Der Speer der Vermischung, von unserer stählernen Hand geführt, wird ein den Panzer Alljudas durchdringender sein. Wir werden…«

Dan Yoker stieß Frank Curiously mit dem Ellenbogen an. Der Journalist blickte auf und sah eine vor Begeisterung tobende, sich kaum noch auf den Plätzen haltende Menge. Er zuckte hilflos die Achseln und suche Dan Yokers Blick, aber der war zu sehr mit seiner Kamera beschäftigt, als daß er ihm noch Beachtung geschenkt hätte.

Inzwischen war A. H. zu den Einzelheiten seines Programms übergegangen. Er sprach von dem neuen Parteiabzeichen, vom »Kaikai-Tag« und vom »Köpfle-Tag«, von der zwangsweisen Vermischung, die nunmehr auch in Buen retiro und in den umliegenden 25 Ortschaften erfolgen werde, vom internationalen Frauenaustausch und vom gegebenenfalls vorzunehmenden Ex- und Import von Spermatozoen, er benannte das Datum des TIV-Tages, des Tages der Internationalen Vermischung, er verkündete die Verleihung des Mischmutterkreuzes usw. Vom Eingriff in den bestehenden Familienverband sprach er vorsichtshalber nicht. Zum Schluß ging er zu den Strafandrohungen über, die mit der Verkündung der Errichtung eines Arbeitsdienst-Vermischungslagers begannen und unter Hinweis auf die Todesstrafe endeten, die Verräter wie Ernst Ströhm und Willi Gadischke bereits ereilt habe.

»Wir werden den Sieg um jeden Preis erringen!« rief A. H. mit überschlagender Stimme. »Jeder, der sich meinen Anordnungen widersetzt, stirbt ohne Gnade und Barmherzigkeit! Nur wenn wir einig und geschlossen unseren Weg gehen, werden wir alle Widerstände überwinden. Die Nachtwächter aber in Ihren Reihen, die in veraltete Hörner stoßen und alte Sachen aufwecken wollen, die längst eingeschlafen sind, werde ich vernichten! Folgen Sie mir, meine Parteigenossinnen und Parteigenossen, dann wird nichts uns von der Erreichung des Zieles abhalten können: von der friedlichen Eroberung der Welt!«

Damit endete unter abermals nicht enden wollendem Beifall und sich stürmisch wiederholenden »Ei, Adolf Hitler«-Rufen und »Sieg Ei«-Rufen, die vierstündige Rede des Führers. Erst nach etwa 20 Minuten tobenden Jubels trat Ruhe ein. So lange stand A. H. mit ausgestrecktem Arm auf dem Podium. Dann endlich ließ er sich triefnaß auf den Sessel nieder, den Bormann ihm zuschob.

Jetzt erklomm Gustav Steinkohl die Rednertribüne, dankte im Namen der Versammelten dem Führer für seine glanzvolle Rede, die von einmaliger Vorausschau gewesen sei, brachte ein dreifach donnerndes »Sieg Ei!« auf den Führer aus und schloß die Versammlung. Von einer Opposition war überhaupt keine Rede mehr.

Adolf Hitler begann zu regieren.

Zunächst ließ er sich den Koloniefürer SS kommen.

»Bei der ersten Besichtigung von Buen retiro ist mir aufgefallen, daß nur im Rathaus ein kleines Arrestlokal ist. Wenn meine politischen Erfahrungen umfassende sind, was Sie nicht bestreiten werden, so darf ich folgern, daß in diesen Jahren hier ebenfalls Widersetzlichkeiten gegen die Bewegung und Koloniefeinde aufgetreten sind. Wie haben Sie es mit denen gehalten?«

»Das alles geschah unter der Verantwortung von Ströhm«, beeilte sich Steinkohl zu versichern. »Wir haben in diesen acht Jahren insgesamt nicht mehr als 250 Fälle gehabt, sie sind sämtlich nach dem Norden ausgewandert.«

A. H. stutzte.

»Nach dem Norden ausgewandert? Wohin sind sie da gewandert?«

Steinkohl lachte ein wenig.

»Wir nannten das so, so ist es auch in den Büchern vermerkt. Sie sind eben nach dem Norden ausgewandert und niemand hat wieder etwas von ihnen gehört.«

Jetzt begriff A. H. Er lachte dröhnend und schlug Steinkohl kräftig auf die Schulter.

»Hast du es gehört, Bormann?« sagte er, immer noch lachend. »Der alte Geist und unser Ideenreichtum sind also auch hier nicht ausgestorben gewesen! Nach Norden ausgewandert! Das ist großartig, das behalten wir bei!«

Er überlegte einen Moment, wobei er den Kakadu Mundi fütterte.

»Ich bin gewillt, die Entwicklung der Bewegung wieder zu einer beschleunigten zu machen. Wir müssen mit der versteckten Opposition aufräumen. Da ist dieser Hajo Wenning, der ein dicker Freund von Ströhm war, außerdem der Zweite im Schlachthaus, dieser Gerhard Hancke. Dem Pg. Algermissen ist auch nicht zu trauen, eine gewisse Umschulung wird für ihn angebracht sein. Ich habe hier noch ein Dutzend Namen von anderen, die mit den Genannten verschwistert und verschwägert sind, es sind eine ganze Menge junger Elemente darunter, die für Zwecke der Vermischung brauchbar sind. Die Vermischung muß mit aller Beschleunigung vorangetrieben werden, die Kopfzahl der Kolonie ist innerhalb der nächsten zwanzig Jahre derart zu erhöhen, daß wir zu einer nicht mehr übergehbaren Macht im Staate werden! Inzwischen werden wir erkennen, welche Fortschritte die Aktivierung der Bewegung im Auslande gemacht hat. Wir werden uns dann entscheiden, ob wir entweder diesen Staat X. übernehmen und ihn zum Stoßkeil unserer Bewegung machen, oder ob wir gegebenenfalls wieder nach Deutschland zurückkehren.«

»Gestatten Sie eine Frage, mein Führer«, sagte Steinkohl. »Besteht nicht die Gefahr, daß durch die Vermischung die aktivsten Kräfte der Bewegung aufgesogen werden, so daß sie schließlich im allgemeinen Rassenmischmasch untergeht?«

A. H. schüttelte den Kopf.

»So mag es dem oberflächlich Denkenden scheinen, aber Sie vergessen, Pg. Steinkohl, daß wir ein Orden bleiben, gestützt auf das unverrückbare Parteidogma. Es hat der Kirche nicht den geringsten Abbruch getan, daß ihre Gläubigen sich aus den Angehörigen der verschiedensten Rassen zusammensetzen, im Gegenteil, es hat sie nur gefördert, weil immer das Dogma unverändert und zugleich das unzerreißbare Bindeglied blieb. So wird das

Dogma der internationalen Vermischung immer das unzerstörbare Bindeglied der Internationalsozialistischen Partei sein und bleiben. So wird es schließlich gleichgültig sein, wie sich die Parteimitgliederschaft rassisch zusammensetzt, zumal es zuletzt doch nur noch eine allgemeine Mischrasse geben wird. Nur die Klammer eben, das unverrückbare Dogma, muß behauptet werden. Aber nun zum Praktischen.«

Er warf eine flüchtige Skizze auf ein Blatt Papier und schob sie Bormann hinüber.

»Das fällt in dein Ressort! Hier, an dieser Stelle der Hochebene, wird das erste Vermischungslager eröffnet. Die Anlage hat sofort eine großzügige zu sein. Feste Gebäude, die nötigen Anlagen für Kommandantur und Wachmannschaft. Das wird sofort in Angriff genommen.«

»Ei, mein Führer!«

»Ei, Hitler«, wiederholte der Kakadu.

»Sie aber, Koloniеführer SS, machen sich unverzüglich daran, den ersten Schub eingeborener Frauen herbeizubringen, sagen wir zunächst dreihundert. Ich lege äußersten Wert darauf, daß Sie dabei alles arische Blut vermeiden. Bringen Sie Indianerinnen, Japanerinnen, Chinesinnen, Mestizinnen, je vermischter, desto besser. Sie, Rosenberg, werden inzwischen eine Liste aller geschlechtsreifen jungen Männer der Kolonie zusammenstellen. Es versteht sich, daß Sie nur junge weibliche Exemplare heranzuschaffen haben, es kommt darauf an, sehr bald bevölkerungspolitische Erfolge zu erzielen! Verschaffen Sie mir genaue Zahlen, welche Zeugungskapazität in der Kolonie vorhanden ist. Soweit ich bisher einen Überblick erlangen konnte, besteht zur Zeit nur ein sehr geringer Frauenüberschuß, das muß ganz anders werden! Entwickeln sich viele Nebenverhältnisse, so wird der angestrebte Bevölkerungszuwachs ein um so leichter erreichbarer sein. Wir werden, was außereheliche Bindungen betrifft, beide Augen zudrücken. Ergeben Ihre Feststellungen, Pg. Rosenberg, daß die Zahl von dreihundert Frauen als eine zu niedrig gegriffene anzusehen ist, so benachrichtigen Sie an zu verabredende Adresse den Koloniefführer SS, daß die Frauenimportquote sofort entsprechend erhöht wird. Der Transfer der Frauen kann innerhalb von vier Wochen bewerkstelligt sein. Legen wir noch eine Woche für das Heiratszeremoniell zu, das nach meinem Willen unter dem großen Ei zu vollziehen ist, so können wir den ersten TIV-Tag auf den 15. des nächsten Monats ansetzen. Wir werden diesen Tag der internationalen Vermischung mit festlichem Gepräge feiern. Sie, Pg. Köpfle, werden mir über die Gestaltung des Tages Vorschläge einreichen.«

Der Pg. Steinkohl, Oberbürgermeister und Koloniefführer SS, schmunzelte. Jetzt war endlich das Eis gebrochen, nun konnte er seine reizvolle Promenadenmischung aus der Hauptstadt nach Buen retiro überführen und sie offiziell als sein Verhältnis etablieren, der Führer würde seine schützende Hand darüber halten. Hedwig (das war Steinkohls Frau) würde zwar nicht einverstanden sein, aber das hatte jetzt nichts mehr zu bedeuten, denn von nun an war jedes Verhältnis sozusagen staats- und bevölkerungspolitisch legalisiert. Es war einfach großartig!

Der Pg. Rosenberg meldete sich zu Worte, sein immer etwas verdrossenes Gesicht hatte sich in sorgenvolle Falten gelegt.

»Ich gebe zu bedenken, mein Führer«, sagte er ernst, »daß man auch eine bestimmte Importquote fremdrassiger Männer unverzüglich festlegen sollte, denn ich habe vielfachen Gesprächen entnommen, daß in der Kolonie in Stadt und Land eine Anzahl von Verlöbnissen Gleichrassiger besteht, aus denen bei Eheschließung unerwünschter reinrassiger Nachwuchs zu befürchten ist.«

Der Führer nickte lebhaft.

»Sehr gut, daß Sie darauf aufmerksam machen, Pg. Rosenberg. Gehen Sie diesen Dingen nach und stellen Sie fest, um wieviel Fälle es sich handelt. Hier muß natürlich eingegriffen werden. Solche Verlöbnisse sind zu lösen. Wer sich widersetzt, wird in das Vermischungslager eingewiesen und bleibt dort so lange, bis er die Verbindung mit einem andersrassigen Partner, respektive einer andersrassigen Partnerin eingegangen ist. Sobald Sie das nötige statistische Material vorliegen haben, übermitteln Sie es dem Pg. Steinkohl, der ermächtigt ist, die entsprechende Anzahl junger Männer nichtarischer Rasse einzuführen.«

»Ei, mein Führer!«

»Noch etwas für dich, Bormann. Sobald die erste Ladung eingetroffen ist – bis dahin muß das Lager stehen –, setzt du die Pg. Hajo Wenning, Gerhard Hancke und Knut Algermissen, sowie ihre auf dieser Liste verzeichneten männlichen Anhänger fest und überführst sie in das Lager.«

Und also geschah es.

Vorerst liefen die Maßnahmen des Führers erst an, noch ahnte die Kolonie Buen retiro nicht, was ihr bevorstand. Pg. Steinkohl hatte sich inzwischen auf den Weg gemacht, um seine Importmission zu erfüllen, der Architekt Pg. Kurt Reger hatte den Bau des Vermischungslagers bereits in Angriff genommen. Dan Yoker und Frank Curiously, die zusammen wohnten, und die zwar bewacht wurden, aber sonst keiner Behelligung ausgesetzt waren, verzeichneten mit Bleistift und Kamera, was vor sich ging. Momentan weilten sie bei A. H., um sich über den Zweck der Bauten zu informieren, die auf der Hochebene sich allmählich zu erheben begannen.

In Gegenwart von Nobu Suzuki, den ihm unentbehrlich gewordenen Kakadu Mundi auf der Schulter, gab A. H. die erbetenen Auskünfte.

»Versteht sich«, sagte er abschließend, »daß Sie darüber nicht zu sprechen haben! Wenn die Dinge soweit sind, werde ich sie offiziell bekanntgeben. Sie sind natürlich zur Teilnahme am TIV-Fest eingeladen.«

Frank Curiously schüttelte den Kopf.

»Warum muß das alles durch Zwang vor sich gehen, Mr. Hitler?« fragte er. »Daß Sie die Frauen hierher bringen, schön, das mag noch angehen, wenn Sie ihnen Beschäftigung geben können, aber diese zwangsweise Verheiraterei! Jeder hat doch ein Recht darauf, zu wählen was ihm gefällt.«

Adolf Hitler schüttelte in heftiger Verneinung den Kopf.

»Sie sprechen aus Ihrer unverbesserlichen liberalistisch-demokratischen Denkweise heraus! Aber wenn Sie ein Haus bauen wollen, dann müssen Sie nach einem bestimmten Plan verfahren, wenn Sie die Dinge sich selber überlassen wollen, wird nie ein Haus zustande kommen. Ich habe eine Planung, infolgedessen muß mit dem geeigneten Material planmäßig gearbeitet werden. Nur mit bestimmter Zielsetzung und konsequenter, über alle Widerstände hinweggehender Verfolgung dieses Zieles kann der Bau vollendet werden.«

Frank Curiously hob mit einer Gebärde leichter Resignation die Schultern.

»Wenn man Sie so reden hört, Mr. Hitler«, sagte er, »dann scheint das ganz einleuchtend zu sein. Aber eines gibt es für Sie nicht, nämlich die individuelle Freiheit! Und die ist ein absolutes Recht eines jeden Menschen! Gewiß hat er sich bestimmten Gesetzen zu fügen, die aus der erforderlichen Rücksichtnahme auf den Mitmenschen resultieren, aber in allen Bezirken des menschlichen Lebens, in denen er diese Rücksicht wahrt, ist er sein eigener Herr, ist er frei. Niemand wird dadurch geschädigt, wenn ich eine Frau der eigenen Rasse heirate oder wenn ich mich zur Ehe mit einer andersrassigen entschließe. Da einzugreifen, ist Vergewaltigung der persönlichen Freiheit.«

A. H. blieb bei dieser Entgegnung erstaunlich ruhig.

»Darüber werde ich mich mit Leuten Ihrer Denkweise nie verständigen können«, entgegnete er. »Wenn ich aus höheren Gesichtspunkten heraus die unumstößliche Überzeugung erlangt habe, daß der Frieden nur durch die allgemeine Vermischung zu erzielen ist, dann ist selbstverständlich, daß sie unverzüglich durchgeführt und jedes Hindernis, das ein sie verhinderndes sein könnte, rücksichtslos beseitigt werden muß. Wer sich dem entgegenstellt, hat sich die Folgen selber zuzuschreiben.«

»Der wird also gezwungen!« stellte Dan Yoker fest. »Ich habe keine Sympathie für diese Kolonie, Mr. Hitler, aber es will mir scheinen, als hätten die Leute vor Ihrem Auftauchen hier wesentlich friedlicher gelebt, als es künftig der Fall sein wird. Gestatten Sie mir ein freies Wort?«

A. H. furchte die Stirn.

»Ich habe immer ein freies Wort geschätzt!«

Der Filmmann sah ihn mit einem spöttischen Lächeln an.

»Ich habe den Eindruck, Mr. Hitler«, sagte er ruhig, »daß es ohne Sie in der Welt überall besser geht, daß Sie im Grunde genommen –, ich will mich vorsichtig ausdrücken –, völlig überflüssig sind.«

A. H. starrte ihn an, als glaubte er, nicht richtig gehört zu haben. Dann aber begriff er, was der Amerikaner gesagt hatte und sprang, bleich vor Zorn, auf.

»Sind Sie wahnsinnig geworden?« schrie er, mit den Fäusten auf die Platte des Schreibtisches schlagend. »Sie wagen es, mich überflüssig zu nennen?! Sie sind verrückt, Sie sind ein Idiot! Niemand ist der Welt nötiger als ich! Ich sage Ihnen, wenn meine Ideen durchgeführt worden sind, wird die Welt ein Paradies sein! Und wenn ich vorher 90 Prozent der Lebenden ausrotten müßte! Noch ein solches Wort von Ihnen, und Sie sind erledigt! Vergessen Sie nicht, wo Sie sich befinden! Ein Wink von mir, und Sie sind gewesen. Heraus mit Ihnen… und Sie dazu!«

Der letzte Ausruf galt Frank Curiously. Die beiden Amerikaner verzichteten auf einen Widerspruch, der den Rasenden nur noch mehr gereizt hätte. Sie wußten, daß seine Drohung absolut ernst zu nehmen war, sie befanden sich auf gefährlichem Boden und niemand wußte, wo sie waren. Löschte dieser Wahnsinnige sie aus, so würde man vielleicht nie wieder etwas über ihren Verbleib erfahren.

Schweigend verließen sie das Haus.

»Cheese, Dan«, sagte Frank Curiously mit einem tiefen Atemzug, »da hast du eben Kopf und Kragen riskiert!«

»Zur Hölle mit ihm!« sagte Dan Yoker. »Ich mußte es einfach einmal aussprechen, es hätte mich sonst erwürgt! Aber ich glaube, wir müssen allmählich sehen, wie wir von hier fortkommen.«

Hinter sich, aus dem offenen Fenster von Hitlers Arbeitszimmer heraus, vernahmen sie das aufgeregte Gekreisch des Kakadus. Sein zeterndes »ei, ei, ei!« klang ihnen noch lange in den Ohren.

In Buen retiro kam eine lebhafte Bautätigkeit in Gang. Es mußte für die neuen Mischehepaare, mit denen A. H. rechnete, vorgesorgt werden.

Der Führer kümmerte sich persönlich um den Fortschritt der Bauten und nahm auch die Gelegenheit wahr, die Fleischkonservenfabrik zu besichtigen, wobei ihn der Pg. Hillger führte. A. H. entwickelte bei dieser Gelegenheit große Pläne für die Erweiterung. Anschließend besichtigte er das Schlachthaus. Der jetzige Leiter, der Pg. Gerhard Hancke, der sich bewußt war, nicht in des Führers Gunst zu stehen, zeigte sich um so beflissener, die Einrichtungen vorzuführen. Sie waren noch recht primitiv.

Vor dem Schlachthaus waren eine Reihe von Boxen, in denen das von den Farmen herangetriebene Vieh bis zur Schlachtung untergebracht war. Diese erfolgte in der Halle, in dem man dem Rind einen Apparat mit einer darin enthaltenen Patrone über den Kopf legte. Ein Hammerschlag gegen diese Apparatur brachte die Patrone zur Auslösung, drang in die Stirn des Tieres ein und tötete es augenblicklich. Jetzt wurde es zur Enthäutung weitergereicht und rückte dann auf langen Haken zur Ausschlachtung und Zerlegung weiter. Die Halle war von Blutgeruch erfüllt, das Blut floß von der rechten und linken Wand, an denen entlang sich der Schlachtprozeß vollzog, in Rinnen bis zum Hintergrund, wo in einer Senkung sich ein Ablauf befand. Dort pflegten sich Blut, Fett und Schmutz zu stauen, bis in gewissen Zeitabständen eine Reinigung erfolgte.

A. H. verweilte hier nicht lange, er sprach einige mißbilligende Worte über das Unmoderne und Unhygienische des Betriebes, stellte eine Änderung in Aussicht und beeilte sich, das Schlachthaus wieder zu verlassen.

*

Vielleicht war es die lebhafte Tätigkeit, die der Koloniefüḧrer SS in der Hauptstadt entfaltete, assistiert von Max Rosenberg, die der Regierung von X. Veranlassung gab, wieder einmal in Buen retiro nach dem Rechten zu sehen. Daß Ernst Ströhm gestürzt worden war, nahm man nicht weiter tragisch, mochten die Kolonisten da unter sich machen, was sie wollten. Außerdem kannte man Gustav Steinkohl als den Leiter der Fleischkonservenfabrik sehr gut. Seine Mitteilung, daß Ernst Ströhm und Willi Gadischke »nach dem Norden ausgewandert« seien, wurde ruhig zur Kenntnis genommen. Aber immerhin, man wußte, Adolf Hitler war in Buen retiro, er hatte neue Ideen mitgebracht, und so erschien es angebracht, sich um die Kolonie zu kümmern.

Man entsandte einen Ministerialdirektor G., einen etwas spöttisch veranlagten und cholerischen Herrn, den die lange Reise nach Buen retiro ziemlich anstrengte und der in ungnädiger Stimmung anlangte. Was er über das große Ei und den Frieden durch Vermischung gehört hatte, gab zwar keinen Anlaß zu offiziellem Einschreiten, aber die ganze Idee erschien ihm reichlich verrückt und reizte seine Spottlust.

Ministerialdirektor G. hatte es versäumt, sich bei Steinkohl über das gegenwärtige Aussehen des Führers zu informieren, und da der Ministerialdirektor im privaten Leben ein sehr vorsichtiger Mann war, hatte sich die Vorstellung in ihm gefestigt, Adolf Hitler, den er noch nie von Angesicht zu Angesicht gesehen hatte, würde eine Veränderung seines Äußeren vorgenommen haben.

So kam es, daß er im Rathaus, als er Zutritt zum Amtszimmer erlangt hatte, wo Martin Bormann einsam präsidierte, in diesem den Führer vermutete.

Wie gesagt, der Ministerialdirektor war schlechter Stimmung und infolgedessen grüßte er beim Eintritt nur kurz und fragte giftig: »Sind Sie der Verrückte?«

»Nein, ich bin nur sein Stellvertreter«, erwiderte Bormann, durch die grobe Frage aus der Fassung gebracht. »Ich bin Martin Bormann.«

Der Ministerialdirektor nahm sich einen Stuhl und schneuzte sich heftig. So, also das war Martin Bormann! Eine nette Gesellschaft saß hier beisammen! Er grinste. Das »Ich bin nur sein Stellvertreter« hatte seine Laune verbessert.

Er legitimierte sich und verlangte Adolf Hitler zu sprechen. Eine Viertelstunde später wurde der Ministerialdirektor von Bormann persönlich und einer kleinen Eskorte Schwarzuniformierter mit dem silbernen Eiabzeichen zu Adolf Hitler geleitet. Der empfing den Beauftragten der Regierung von X. mit dem Eigruß und mit gewinnender Liebenswürdigkeit.

Der kleine schwarzhaarige Herr beschloß, etwas liebenswürdigere Seiten aufzuziehen. Dieser A. H. war zwar ein Monstrum, aber es gab doch im Politischen eine ganze Menge, in dem man in X. mit ihm übereinstimmte. So ließ er also A. H. sprechen. Was er vernahm, konnte keine Bedenken hervorrufen. Wenn diese Nationalsozialisten hier gewillt waren, sich mit Frauen anderer Rassen und mit Mischlingen unter Verleugnung ihrer alten Grundsätze zu verbinden, so war das ihre und im Grunde genommen nicht einmal eine üble Sache, diese Kolonie würde sich also mit der Zeit einschmelzen, um so besser. Und diese ganze Rederei über das große Ei und den Hokuspokus mit dem Frieden, das war so eine Verdrehtheit, die man ihnen gönnen konnte. Der Ministerialdirektor stand auf dem Standpunkt, daß ein jeder seinen privaten Spleen habe, warum also auch nicht dieser Hitler? So lange die Geschichte die staatlichen Belange nicht schädigte, sollten sie machen was sie wollten. Wesentlich mehr interessierte ihn, was ihm A. H. über die wirtschaftlichen Vorhaben erzählte. Vergrößerung der Niederlassung, gut. Je mehr Menschen, desto erfreulicher, X. war ein großes und noch erheblich unterbevölkertes Land. Starke Vergrößerung und Modernisierung des Schlachthauses und der Fabrik? Ausgezeichnet, je mehr exportiert werden konnte, um so lieber würde es dem Wirtschaftsministerium und dem Finanzministerium sein. Schaffung neuer Industrien, Holz, Leder? Nichts dagegen einzuwenden. Im großen und ganzen schien dieser Adolf

Hitler, sah man von seinem Ei-Fimmel ab, ein ganz vernünftiger Mensch geworden zu sein.

»Und was ist mit Ströhm und Gadischke, warum sind sie ausgewandert?« fragte der Ministerialdirektor, mehr um einer Pflicht zu gehorchen, als aus wirklichem Interesse.

»Die Dinge liegen so, mein sehr verehrter Herr Ministerialdirektor«, sagte der Führer würdig, »daß ich nun einmal der unabsetzbare Führer der Partei bin, auf Lebenszeit berufen. Ich bin also berechtigt und sogar verpflichtet, stets die letzten Entscheidungen zu treffen. Mit der Organisation hier, mit der Verwaltungsspitze des Kolonieführers SS, bin ich durchaus einverstanden, aber wie gesagt, den Ausschlag gibt der Führer. Die Pg. Ströhm und Gadischke konnten sich nach ihrer langen Selbständigkeit damit offenbar nicht mehr befreunden, infolgedessen wanderten sie nach Norden aus.«

»Wanderten sie nach Norden aus«, wiederholte der Ministerialdirektor langsam, sein Gesichtsausdruck war undefinierbar.

Später machte er noch eine Rundfahrt durch Buen retiro, auf der ihn A. H. begleitete. Als er des im Bau befindlichen Lagers ansichtig wurde, stutzte der Beamte.

»Und was wird hier gebaut?«

A. H. war nicht im mindesten verlegen.

»Sie, Herr Ministerialdirektor, wissen, daß wir den Zugang einer großen Anzahl von Frauen und einiger Männer zu erwarten haben, daß diese Aktionen sich von Zeit zu Zeit wiederholen sollen, bis wir den erforderlichen Menschenzuwachs und die benötigten Arbeitskräfte für die Erweiterungen der Fabrikanlagen gewonnen haben. Wir bauen hier ein mit allen Bequemlichkeiten ausgestattetes Auffanglager, von dem aus sukzessive im Zuge der Eheschließungen dann die Paare in die neuen Siedlungen umziehen werden.«

Diese Erklärung war sowohl einleuchtend als auch befriedigend. Nachdem die Rundfahrt vollendet war, bewirtete der Führer den Gast aus der Hauptstadt in seinem Hause. Der Ministerialdirektor beäugte verwundert das große Ei. Als ihm Adolf Hitler eine kurze Schilderung seines Aufenthaltes in Hitlalone gab, wurde der Ministerialdirektor aufgeräumt. Die Geschichte klang zu komisch. Als er dann vor Asia, Europus und Amerikus stand und die Namen der bereits kräftig entwickelten Babies vernommen hatte, kostete es ihn viel Mühe, den amtlichen Ernst zu bewahren. Er fühlte sich sehr beruhigt. Ein Mann mit dem Spleen Adolf Hitlers, mit dem großen Ei, den drei strampelnden Erdteilen und dem »Ei, Ei«-schreienden Kakadu war auf keinen Fall gefährlich. In seinem kleinen Rahmen kam der Ministerialdirektor – wer wollte es ihm übel nehmen? – zu ähnlichen Schlußfolgerungen, wie ehemals große ausländische Kollegen von ihm in der Außenpolitik, etwa bei den Olympischen Spielen 1936 in Berlin oder beim historischen Münchener Treffen.

A. H. und die Spitzen von Bueno retiro geleiteten den Abgesandten aus der Hauptstadt zum Bahnhof. Unter lebhaften Ovationen bestieg er den Zug und fuhr beruhigt heim, beruhigt und erheitert. Nachdenklich betrachtete er das Ei-Kreuz aus Gold und Emaille, das ihm der Führer zum Abschied verliehen hatte. Das war der kurioseste Orden, den er je erhalten hatte, und er würde es wahrscheinlich auch für alle Zeiten bleiben.

*

Die ganze Bevölkerung von Bueno retiro war auf den Beinen, auch vom Lande her waren viele in die Stadt geströmt, um der Ankunft des Koloniefführers SS mit seinem Frauen- und Männerimport beizuwohnen. Die Bahnverwaltung hatte sich einsichtig erwiesen und einen Sonderzug zur Verfügung gestellt, der jetzt, langsam und schon auf weite Entfernung hin zu beobachten, die gewundenen Serpentinen zur Stadt Buen retiro hinaufkeuchte.

Der Bahnhof war festlich geschmückt, die roten Fahnen mit dem Eizeichen flatterten im Winde. Der Bahnsteig war durch Spaliere der INS-Friedensjugend in den schwarzen Uniformen abgesperrt. Der neue Name dieser Wehrorganisation war eine Erfindung von Dr. Köpfle, die ihm eine Belobigung des Führers eingebracht hatte. Die Friedensjugend hatte den Gummiknüppel an der Hüfte baumeln, die Pistolen umgeschnallt. Sie sah auf diese Weise ungemein friedlich aus. Eine kleine Tribüne war errichtet, von der aus die Ankömmlinge begrüßt werden sollten. Auf dieser Tribüne stand schon seit zehn Minuten Adolf Hitler unbeweglich wie ein lebendes Denkmal seiner selbst.

Der Zug schnaufte herein und hielt, aus allen Türen wälzte sich eine bunte Menge auf den Bahnsteig. Eine solche Spezialschau verschiedener Rassen hatte Buen retiro noch nicht erlebt! Die hinzugeeilten Ordner trennten den Trupp von etwa 80 Männern von den gut 300 Frauen und sorgten für Ruhe. Inzwischen hatten Steinkohl und Rosenberg die Tribüne erklommen.

Sie vollzogen den Eigruß, dann nahm Steinkohl das Wort:

»Ei, mein Führer! Wir melden uns zurück, Befehl erfolgreich ausgeführt. Hier ist…«

»Alles weitere später«, unterbrach ihn der Führer. Er ließ seinen Blick über die Schar der Angekommenen schweifen. Alle jung, alle nichtarisch. Er nickte befriedigt.

»Ich danke Ihnen, Koloniefführer SS und Ihnen Pg. Rosenberg. Ich bin mit Ihnen zufrieden.«

Danach begann der Führer seine Ansprache, die nichts enthielt, was uns nicht schon bekannt wäre. Sie dauerte nur die Kleinigkeit von anderthalb Stunden, was von den neuen Garanten der Zukunft, die sich die Rede anhören mußten, nur deshalb gut überstanden wurde, weil sie noch alle jung waren.

Das waren die Schlussworte des Führers:

> »Ich habe starke Worte gebraucht, aber große Worte sind wie die Fahnen in der Schlacht! Wir, meine neuen Koloniegenossen, werden eine Vermischungsschlacht schlagen, die eine einzig dastehende sein wird. Ich erwarte von Ihnen allen, daß Sie sich rückhaltlos einsetzen und Ihr Bestes geben. Nach Ablauf

des von mir entworfenen Fünfjahresplanes für die Vermischung, werden wir die Früchte des TIV-Tages in reicher Fülle in die Scheuern gebracht haben. Sie werden sich jetzt, geleitet von unserer Friedensjugend, in das vorbereitete Lager begeben und am kommenden Sonntag gemeinsam mit uns den TIV-Tag feiern. In diesem Sinne schließe ich mit einem dreifachen donnerndem ›Sieg Ei!‹«

Der Ruf wurde von den versammelten Parteigenossen aufgenommen und minutenlang wiederholt. Die Neuankömmlinge, die weder die Rede noch die Bedeutung des ganzen Empfanges verstanden hatten, schrien kräftig mit, da ihnen immerhin so viel klar geworden war, daß es sich um eine freundliche Begrüßung handelte.

Der Abmarsch ins Lager vollzog sich.

Dan Yoker hatte kräftig gekurbelt.

»Ich bin neugierig, was jetzt kommt. Jetzt geht die zwangsweise Paarung los. Ich bin nur gespannt, wie sie das anfangen.«

Frank Curiouslys in der Regel heiteres Gesicht war ernst.

»Es sieht alles lächerlich aus, Dan«, erwiderte er, »aber du wirst erleben, daß eine Menge Tragödien dabei herauskommen! Ich habe da so allerhand gehört, über die zwangsweise Auflösung von Verlobungen usw. Ob dann seine Friedensjugend auch noch so begeistert ›Ei Hitler‹ brüllen wird?«

*

Am nächsten Tage bereits begann sich zu zeigen, was das neue Parteiprogramm bedeutet und wie es praktiziert wurde.

Die ersten Verhaftungen erfolgten. Hajo Wenning, Gerhard Haucke, der Rechtsanwalt Algermissen und etwa 15 ihnen befreundete Männer, die Bormann verdächtig schienen, wurden in das Lager eingeliefert.

Das Vermischungslager war in zwei Abteilungen gegliedert, in der einen befanden sich die importierten Frauen, in der anderen, kleineren Hälfte die herbeigeschafften Männer. Die verhafteten Parteigenossen wurden in die Frauenabteilung überwiesen.

»Sie sind zwar schon ziemlich alt, Pg. Algermissen«, sagte Bormann nach der Verhaftung zu dem Rechtsanwalt, »aber wenn es Ihnen gelingen sollte, im Rahmen der neuen Bestimmungen der Vermischung zu einem greifbaren Resultat zu kommen, so glaube ich Ihnen nach gewisser Zeit eine Amnestierung in Aussicht stellen zu können. Zum mindesten erwarten wir, daß Sie Ihren Einfluß auf die jungen Leute im Sinne des Parteiprogramms geltend machen.«

»Ich protestiere gegen die Verhaftung«, erwiderte der Rechtsanwalt. »Wir unterstehen in der Kolonie den Gesetzen des Staates X., in dem keine Vermischungspflicht existiert. Meine Verhaftung ist also gesetzwidrig und ein Willkürakt.«

Martin Bormann wollte sich ausschütten vor Lachen.

»Hör dir den NS-Rechtswahrer an«, sagte er zu Rosenberg. »Haben Sie, Sie kluger Rechtsanwalt, früher auch so plädiert, wenn wir Staatsfeinde einsperrten? Da haben Sie doch immer eine juristische Rechtfertigung gefunden! Hier ist der Wille des Führers Gesetz, verstanden?«

»Wir sind hier nicht in...« begann der Rechtsanwalt, aber Bormann ließ ihn nicht ausreden.

»Schnauze halten! Abführen!«

Zwei der schwarzuniformierten Friedensjugendler ergriffen den Rechtsanwalt und schleppten ihn hinaus.

*

In der von Rosenberg geleiteten Vermischungskanzlei spielte sich nun Tag für Tag, fast immer in der gleichen Form, die folgende Szene ab:

Rosenberg: »Heißen?«

Vorgeladener: »Hans Büscher.«

Rosenberg: »Sie sind verlobt mit Erika Lasswitz und wollen sie heiraten?«

Vorgeladener: »Jawohl. Wir kennen uns schon seit drei...«

Rosenberg (schroff unterbrechend): »Antworten Sie kurz und präzise nur auf die gestellten Fragen. – Es ist Ihnen bekannt, daß Sie als Pg. dem Parteiprogramm und dem Willen des Führers unterstehen?«

Vorgeladener: »Ja!«

Rosenberg: »Sie wissen also, daß das Parteiprogramm die reinrassige Ehe verbietet und die Mischehe bestimmt?«

Vorgeladener: »Jawohl, aber...«

Rosenberg: »Es gibt kein aber. Sie haben diese Verlobung unverzüglich zu lösen und sich mit einer Andersrassigen zu verheiraten! Wir haben für reichliche Auswahl gesorgt. Sind Sie gewillt, dem Parteiprogramm zu gehorchen?«

Vorgeladener: »Aber ich liebe doch Erika Lasswitz.«

Rosenberg: »Lassen Sie den Quatsch, antworten Sie mit ja oder nein.«

Vorgeladener (trotzig): »Nein!«

Rosenberg: »Sie werden sich anders besinnen!«

Er wandte sich auf seinem Sessel und gab den bereitstehenden Mannschaften den Befehl, Hans Büscher in das Lager, Abteilung Frauen, zu überführen.

Nach kurzer Zeit war das Vermischungslager gefüllt. Bormanns Gestapo und Friedensjugend waren dauernd auf der Jagd, weitere Widerspenstige ausfindig zu machen, Rosenberg war unermüdlich tätig, die Junggesellen der Kolonie herauszufinden und auf ihre Vermischungsfähigkeit zu prüfen. Hier war die Arbeit leichter, eine erhebliche Anzahl dieser bisherigen Einzelgänger zog eine Verheiratung mit einer Andersrassigen dem Aufenthalt im Lager vor. Einige nahmen die Sache von der heiteren Seite und ließen sich mit einem gewissen Vergnügen in das Lager überführen.

»Hätte nie geglaubt«, sagte einer von ihnen, »daß ich jemals auf Befehl des Führers in einer Art großen Parteipuff überstellt werden würde. Aber es ist mal eine Abwechselung, warum soll man das nicht mal mitmachen?«

Rosenberg verzog keine Miene.

»Ihre Motive sind mir gleichgültig«, sagte er kalt, »es kommt nur darauf an, daß Sie sich Ihrer Vermischungspflicht unterziehen.«

Andere Fälle verliefen weniger harmlos, es kam zu heftigen Widerstandsleistungen, wobei es sogar gelegentlich Tote gab. Anderen gelang es rechtzeitig, die Flucht zu ergreifen, ohne daß das viel an der Sache änderte, denn der Vermischungskommissar Rosenberg kannte keine Gnade. Soweit sich nicht auch die Verlobten der geflüchteten jungen Männer in Sicherheit brachten, in eine nur relative Sicherheit, da eifrig auf sie Jagd gemacht wurde, wurden sie bei Verweigerung freiwilliger Eheschließung mit Andersrassigen in das Männerlager übergeführt. A. H. ließ sich über alles genau Bericht erstatten.

»Wir lassen natürlich im Lager keine Gewaltanwendung zu«, setzte Rosenberg auseinander, »wir lassen die Zeit für uns arbeiten. In den meisten Fällen werden wir zu dem gewünschten Resultat kommen, davon bin ich überzeugt.«

Der Führer nickte zustimmend.

»Lassen wir sie nur im eigenen Saft schmoren«, sagte er, »nach einiger Zeit wird die Natur das ihrige tun.«

*

Das alles hatte sich innerhalb einer Woche nach Eintreffen des Frauen- und Männerimports ereignet. Der TIV-Tag brach mit hellem Sonnenschein an. Die eigentliche Feier sollte erst am frühen Nachmittag beginnen, um den von den Farmen und anderen Niederlassungen erwarteten Teilnehmern das rechtzeitige Eintreffen zu ermöglichen.

Die Straßen waren mit Fähnchen und Eiabzeichen sowie mit grünen Girlanden geschmückt, auf dem Festplatz sollten Tanzdarbietungen, Gesänge und sportliche Wettbewerbe stattfinden. Ein Wettschießen um den Preis des großen Eis war vorgesehen, eine großzügige Bewirtung auf Kosten der Kolonie usw.

Außerdem würden in Anwesenheit des Führers, des Koloniefführers SS und der anderen Spitzen die ersten Mischtrauungen vor allem Volke stattfinden.

Aber dieser Tag, den A. H. zu einem großen Triumph gestalten wollte, brachte ernste Sturmzeichen.

Mehr als die Hälfte der Einwohner der Kolonie hielt sich dem Feste fern, namentlich der Zuzug aus der Umgebung blieb weit hinter den Erwartungen zurück.

A. H. knirschte mit den Zähnen, er schoß wütende Blicke auf Bormann, Rosenberg und Steinkohl.

»Wir werden die Zügel schärfer anziehen müssen!« sagte er drohend. »Es hätte propagandistisch und organisatorisch besser vorgesorgt werden müssen. Das ist ein Skandal!«

Bormann verteidigte sich:

»Ich kann sie doch nicht alle mit Gewalt herbeischleppen, dazu reichen meine Gestapomänner und die Kräfte der Friedensjugend nicht aus.«

»Und wo ist deine Friedensjugend?« brüllte ihn Hitler an. »Ist die etwa vollzählig versammelt? Es wird festgestellt, wer fehlt. Die zu erlassenden Strafen werde ich noch bestimmen.«

Bormann zuckte mit den Achseln.

»Es haben sich eine ganze Menge gedrückt«, gab er zu, »die Geschichte mit den getrennten Verlobungen hat böses Blut gemacht. Ich weiß nicht, ob wir hätten so weit gehen sollen.«

»Ich verbitte mir solche Bemerkungen!« schrie ihn Adolf Hitler an. »Der beschrittene Weg wird kompromißlos bis zum Ende gegangen.«

Bormann murmelte etwas Undeutliches.

»Was hast du einzuwenden?«

»Man wird älter«, sagte Bormann, »man möchte schließlich auch einmal so etwas wie ein ruhiges Leben haben.«

A. H. warf ihm einen verächtlichen Blick zu.

»Wer Geschichte macht, darf kein Privatleben haben!«

Immerhin erlebte A. H. an diesem Tage auch eine Freude. Der bis dahin unbeweibte Architekt Kurt Reger, der große und lohnende Projekte am Bauhimmel winken sah und darum Wert darauf legte, seine Beziehungen zum Führer enger und enger zu gestalten, hatte um die Hand von Fräulein Nobu Suzuki angehalten. Das war kein Opfer, die Japanerin war ebenso reizend wie intelligent. Diese Hochzeit tat dem Führer wohl. Versteht sich, daß er Trauzeuge war.

Das TIV-Fest, an dem die Friedensjugend, soweit sie erschienen war, und Bormanns Gestapomänner sich beteiligten, gab der Opposition gegen A. H. und die Internationalsozialistische Partei Gelegenheit zu einem verhältnismäßig ungefährdeten Zusammentreffen. Es fand statt in einer Waldlichtung im nördlichsten Zipfel der Kolonie.

Die geheime Versammlung war stark besucht. Sie wurde geleitet von dem Lehrer Karzinski und jenem Karl Killdisch, der, ehemals in der Berliner Leibstandarte des Führers, diesen damals mit von Bergk aus Hitlalone abgeholt hatte. Killdisch, einer jener kalten und brutalen ehemals leitenden SS-Männer, die früher zur Erfüllung eines jeden Befehls bedenkenlos bereit gewesen waren, hatte inzwischen seine Enttäuschung über Adolf Hitler klug zu verbergen gewußt. Er war fanatischer Arier und glaubte mit sturster Überzeugung an die Notwendigkeit der Reinhaltung des Blutes. Da er, der bereits schon zweimal Verheiratete, eine dritte Ehe einzugehen gedachte, sah auch er sich durch das Vermischungsgesetz bedroht. Die Verschwörer setzten sich zusammen aus zahlreichen Angehörigen der Friedensjugend, die zum Teil bereits unter das Gesetz gefallen waren, die zum anderen seine Anwendung befürchtete. Schließlich befanden sich hier viele Angehörige derer, die bereits in das Vermischungslager eingewiesen worden waren, und nicht zum wenigsten groß war der Anteil der Frauen, die aus dem neuen Parteiprogramm die Auflösung des Familienlebens befürchteten.

In einer flammenden Rede wies der Lehrer Karzinski nach, daß Adolf Hitler sich durch das neue Parteiprogramm an den Ideen des Nationalsozialismus in der gröblichsten Weise versündigt habe und daher nicht mehr berechtigt sei, die Stellung des Führers zu bekleiden. Er brachte die juristischen Argumente des Rechtsanwalts Algermissen vor, verweilte bei den letzten Vorgängen und schloß seine aufreizende Rede mit den Worten:

»Wir müssen zurück zum alten Parteiprogramm von Blut und Boden, Rasse und Ehre, zum Ausrottungskampf gegen das internationale Judentum und gegen die spekulierenden Hyänen der Londoner und New Yorker Börse. Die alten Ideale der Partei müssen in voller Reinheit wieder hergestellt werden. Und darum gibt es nur eines: Adolf Hitler muß beseitigt werden! Nieder mit Adolf Hitler!«

Karzinski erntete reichen Beifall, immer wieder erscholl der Ruf: »Nieder mit Adolf Hitler!«

Der nächste Redner, Karl Killdisch, stieß in das gleiche Horn. Er entwickelte darüber hinaus aber noch einen Aktionsplan. Er sei der Überzeugung, so führte er aus, daß man Martin Bormann und so auch zum mindesten die noch nicht der Verschwörung angeschlossenen Teile der Friedensjugend gewinnen könne. Gelinge das, so sei die Erringung der Macht und die Beseitigung Adolf Hitlers ohne Schwierigkeiten durchzuführen. Er, der weder bei Hitler noch bei Bormann im Verdacht stehe, werde noch heute diese Intervention versuchen. Glücke sie, dann sei ein kalter Staatsstreich durchführbar. Glücke sie nicht, müsse ohnehin unverzüglich losgeschlagen werden. Und zwar sofort im Anschluß an seine Unterredung mit Bormann. Alles sei bereit, Waffen und Munition ausreichend vorhanden, um handeln zu können. Auch er schloß mit dem Rufe: »Nieder mit Hitler!«

Wieder brandete der Beifall auf. Als er sich gelegt hatte, sprach der Lehrer Paul Holle.

Er beschwor die Versammelten, von der Gewaltanwendung abzulassen. Mit dem Mittel der friedlichen Überredung werde man auch zum Ziele kommen, wenn nur alles einig sei. Man solle nicht für den Adolf Hitler von heute sein, aber auch nicht für den von gestern. Überhaupt wäre es an der Zeit, den ganzen Nationalsozialismus aufzugeben, ruhig seiner Arbeit nachzugehen und sich den Gesetzen des Staates zu unterwerfen. Das sei der einzige richtige Weg des Friedens. Gewalt gebäre nur immer wieder Gewalt, Druck werde…

Weiter kam er nicht, dann wurde er niedergebrüllt und von der Rednertribüne weggezerrt. Schläge regneten auf ihn ein, bis er auf Killdischs Befehl von einer Anzahl Friedensjugendler den Händen der wütenden Menge entrissen wurde. Killdisch, der sich jetzt zum Führer aufgeworfen hatte, ordnete Verwahrung an, bis die Entscheidung gefallen war.

*

Immer spielt das Private in die Politik hinein. Darum müssen wir an dieser Stelle erwähnen, daß der enttäuschte SS-Gruppenführer Karl Killdisch und der jetzige Leiter des Schlachthauses, der mit dem ermordeten Gadischke eng befreundet gewesene Gerhard Hancke, sich spinnefeind waren. Das hatte zwei Ursachen. Killdisch hatte seinerzeit auf den Posten Hanckes im Schlachthaus spekuliert und hatte sich schließlich damit abfinden müssen, in der Fleischfabrik Unterschlupf zu finden. Zweitens hatten sie einmal um die gleiche Frau geworben, und wieder war Hancke der Glücklichere gewesen. Aber später war es Killdisch gelungen, Hancke eine Freundin wegzuschnappen und ihn obendrein bei seiner Frau zu denunzieren, was zuletzt zur Scheidung geführt hatte. Auch sonst war es immer wieder zu Reibereien gekommen. Kurzum, die beiden konnten sich nicht ausstehen und standen sich in unversöhnlichem Haß gegenüber. Das muß hier zur Erklärung des folgenden Geschehens eingeschaltet werden.

*

A. H. hatte sich, verärgert über den unbefriedigenden Verlauf des TIV-Tages, verhältnismäßig früh zur Ruhe begeben. Aber er schlief nicht, er grübelte mit böser Entschlossenheit darüber nach, was zu geschehen habe, um jeden Widerstand zu brechen.

Bormann, der noch eine Weile im Hause Reger die Hochzeit mitgefeiert hatte, war dann mit Rosenberg und Müller sowie einigen anderen Kumpanen zu seinem Hause gezogen, um die Feier fortzusetzen. Sie hatten sich einige der Mädchen aus dem Vermischungslager mitgenommen und waren im besten Feiern, als Karl Killdisch erschien.

Killdisch, stürmisch in Empfang genommen, trank erst eine Weile mit, dann nahm er Bormann beiseite.

»Zufrieden mit dem heutigen Tage?« begann er die Unterredung.

»Was heißt zufrieden?« sagte Bormann achselzuckend. »Die Sache war eine ziemliche Pleite, aber wir werden das alles schon noch hinkriegen. Aber Adolf war schwer auf der Palme.«

Er lachte unmäßig und goß sich einen großen Eierkognak ein.

»Saufen wir auf das große Ei Eierkognak«, sagte er, »daß große Ei ist heute angeknickt.«

»Und vielleicht wird es ganz geknickt«, griff Killdisch den Vergleich auf. »Ich verstehe nicht, Pg. Bormann, wie Sie das alles mitmachen können! Wenn jetzt etwa sich alle die zusammenrafften, vielleicht gerade jetzt in dieser Stunde, die durch ihr Fernbleiben heute bewiesen haben, daß sie mit dem Führer nicht mehr einverstanden sind, wenn er vielleicht jetzt gerade totgeschlagen würde? Was würden Sie denn dann für sich erwarten, Pg. Bormann?«

Bormann stellte das Glas aus der Hand, er wurde nüchtern.

»Was sind das für Reden?« frage er. »Was ist los?«

»Was los ist?« sagte Killdisch, der stocknüchtern war. »Sie sind doch sonst so klug, Pg. Bormann. Sie müssen sich doch sagen, daß es so nicht weitergeht. Es kommt zu einem Krach, darauf möchte ich wetten. Haben Sie Lust, wenn dann der Kampf losgeht, ein paar Kugeln in den Bauch zu bekommen? Und die kriegen Sie, das ist mal sicher.«

Bormann sah ihn unbehaglich an. Verflucht, dachte er, kommt man denn nirgends zur Ruhe? Es war ja wahr, er hatte es ja heute Adolf selbst gesagt, das mit den Verlobungen ging zu weit. Einen Kampf und Schießerei, das war die ganze Geschichte nicht wert.

»Na und, was meinen Sie? Was soll geschehen?«

Killdisch merkte, daß er vorankam.

»Sie, Pg. Bormann«, sagte er beschwörend, »Sie müssen eingreifen. Stellen Sie die Partei wieder her, wie sie war! Sie haben die Autorität dazu, Sie allein können den Führer dazu bewegen.«

Bormann wiegte zweiflerisch den Kopf und trank einen neuen Eierkognak.

»Adolf zu etwas bewegen? Kennen Sie ihn so schlecht?«

»Sie haben also keinen Mut?« fragte Killdisch. »Sie wollen lieber eine Kugel in den Bauch haben?«

Bormann sah ihn mit einem schweren Blick an.

»Eigentlich müßte ich Sie auf der Stelle verhaften lassen.«

Killdisch lächelte kalt und höhnisch.

»Das können Sie, Pg. Bormann«, sagte er, »aber ehe Sie sich erheben, geht meine Pistole los, damit wir uns recht verstehen.«

Bormann pfiff leise durch die Zähne. So also sah es aus?

»Und wie soll es anders herum vor sich gehen?« fragte er.

»Furchtbar einfach«, entgegnete Killdisch. »Wenn Sie mitmachen, setzen wir den Führer in der nächsten halben Stunde fest. Dann zwingen wir ihn, seine verrücktesten Anordnungen zu widerrufen. Dem Namen nach kann er dann ruhig Führer bleiben, der bestimmende Mann werden Sie sein. Und dann haben wir wieder Ruhe in der Kolonie. Machen Sie aber nicht mit, dann geht es los. Mich kriegen Sie nicht, meine Pistole ist geladen.«

Bormann überlegte. Im Grunde genommen war die ganze Sache von keiner großen Bedeutung. So lange er und Adolf noch lebten, konnte man ruhig etwas langsamer treten. Die Späteren mußten auch noch etwas zu tun bekommen.

»Sorgen wir also für Ruhe«, entschied Bormann. »Die Bedingung allerdings muß ich stellen: A. H. darf kein Haar gekrümmt werden.«

»Kein Mensch denkt daran«, sagte Killdisch beruhigend, aber er meinte das gerade Gegenteil. Er würde verrückt sein und Hitler leben lassen! Und wenn dieser Mohr Bormann seine Schuldigkeit getan hatte, würde er auch drankommen.

»Wie stellen Sie sich die Sache vor?« fragte Bormann.

»Alles vorbereitet. Ich habe ein Dutzend Mann zur Hand. Pfeifen Sie nur Ihre Wachen ab, dann geht schon alles in Ordnung.«

Bormann erhob sich schwerfällig. So weit war also schon alles gediehen! Er erkannte, daß auch er nicht mehr sicher sei. Das gab den Ausschlag.

»Gehen wir also«, sagte er kurz.

Während sie sich von den anderen verabschiedeten, hielt sich Killdisch immer dicht hinter ihm. Bormann ging es durch den Kopf, daß der andere mit der Vorsilbe »Kill« im Namen nicht davor zurückschrecken würde, ihn auf der Stelle zu killen, wenn er irgendwelchen Verrat versuchte. Aber Bormann dachte nicht daran. Adolf würde zwar toben, das hatte er ja immer getan, aber er hatte es auch stets verstanden, sich einer neuen Situation anzupassen. Irgendwie würde schon alles wieder in die Reihe kommen.

Sie traten auf die Straße. Killdisch hielt jetzt die Pistole ganz offen in der Hand. An der nächsten Seitenstraße stieß der alte SS-Gruppenführer einen leisen Pfiff aus, kurz darauf gesellten sich ein Dutzend Leute in der schwarzen Uniform der Friedensjugend zu ihnen.

»Ganz einfache Sache«, bemerkte Killdisch. »Die Jungens sind instruiert, Pg. Bormann! Sie rücken mit ihnen jetzt zum Hause des Führers und lösen dort die Wache ab. Dann warten wir, bis die anderen abgerückt sind, danach kommt das übrige.«

Bormann nickte nur.

Alles verlief programmäßig. Da ihr Befehlshaber die Ablösung anordnete, rückte die Führerwache ohne jeden Argwohn ab. Allmählich verklang der Schall ihrer Schritte. Noch warteten Bormann und Killdisch eine Viertelstunde. Einer der Schwarzuniformierten, ein Fachmann offenbar, öffnete mit einem Dietrich die Tür. Einen Moment verharrte der Trupp in der Diele, aber nichts rührte sich. Der Schein der Taschenlampen fiel auf das große Ei und ließ es weiß und bleich aufleuchten. Ernst Hinterstoissel war noch nicht heimgekehrt, er benutzte die Nacht des TIV-Tages auf seine Weise. Der Trupp stieg die Treppe empor, Killdisch, der Bormann mit dem Ellbogen zurückgedrängt hatte, an der Spitze. Auf einmal befielen Bormann drängende Zweifel, aber er sah keine Möglichkeit mehr, etwas an der Lage zu ändern. Die Jungs sind instruiert, hatte ihm Killdisch erklärt, wenn er jetzt Lärm schlug, würden die Pistolen losgehen. Und wenn sie ihn liquidiert hatten, wer weiß, was dann geschah! Sie bewegten sich jetzt auf die Tür zu, hinter der A. H. schlief. Er schlief tatsächlich, vor kurzem war er in einen unruhigen Schlummer verfallen. Aber jetzt fing Asia an, laut und hell zu schreien. Dieser Schrei weckte Adolf Hitler. Im gleichen Moment ging die Tür auf.

A. H. drehte den Lichtschalter und sprang aus dem Bett. Im gleichen Augenblick drangen die anderen ein.

Mit einem Blick übersah Hitler die Situation, er knirschte vor Wut mit den Zähnen. Seine Hand fuhr unter das Kopfkissen.

In diesem Augenblick hatte sich Bormann vorgedrängt.

»Laß das, Adolf«, sagte er beschwörend, »es geschieht dir nichts. Es geht nur darum...«

Im gleichen Moment aber riß Hitler die Pistole hoch und schoß. Bormann stürzte nach vorn zu Boden, im Fallen mit dem schweren Körper so heftig gegen A. H.'s Schienbeine stoßend, daß auch der Führer zu Fall kam. Im Nu hatten sich die anderen auf ihn geworfen, entwanden ihm die Waffe und fesselten den sich wie rasend Wehrenden und mit Schaum vor dem Munde um sich Beißenden, bis er sich nicht mehr zu rühren vermochte.

Killdisch neigte sich zu Bormann und legte das Ohr an seine

Brust. Aber der Stellvertreter des Führers gab keinen Laut mehr von sich, er war tot.

Killdisch erhob sich, sein Gesicht war unbewegt. Das war glatter und einfacher gegangen, als er gedacht hatte. So war man diesen Bormann auch gleich los.

Er ließ dem Führer, der vor ohnmächtiger Wut der Sprache nicht mächtig war, vorsichtshalber einen Knebel in den Mund schieben.

»Zum erstenmal im Leben mundtot, mein Führer!« sagte Killdisch mit giftigem Hohn. Dann wandte er sich zu einem der Schwarzuniformierten:

»Überzeugen Sie sich unten bei den Wachen, ob keiner aus dem Hause entkommen ist.«

Nach zwei Minuten war der Friedensjugendler wieder zur Stelle und berichtete, daß niemand entwichen sei.

»Drei Mann bewachen das Haus und lassen niemand heraus und hinein«, ordnete Killdisch an, »aber im Hause geblieben, verstanden?«

Er zog die Posten vor dem Hause ein, nichts war mehr davon zu bemerken, daß in dieser Nacht in Buen retiro Außergewöhnliches vor sich gegangen war. Auf Befehl Killdischs wurde der Führer jetzt zwangsweise bekleidet. Hitler, den der Knebel fast erstickte, wehrte sich nicht mehr. Killdisch war inzwischen in das Arbeitszimmer des Führers gegangen und hatte einige seiner persönlichen Briefbogen mit dem Aufdruck »Adolf Hitler« an sich genommen.

Zu bleiben und A. H. hier zur Unterzeichnung der Abdankungsurkunde und zur Zurückziehung aller seiner Anordnungen zu zwingen, erschien ihm zu riskant. Aber Killdisch wußte einen anderen Platz, der ihm ausgezeichnet für seine Zwecke paßte und der obendrein schnell zu erreichen war: das Schlachthaus.

Kurz darauf verließ der SS-Führer mit dem gefangenen Adolf Hitler und neun der Schwarzuniformierten das Haus. Der Schlachthausmeister, mit Killdisch durch gemeinsame Feindschaft gegen

Hancke verbunden, ließ den Trupp ein und schloß sich ihm an.

Da, wo neben der großen Waage ein breiter Tisch stand, ließ sich Killdisch nieder, legte die vom Schreibtisch des Führers genommenen Bogen auf den Tisch und einen Füllfederhalter daneben. Jetzt ließ er A. H. den Knebel aus dem Munde nehmen.

»Sie, Adolf Hitler, sind in meiner Gewalt«, sagte er klar und scharf. »Sie werden jetzt auf diesem Bogen niederschreiben, daß Sie sich des Verrates an der Bewegung für schuldig bekennen, daß Sie darum alle Ihre im Namen der Internationalsozialistischen Partei erlassenen Anordnungen und Bestimmungen aufheben! Sie werden weiter erklären, daß Sie freiwillig aus dem Leben geschieden sind. Hier…« – er legte mit harter Bewegung eine Pistole auf den Tisch – »hier ist die Waffe, mit der Sie sich richten können! Glauben Sie nicht, es gäbe noch einen Ausweg für Sie! Wenn Sie nicht freiwillig die Niederschrift machen, werde ich Sie zu zwingen wissen, ich habe meine Erfahrung darin, bis zur Drahtschlinge. Los, machen Sie!«

Er steckte sich eine Zigarette an und nahm einen tiefen Zug. Die Halle, nur an ihrem hinteren Ende matt erleuchtet, lag kahl, kalt und abstoßend vor A. H.'s Augen. Er starrte in Gesichter, die eisig und kaum mit Neugier auf ihn blickten. Nirgends war auch nur eine Spur von Teilnahme zu erkennen. Was vor ihm stand, war die reine Ausprägung eines Typs Menschen, den er vor einer Reihe von Jahren bewußt gezüchtet hatte.

»Niemals werde ich unterschreiben«, sagte er finster, die Worte fielen ihm schwer, die durch den Knebel etwas geschwollene Zunge wollte noch nicht recht gehorchen.

»Das werden wir sehen«, sagte Killdisch unbewegt. »Reißt ihm die Jacke herunter, das Hemd dazu!«

Der Befehl wurde ausgeführt.

Killdisch trat auf Adolf Hitler zu und drückte ihm die brennende Zigarette auf die Brust.

Adolf Hitler stieß einen Angstruf aus, am Körper war er stets besonders empfindlich gewesen.

»Genügt das schon?« fragte Killdisch höhnisch.

»Ich unterschreibe nicht!« antwortete Hitler zähneknirschend.

Der SS-Mann schlug ihm die Faust ins Gesicht und stellte abermals die Frage. Jedesmal, wenn Adolf Hitler verneinte, folgte ein Faustschlag. Blut lief über des Führers Gesicht, aber noch immer weigerte er sich beharrlich.

»Auf den Stuhl mit ihm!« befahl Killdisch.

Zwei der Schwarzuniformierten, große kraftvolle Kerle, stießen Adolf Hitler auf den Stuhl nieder.

»Hoch! Runter! Hoch! Runter!« befahl der SS-Mann. Und jedesmal rissen die jungen Kerle Adolf Hitler hoch und stießen ihn mit aller Gewalt wieder auf den Stuhl zurück. Der Führer stöhnte.

»Einhalten!« befahl Killdisch. »Sind Sie bereit, zu unterschreiben und sich zu erschießen?«

A. H. gurgelte ein »Nein« heraus.

»Gut, wie Sie wollen«, sagte der ehemalige SS-Gruppenführer und steckte sich eine neue Zigarette an. »Macht einen Haken zurecht!«

Die Schwarzuniformierten beeilten sich, dem Befehl zu gehorchen.

*

Der SS-Gruppenführer a. D. Karl Killdisch hatte den gleichen Fehler begangen, der für viele verhängnisvolle Folgen ergeben hat, die durch Anfangserfolge berauscht sind. Alles war zu glatt gegangen, so glaubte Killdisch, innerhalb von kurzer Zeit auch das Letzte erzwingen zu können. Und darin lag sein Irrtum. Hätte er Adolf Hitler aus Buen retiro hinausgebracht, in irgendein Versteck, weit von der Stadt entfernt, unter Vermeidung aller Spuren, so wäre er zweifellos ans Ziel gelangt. So aber kam es anders.

Der TIV-Tag war ein Fehlschlag gewesen. Adolf Hitler war, schwer ergrimmt darüber, früh zu Bett gegangen. Bormann hatte sich entschlossen, gemeinsam mit Rosenberg und anderen Kumpanen seinen Ärger in Alkohol zu ertränken. Der Pg. Köpfle aber war zu sehr Intellektmensch, als daß ihm Hitlers oder Bormanns Verhalten möglich gewesen wäre. Daß so viele dem Fest ferngeblieben waren, namentlich aus den Kreisen der Friedensjugend, auf die sich die Partei doch gründen mußte, wenn sie festen Boden unter den Füßen haben wollte, machte ihm schwere Kopfschmerzen. Und so duldete es ihn weder beim Fest noch hinter dem Becher, so war es ihm erst recht unmöglich, sich zur Ruhe zu begeben. Alle Verschwörer begehen Fehler. Wäre Killdisch umsichtig gewesen, so hätte ihm auffallen müssen, daß Dr. Köpfle weder in der Gesellschaft Bormanns noch im Hause des Führers weilte und auch nicht als Gast bei der Hochzeitsfeier war.

Während Killdisch handelte, strich der kleine Dr. Edwin Köpfle in schweren Gedanken unruhig durch die Straßen. So kam es schließlich, daß er etwa zwanzig Minuten nach dem Eindringen von Killdisch in Hitlers Haus einem der Friedensjugendler begegnete, der zu der durch Bormann abgelösten Wachmannschaft vor Hitlers Hause gehörte. Daß die Wache außerhalb der Zeit abgelöst wurde, war bisher noch nicht vorgekommen. Köpfle, an diesem Abend ohnehin von beunruhigenden Gedanken und bösen Ahnungen bewegt, schöpfte Verdacht. Er ließ sich den Vorgang genau berichten, ohne etwas Verdächtiges entdecken zu können. Aber etwas, diese ungewöhnliche Wachablösung nämlich, stimmte doch nicht! Was war die Veranlassung dazu gewesen? Er erteilte den Befehl, sofort alles Verfügbare an Friedensjugend zu mobilisieren und im Eilschritt zu Bormanns Haus zu kommen. Der Schwarzuniformierte spritzte davon, um den Befehl auszuführen. Dr. Köpfle aber rannte, so schnell er konnte, zu Bormanns Haus. Er trommelte an der Tür, der Leibstandarterich Müller öffnete ihm. Bormann war noch nicht heimgekehrt. Köpfle befahl Müller, sich sofort nebst den zwei japanischen Gestapomännern fertigzumachen. Er überlegte kurz, ob er noch versuchen sollte, im Hause des Architekten Reger nach Bormann zu suchen, vielleicht war der noch bei der Hochzeitsfeier? Aber er verwarf den

Gedanken. Es war wichtiger, erst nach dem Führer zu sehen. Jetzt kamen im Laufschritt die ersten Schwarzuniformierten der Friedensjugend herangeeilt, ungefähr zwanzig Mann. Dr. Köpfle raffte sie zusammen und setzte sich mit der Abteilung im Eilschritt zu Hitlers Haus in Marsch.

Das Haus lag still und unbeleuchtet, alle Bewohner schienen im Schlaf zu liegen. Dr. Köpfle drückte auf die Klingel, einmal, zweimal. Nichts rührte sich. Er legte wieder den Finger auf den Klingelknopf und ließ ihn jetzt ruhen, deutlich vernahm er das helle Schrillen der Glocke.

Nichts rührte sich.

Da stimmte etwas nicht, irgend etwas war nicht in Ordnung, Dr. Köpfle fühlte es in allen Nerven. Er trat zur Seite.

»Tür aufbrechen!« befahl er.

Einige der Männer warfen sich mit den Schultern gegen die Tür, sie hielt dem Anprall nicht lange stand und sprang auf. Eben wollte Dr. Köpfle ins Haus eilen, da krachte ein Schuß, wieder einer und noch einer.

»Zur Hintertür! Durch die Fenster!« befahl Dr. Köpfle.

Schon klirrten die Scheiben. Diesem konzentrischen Angriff waren die Verteidiger, die sich ins Obergeschoß zurückgezogen hatten, nicht gewachsen. Ihre Schüsse deckten jetzt die nach oben führende Treppe. Aber das massierte Pistolenfeuer der Angreifer zwang sie bald, sich in dem Raum mit der Leiche Bormanns zu verbarrikadieren. Nach wenigen Minuten aber, als die Tür von Pistolenschüssen durchbohrt wurde und einer tödlich getroffen zu Boden sank, ergaben sich die beiden anderen.

Dr. Köpfle sah die Leiche Bormanns und begriff, was sich ereignet hatte.

Er entriß dem nächsten Schwarzuniformierten die Pistole und setzte sie einem von Killdischs Männern an den Kopf.

»Wo ist der Führer? Antworte, oder ich blase dir das Gehirn aus dem Schädel!«

Der tödlich Bedrohte versuchte keine Ausflucht.

»Im Schlachthaus«, sagte er schnell.

»Bindet sie, die anderen folgen mir!« befahl Dr. Köpfle, bereits im Hinauseilen.

Der Trupp rannte in Richtung Schlachthaus.

Dort war eben der Haken bereit gemacht worden, an den man eine schmale Schlinge geknüpft hatte.

»Sehen Sie sich das an, Adolf Hitler«, sagte Killdisch mit unheimlicher Ruhe. »Entweder Sie schreiben, was ich Ihnen gesagt habe, oder Sie baumeln in der nächsten Minute dort. Wir werden Sie rechtzeitig wieder abnehmen, ehe Sie ganz verreckt sind. Die Prozedur wird so lange wiederholt, bis Sie unterschreiben!«

»Ich unterschreibe nicht!« schrie Adolf Hitler mit fanatischem Trotz.

Der SS-Gruppenführer a. D., sich im altgewohnten Dienst durchaus wohlfühlend, wandte sich seinen Leuten zu.

»Los!« sagte er kurz.

Vier Mann ergriffen Adolf Hitler, um ihn an den Fleischerhaken zu hängen. In der gleichen Sekunde aber wurde das hellklingende Geräusch zerklirrender Fensterscheiben hörbar, Schüsse peitschten in den Raum. Killdisch hob die Hand, als wolle er zum Kopf greifen, dann brach er zusammen. Mehrere seiner Leute stürzten zu Boden, die anderen wandten sich zur Flucht, auch die, die eben noch Adolf Hitler gehalten hatten. Aber es gab für die Fliehenden kein Entkommen, das Schlachthaus war am Hauptportal verschlossen. Zu dem Nebeneingang aber, durch den sie hereingekommen waren, konnten sie nicht gelangen, da dieser unter dem Feuer der jetzt durch die Fenster in die Halle Eindringenden lag. Zwar versuchten noch einige von Killdischs Leuten durchs Fenster zu flüchten, aber die Schüsse waren schneller. Nur einer von ihnen entkam.

Wohl unternahm man es, ihn draußen zu verfolgen, aber die Dunkelheit hatte ihn bald verschluckt.

Inzwischen war A. H. befreit worden. Man wusch ihm das Blut ab, gab ihm zu trinken und brachte ihn wieder auf die Beine.

»Das werde ich Ihnen nie vergessen, Pg. Köpfle«, sagte der Führer. Das Sprechen fiel ihm noch schwer.

»Martin Bormann ist tot«, berichtete Dr. Köpfle.

»Ich habe das Schwein erschossen! Er machte gemeinsame Sache mit den Verrätern«, sagte A. H. grimmig. »Ich werde jetzt mit eisernem Besen auskehren.«

Man kehrte zu Adolf Hitlers Haus zurück. Dr. Köpfle verhängte auf Befehl des Führers den Belagerungszustand. Der Koloniefführer SS wurde herbeigeholt, es wurde beraten, was zu geschehen habe.

»Wir müssen mit dem Schrecken arbeiten«, gebot der Führer, der sich das Gesicht mit Eis kühlte. Der Kakadu Mundi saß auf seiner Schulter und nebenan schrien die drei Erdteile. Die chinesische Amah huschte verschüchtert mit einem Gesicht durchs Haus, das trotz seiner natürlichen grünlich-bräunlichen Färbung vor Angst fast weiß war. Die Leiche Martin Bormanns hatte man in den Keller gebracht.

»Es muß sofort eine Proklamation gedruckt und herausgebracht werden«, ordnete der Führer an, »die in ein paar Stunden überall angeschlagen und verteilt sein muß. Es wird darin mitgeteilt, daß ein Aufruhr blutig niedergeschlagen worden ist. Die Namen der Toten werden aufgezählt. Sie, Koloniefführer SS Steinkohl, begeben sich zum Vermischungslager und legen dort Wenning, Hancke und Algermissen sowie ein halbes Dutzend der anderen um! Ein Kurier bringt die Namen sofort zur Druckerei, sie müssen in der Proklamation enthalten sein.«

»Ei, mein Führer!« sagte der schreckensbleiche Steinkohl und verschwand, er war froh, aus dem Hause heraus zu sein. Als er mit seinem Begleiter im Lager ankam, erfuhr er zu seiner Bestürzung, daß die Gegenseite nicht müßig gewesen war. Die Verhafteten waren sämtlich aus dem Lager befreit worden, sie hatten auch die importierten Männer mit sich genommen. Nur ein Schwarm aufgeregter Weiber empfing den Koloniefführer SS, der sich dieser Lage nicht gewachsen fühlte und beschloß, zunächst einmal die Entwicklung der Dinge abzuwarten. Er schickte seinen Begleiter mit der Hiobsbotschaft zum Führer zurück und schlug sich selber seitwärts in die Büsche, die Vorsicht als der Tapferkeit besseren Teil wählend.

Im Führerhauptquartier liefen noch andere Hiobsbotschaften ein. Der Drucker war ebenfalls verschwunden, die Setzer desgleichen.

Adolf Hitler befahl, die Proklamation mit der Schreibmaschine zu vervielfältigen. Die junge Frau Nobu Suzuki wurde aus dem Ehebett gerufen, in dem sie kaum warm geworden war, alle Schreibkräfte wurden mobilisiert.

Obwohl nun die Meldung eintraf, daß alle im Lager Inhaftierten geflohen waren, einschließlich der Wachmannschaft, die also offenbar zu den Verschwörern übergegangen war, behauptete die Proklamation des Führers, daß Algermissen, Wenning und Hancke erschossen worden seien.

Inzwischen graute draußen der Morgen. Dr. Köpfle musterte sorgenvoll seine Streitmacht. Er hatte nicht mehr als hundert Mann beisammen, die anderen Angehörigen der Friedensjugend waren nicht erschienen. Dr. Köpfle wagte es nicht, nach den einzelnen Nachsuche zu halten, um seine Truppe nicht zu zersplittern. Ein Eilbote war zum Kolonielandführer SS entsandt worden, mit dem Befehl, Verstärkungen heranzuführen.

Das war die Lage, als gegen 9 Uhr morgens die ausgesandten Patrouillen das Herannahen stärkerer geschlossener Einheiten berichteten. Waren das die Verstärkungen oder kam der Feind?

Bald stellte es sich heraus, daß man es mit dem Gegner zu tun hatte. Ein Parlamentär mit einer weißen Flagge näherte sich. A. H. befahl, ihn über den Haufen zu schießen, aber es gelang Dr. Köpfle, den Führer zur Zurücknahme des Befehls zu bewegen. Der Bote wurde mit verbundenen Augen ins Haus des Führers gebracht und überreichte ein Schreiben, das von dem Lehrer Hans Karzinski und dem Anwalt Algermissen unterzeichnet war. Es forderte den Führer zur bedingungslosen Kapitulation und zur Abdankung auf. Ein Parteigericht werde über sein Schicksal beschließen.

Adolf Hitler schäumte vor Zorn.

»Sagen Sie den Verrätern, daß ich niemals kapitulieren werde!«

Der Parlamentär wurde entlassen, zehn Minuten später befahl Adolf Hitler den Angriff.

Die hundert Mann, zu denen noch Rosenberg, Dr. Köpfle und die beiden Japaner traten, rückten vorwärts. Der Führer, der sich Müllers und Hinterstoissels als Adjutanten bediente, hielt sich vorsichtig im Hintergrund, da der Leiter der militärischen Operationen nicht in der Kampflinie stehen dürfe. Der Kakadu Mundi saß auf seiner Schulter, fortgesetzt aufgeregt »Ei, ei, Hitler!« schreiend.

Bald erwies sich, daß der Feind über eine starke Übermacht verfügte. Er hatte seine Truppen geteilt und sie auf einem Umweg der Streitmacht Adolf Hitlers in den Rücken geführt. In der Front nicht weiterkommend, da der Feind eine gutgedeckte Stellung bezogen hatte, zugleich aber im Rücken angegriffen, blieb Adolf Hitler nichts übrig, als sich der ungünstigen Situation zu entziehen. Als einziger Ausweg bot sich die Richtung zum Schlachthaus, das überdies eine vielversprechende Verteidigungsposition verhieß.

Und hier erhielt Adolf Hitler eine Unterstützung, auf die er nicht zu hoffen gewagt hatte. Gerhard Hancke war zwar aus dem Lager entwichen, aber er hatte erfahren, daß sein alter Rivale und Feind Killdisch den Handstreich gegen den Führer geführt habe. Der Gedanke, Killdisch möglicherweise in Kürze als Kolonieführer SS sehen und respektieren zu müssen, war ihm unerträglich. Deswegen war er ins Schlachthaus geeilt, hatte die Schlachthausarbeiter alarmiert und bewaffnet und war eben daran, die Lage zu peilen, um sich auf die Seite von Killdischs Gegnern zu schlagen. Jetzt erfuhr er, daß A. H. noch lebte und glaubte die Sache bereits gewonnen. Er ließ die Tore weit öffnen und eilte Adolf Hitler entgegen.

»Ei, mein Führer!« grüßte er stramm. »Parteigenosse Hancke mit vierzig Mann Bewaffneter zu Ihrer Verfügung.«

»Danke, Pg. Hancke«, sagte der Führer, »das werde ich Ihnen nie vergessen.«

Er gebrauchte automatisch die gleiche Redewendung wie einst zu Mussolini und kurz zuvor zu Dr. Köpfle.

Dic Truppe verbarrikadierte sich im Schlachthaus, der Kampf begann. Zwei Männer hielten alles, was nun folgt, in Schrift und Bild fest: Frank Curiously und Dan Yoker.

Bald stellte sich heraus, daß es für den Angreifer ein sehr verlustreiches Geschäft sein würde, das Schlachthaus etwa im Sturm zu nehmen. Die Angreifer zogen daraus die einzig richtige Konsequenz, sie begnügten sich damit, sich in gehöriger Entfernung einzugraben und einen festen Kordon um das Schlachthaus zu ziehen, so daß keine Maus mehr ungesehen hinein- oder herausschlüpfen konnte. Ausbruchsversuche in der Nacht verhinderten sie dadurch, daß sie mit sämtlichen vorhandenen Automobilscheinwerfern das Gelände ununterbrochen bestrichen. Dennoch erfolgte in der fünften Nacht ein Durchbruchsversuch, der jedoch blutig abgewiesen wurde. Die Hälfte der zum Angriff Vorgebrochenen ergab sich den Belagerern. Die Gefangenen wußten zu berichten, daß die Fleischvorräte im Schlachthof so gut wie ganz aufgezehrt waren. An Wasser allerdings bestehe kein Mangel, doch werde der Hunger die Eingeschlossenen bald zur Übergabe zwingen. Außerdem fehle es an Verbandsmaterial für die Verwundeten.

Am neunten Tage öffneten sich die Tore des Schlachthauses, auf einer langen Stange wurde ein weißer Lappen herausgesteckt. Ein Parlamentär näherte sich, der die Übergabe anbot. Adolf Hitler, Dr. Köpfle, Hinterstoissel und Müller allerdings seien nicht gesonnen, sich in Gefangenschaft zu begeben.

Man nahm die Übergabe an, die Truppen Hitlers kamen ermattet und schwach heraus und warfen ihre Waffen fort.

Im Schlachthaus waren nun nur noch der Führer, Dr. Köpfle, Müller und Hinterstoissel.

Adolf Hitler war eben damit beschäftigt, den Kakadu Mundi zu schlachten, das arme Vieh war ohnehin am Sterben, da der Führer die letzten Nüsse gegessen hatte, die eigentlich für den Kakadu bestimmt gewesen waren.

»So geht die Welt zugrunde«, sagte A. H. mit düsterem Ernst, als er dem Kakadu die Kehle durchschnitt. Der versuchte noch ein letztes »Ei, ei« zu krächzen, aber der Laut erstarb ihm im Schnabel.

A. H. machte sich daran, den Kakadu zu rupfen.

»Ich glaube, das ist das letzte Mal, daß Sie jemand rupfen können«, bemerkte Dr. Köpfle tiefsinnig.

Der Führer ließ sich in seiner Arbeit nicht unterbrechen.

»Wenn dieses verdammte Schlachthaus nicht eine Stahlkonstruktion wäre«, sagte er grimmig, »dann würde ich es in Brand stecken und wir würden darin sterben wie die letzten Nibelungen in Etzels Halle.«

Dr. Köpfle lächelte melancholisch.

»Ich sehe im Heroismus nicht viel Sinn, mein Führer. Sie gestatten, daß ich mich verabschiede. Eine lebende ›Pfirsichblüte‹ ist mir lieber als ein kämpferischer Tod in einem Schlachthaus.«

Vorsichtshalber hatte der kleine Doktor die Pistole in die Hand genommen und entfernte sich rückwärts, indem er sie mit der Rechten schußbereit hielt und mit der Linken zum letzten Male respektvoll den Eigruß vollführte. Aber A. H. blickte nicht auf, er rupfte den toten Kakadu weiter und summte dabei Takte aus der Götterdämmerung vor sich hin.

Als Dr. Köpfle beinahe den Ausgang erreicht hatte, war auch der heroische Widerstandswille in Hinterstoissel und Müller erloschen. Rückwärts gehend zogen sie sich langsam zurück.

A. H. schenkte ihnen keine Beachtung, er beschäftigte sich jetzt mit den Schwanzfedern von Mundi.

Die letzten Getreuen Adolf Hitlers waren verschwunden, die Hallentür stand weit auf.

Die Zeit verstrich, nichts ereignete sich.

A. H. hatte den Papagei ganz entfedert und schnitt ihm nun mit dem Taschenmesser den Leib auf, die Eingeweide entfernend. Und nun erlebte der Führer eine letzte Enthüllung, es war seinem Gesicht nicht anzusehen, ob sie ihn befriedigte oder enttäuschte. Was der Führer dem Kakadu entnommen hatte, bewies, daß Mundi ein Weibchen gewesen war: noch einmal offenbarte sich das Zeichen des Eies.

Da drangen die Feinde in die Halle ein.

Sie näherten sich, Pistolen in den Händen, vorsichtig dem Führer. An ihrer Spitze befand sich Hans Karzinski. Sein schmales Gesicht glühte vor Fanatismus.

»Adolf Hitler, ergeben Sie sich!« schrie er, sich sehr langsam vorwärts bewegend.

A. H. nahm den toten Mundi bei der Keule und schleuderte ihn mit gut gezieltem Wurf Karzinski ins Gesicht. Dann hob er die Pistole und schoß. Der Lehrer stürzte tot zu Boden.

Adolf Hitler flüchtete. Er suchte nach der Toilette zu entweichen. Die Aufmerksamkeit draußen würde jetzt eingeschlafen sein. Wenn er die Tür hinter sich verriegelte und durch das Fenster floh, konnte er noch entkommen. Aber nun schossen auch die anderen, eben, als der Führer vor dem Gully angelangt war, auf dem das verdickte geronnene Blut und die angeschwemmten Fettreste sich zu einer widerlich stinkenden roten und braunen Masse verbunden hatten. Mehrere Schüsse trafen den Führer, seinen Rücken durchschlagend. Er stürzte vornüber nieder, noch zuckte sein Körper in wildem Krampf, dann lag er reglos.

Langsam kamen die anderen näher. Schweigend standen sie vor der hingestreckten Gestalt. Sie blickten einander nicht an.

Zu ihren Füßen lag Adolf Hitler, geendet in Blut und Dreck. Wie es nicht anders sein konnte!

Aber keiner fand den Mut, es auszusprechen.